KLAUS SCHAMBERGER • ICH BITTE UM MILDE · BAND 14

© Copyright by Klaus Schamberger
1. Auflage Mai 2003
Veröffentlichungen, auch auszugsweise,
nur mit Genehmigung des Verlags
Layout und Technik:
W. Tümmels Buchdruckerei und Verlag GmbH & Co. KG
Umschlag: Günter Rezab
Anzeigengestaltung: Günter Rezab
Druck: W. Tümmels Buchdruckerei und Verlag GmbH & Co. KG
ISBN 3-9806498-5-7

Klaus Schamberger

# Ich bitte um Milde

Band 14

Geschichten aus dem Amtsgericht.
Die Glosse „Ich bitte um Milde"
erscheint jeden Montag im
8-Uhr-Blatt/Abendzeitung Nürnberg.
Anzeigengestaltung: Günter Rezab
Technische Direktion: Klaus Zeilein
Erschienen im Sigena-Verlag
Klaus Schamberger
90530 Wendelstein bei Nürnberg
Kastanienstraße 6

# So ein Tag ...

Es gibt Tage, über die schläft man besser noch einmal eine Nacht drüber. Sie kündigen sich schon früh beim vorsichtigen Herausrollen aus dem Matratzenlager durch untrügliche Zeichen wie auf Halbmast hängende Augensäcke, Sodbrennen, Kopfdröhnen, Gleichgewichtsstörungen dritten Grades oder Magenbeben an. Der Wiso & Warum-Student Rudolf M. hat diese Vorzeichen grob fahrlässig missachtet und ist am Abend eines solchen Tages folgerichtig in dramatische Ereignisse verwickelt worden.

Jetzt ist der Pechvogel wegen Glatzenbrandstiftung vor dem Amtsgericht gestanden. „Genger'S blouß nedd suu nah her zu mir!", hat der kahlköpfige Toupet-Vertreter Ernst M. angstvoll aufgeschrien, wie sich ihm der Rudolf vor dem Gerichtssaal mild lächelnd genähert hat, „Wenn Sie wou aufdaung, is Alarmschdufe Eins. Ihnen schaud der Derror aus die Aung raus!" In der Verhandlung erklärte der Ernst dann genauer, warum der Anblick dieses Herrn Rudolf für immer und ewig in ihm Panik erzeugen wird.

An jenem fraglichen Abend ist der Rudolf mit seinem Hund, einer interessanten Mischung aus Maikäfer und Krokodil, an der Leine in dem Gasthaus aufgetaucht, in dem der Ernst regelmäßig seinen Schlaftrunk einzunehmen pflegt. „Is ba Ihner nu ..." ... ein Plätzchen frei, hat der Rudolf sagen wollen. Aber da hat die Zwergenhündin mit dem schönen Namen „Mona Lisa" sich schon an die dreimal mit der Leine um die Beine von ihrem Herrchen gewickelt und der Rudolf ist beim nächsten Schritt der Länge nach umgefallen. „Middn Kubf", hat sich der Ernst erinnert, „isser in die Sooß vo mein Schweinebraadn neibfladschd und mid anner Händ hodder mein Schnabs, der wou am Diisch gschdandn is, wechgraamd. Nou isser aff mein Schoß draffgleeng, middn Ellerbuung hodder mi in die Dinger, also in mein männliches Geschlechd, wenn'S wissn, woss i maan, neig'haud, und sei Mona Lisa hodd dauernd belld. Ungefähr suu, wäi wenn a Elefand niesn mouß. Und nou is mer däi Mona Lisa ins Huuserbaa naafgrabbld und hodd mi in die Wadn bissn." Der Rudolf hat sich beim Hochrappeln aus versehen im Gesicht vom Ernst festgehalten, ihm dabei die Brille in eine Klapp-Brille verwandelt und den irgendwo in der Hose verschwundenen Schweinebraten wieder in den Teller legen wollen. Dabei hat er mit der noch freien Hand ein bisschen ausholen müssen und mit dieser schwungvollen Bewegung das Bier am Tisch umgeschüttet.

„Dou", äußerte sich der Ernst vor Gericht, „dou hodd nocherdla der Schbass aafg'heerd. Iich hob zu ihn gsachd, wenner edzer nedd binnen drei Sekundn vo mein Schooß herundn is, nou hau in anne aff die Nuss, dasser sein Kubf ohne weideres dahamm under der Diir durchschäim konn." Die Drohung hat den Parterre-Akrobaten damals sehr beeindruckt. Sofort hat er trotz der Leinenfesselung an den Beinen und den im Unterleib vom Rudolf irgendwie verwickelten Armen mit nahezu übermenschlichen Kräften einen Schnalzerer vollführt - so dass er der von hinten gerade nahenden Bedienung den Teller Leberknödelsuppe morlockartig aus der Hand geköpft hat. Die fast kochend heiße Brühe ist dem Ernst über den kahlen Kopf gelaufen, die Leberknödel haben sich im Schoß beim Schweinebraten gesammelt. „Und wissn'S, wos der Aff nou gmachd hodd?!", brüllte der Ernst den Richter an. Der wusste es noch nicht. „Der sachd zu mir, iich soll mein Kubf aweng zu mir nunder beung, nou douder mer mei verbrennde Bladdn bloosn. Nou binni vo sein Mundgeruch ohnmächdich worn."

Der Rudolf beteuerte mit Tränen in den Augen, dass es wirklich nur ein Zusammentreffen unglücklicher Umstände war und dass es bestimmt nicht mehr vorkommt. Er wurde im Namen des Volkes freigesprochen. „Des", sagte der Ernst laut und deutlich, „des werd mer a schäins Volk sei, in den sein Noomer wou suu a Volldepp freigschbrochn werd." Die Bemerkung kostete eine Ordnungsstrafe von 100 Euro. „Gäid des Deooder scho widder oo", murmelte der Ernst und flüchtete in panischer Angst aus dem Gerichtssaal.

# Ein Gaskessel namens Franz

Gemäß dem physikalischen Ausdehnungsgesetz übt bekanntlich ein in einem Behälter eingeschlossenes Gas überall den gleichen Druck aus. Bei Überdruck kommt es zur Explosion des Behälters. Unter physikalischen Gesichtspunkten hat man den notorischen Weizenbier-Liebhaber Franz M. anlässlich einer Heimfahrt nach Oberasbach mit dem Taxi als einen solchen unter Druck befindlichen Behälter einordnen müssen.

In der ordnungsgemäßen Maßeinheit Millibar oder MB hat der Franz jetzt vor Gericht seinen Druck nicht mehr genau angeben können, nur noch in der Maßeinheit WB, also Weizenbier, von denen er sich im physikalischen Selbstversuch an die vierzehn Halbe in sich einfließen hat lassen.

So hat der Gärkessel Franz M., wie er bei dem Taxi-Chauffeuer Rudi S. im Auto gesessen ist, dem Druck von 14 WB begreiflicherweise nicht mehr standhalten können. Bereits bei der Bekanntgabe seines Fahrziels ist er aus ihm in Form eines lautmalerischen Hals-, Nasen- und Ohren-Orkans derartig unkontrolliert entwichen, dass es dem Taxerer Rudi S. beinahe die Mütze vom Kopf geblasen hätte.

Die drei Worte „Hobb, nach Oberasbach!" haben wie ein schweres Gewitter geklungen: „Horrrbbbfschmmmb, nabbfch Horroroorschbachbbf!" „Wie bitte!?", hat der Rudi gefragt, der zunächst nur Horrorarschbach statt Oberasbach verstanden hat, und fast im gleichen Moment hat schon ein zweiter Rülpser durch das Taxi geweht. Bereits im Rollen hat der Kummer gewohnte Bierleichenfahrer nach hinten geschrien: „Konnsd middn Bloosn scho widder aafheern. Des is a Audo, ka Segelschiff!" Und dann noch einmal nachgefragt: „Wou willdsn edzer hii!?"

Als Antwort hat aus dem Franz wieder ein schwerer Taifun gedröhnt, der dann in einen Schluckauf übergegangen und langsam verebbt ist.

„Mei Audo", erinnerte sich der Rudi jetzt vor dem Amtsgericht, „hodd direggd Hubferer gmachd, suu hodds den Moo durchgschiddld. Iich hob scho vill erlebd, Herr Richder, obber suu an Halsanfall nunni. Und wäi iich gmaand hob, edzer is es Gröbsde vo den seine Goschn-Gracher vorbei - broch, hodds scho widder gschebberd. Mir is nou fei direggd schlechd worn."

An der Müllverbrennungsanlage in Schweinau hat der Franz damals scharf gebremst, die Tür aufgerissen und zu dem hochexplosiven Gasbehälter gesagt: „Horroroorschbach konnsder glemmer. Endschdazion! Ausschdeing!" Und wie der Franz gefragt hat, was er da an der Müllverbrennung soll, wenn er doch in Oberasbach wohnt, hat ihm der Taxifahrer geraten: „Die Lufd oohaldn! Und wenn der Scheff vo der Müllverbrennung kummd, nou saggsd, du hosd nu aweng a Magengas iibrich, und obbers eischbeichern kennd."

Der Franz wollte sich aber nicht zur Energiegewinnung für die EWAG melden und hat sich im Taxi festgekrallt, bis die Polizei gekommen ist. Die Beamten hat er ebenfalls mit einem dreifachen donnernden Aufstoßen begrüßt und sie gefragt, ob er in ihrem Auto mit den schönen Fürther Stadtfarben vielleicht nach Horroroorschbach mitfahren kann. Statt in Horrorarschbach ist der Knallkörper vom Franz aber vorläufig in der schallgedämpften Ausnüchterungszelle des Polizeipräsidiums deponiert worden. Wegen Beschädigung des Taxis, Autofriedensbruch und Widerstand gegen die Staatsgewalt ist der kriechende Gaskessel Franz M. zu einer Geldstrafe von 800 Euro verurteilt worden. Ob er, hat ihn der Richter gefragt, das Urteil annimmt. Da ist der Franz vorsichtshalber einen Schritt zurückgetreten und hat laut und vernehmlich geantwortet: „Brrrommmbf Brochchch Wrummm!" Und vor der Entgegennahme einer Ordnungsstrafe hat sich der Franz beim Richter entschuldigt: „Des woor nedd geecher Sie, Herr Doggder. Des sin die drei Weizn vom Frühschdügg gween."

# Die Wander-Dogge

Wenn die Oma, stapelbare Kinder, Schwimmflüüchala, Wassersack, Vierfach-Gaskocher und Teile des Küchenbüffets im Morgengrauen gegen vier Uhr auf der einen Seite ins Auto stopft und auf der anderen Seite wieder rauskommen, dann bricht auch in der Haustierwelt instinktiv die Panik aus. Goldfische klammern sich verzweifelt an die Aquariumwand, Hunde beißen sich für immer im Hintern vom Herrchen fest, Goldhamster wimmern um eine Verlängerung der Aufenthaltsgenehmigung. Denn bei Urlaubsanbruch wissen Tiere: Jetzt ist ihr Schappi gebacken, sie werden ausgesetzt.

Ein bis jetzt immer noch unauffindbarer Herr, der sich offenbar auch kurz vor der Abreise in die Alptraumwochen befunden hat, ist mit seiner etwa kalbgroßen Mischung aus Dogge und Dogenpalast wesentlich sensibler vorgegangen. Jedenfalls in der Erinnerung eines Herrn Herbert W., der jetzt wegen versuchter Hundsaussetzung und Menschenmisshandlung vor Gericht gestanden ist.

Der Herbert ist am ersten Tag der großen Ferien leichtsinnigerweise vor einem Kaufhaus gestanden und hat in aller Ruhe die Luft betrachtet. Bis ihn die Worte jenes mysteriösen Unbekannten aus seiner Beschaulichkeit gerissen haben: „Kenndn Sie gschwind amol mein Fritzi haldn? Iich bin in zwaa Minuddn widder dou." Noch ein bisschen geistesabwesend ließ sich der Herbert was in die Hand drücken, das sich als ein Ende einer Hundeleine entpuppte. Am anderen Ende war ein Monstrum befestigt, das der Herbert nach dem Abklingen des Schocks zunächst für den Drachen von Furth im Wald hielt. „Schdadds Feuer", erinnerte sich der Herbert, „hodder vuur mir an halm Ring Schdaddworschd gschbeid." Es handelte sich als um die deutsche Hochdogge Fritzi, die

11

er angeblich für zwei Minuten hüten sollte, bis der Besitzer seine Kaufhaus-Geschäfte erledigt hatte.

Nach zwei Stunden Wartezeit schwante dem Herbert, dass mit dem Fritzi und seinem Herrchen was nicht stimmen kann. „Iich wär", verteidigte er sich vor Gericht, „nach zwaa Dooch aa nu dorddn gschdandn. Wall wenn i mi blouß a glanns Schriddla beweechd hob, hodd des Viech zum Belln oogfangd und is an mir naafg'hubfd. Der woor im Schdäih fasd zwaa Köbf gresser wäi iich."

Nach vielleicht drei Stunden vergeblicher Fluchtversuche ist in Gestalt des Spaziergängers Adolf M. die Rettung genaht. „Wos häddi denn machn solln?!", äußerte sich der Herbert, „Der Moo hodd den Fritzi dou oogschaud, hodd irchndwos gmurmld, dasser suu a Drimmer Viech in sein Leem nunni gseeng hodd und ob des edzer a zu groußer Hund odder a zu glanner Ochs is." Der Herbert erkannte in ihm sofort den geborenen Tierfreund, drückte ihm die Leine in die Hand und bat ihn: „Häddn'S amol gschwind aff mein Fritzi aafbassd. Iich bin in zwaa Minuddn widder dou, gell." „Iich glaab", brüllte der Adolf den Herbert an, „Ihner brennd aweng der Kiddl! Odder daß der Houd rechd arch aff die Bladdn driggd! Schau blouß, dassd dein Zirkusgaul widder nimmsd. Du moußd mi scho fiir aweng arch bläid haldn. Aff den Hund aafbassn, im Kaufhaus gschwind wos erleedichn und nou durchn Hinderausgang verschwindn - des kenner mer scho!"

In dem Moment ließ der Fritzi wieder sein nebelhornartiges Bellen ertönen und sprang den Adolf an. „Des Viech hodd mi ins Ohrläbbla bissn", erregte sich der Adolf am Amtsgericht, „nou hodder mi umgschmissn, an der Nasn gnabberd, und wenn nedd jemand geisdesgeengwärddich die Bollizei alarmierd hädd, liecherdi woohrscheins haid nu als oozullds Skeledd dorddn mid den Fritzi aff mir draff." Außerdem könne er jeden Eid schwören, dass der Herbert diesem Pferd von einem Hund damals die Worte „Bagg nern, Fritzi!" ins Ohr gezischt hätte. Was der Herbert entschieden abstritt. Vom Vorwurf der Hundehetze wurde er freigesprochen. Der Richter wollte aber noch wissen, wo sich der Fritzi jetzt befindet. „Wass doch iich nedd", murmelte der Herbert und verabschiedete sich eilig aus dem Sitzungssaal. Man kann davon ausgehen, dass irgend jemand mit einem mannshohen Hund an der Leine zitternd in der Fußgängerzone steht und seit Wochen wartet, bis das nächste Wanderherrchen wieder aus dem Kaufhaus oder aus Mallorca kommt.

# Hammer-Garage

Eine der segensreichsten Erfindungen der letzten Jahrzehnte, wenn nicht gar Jahrhunderte, ist zweifellos das elektronisch gesteuerte Garagentor. Während man nämlich vor kurzem bei der Ankunft daheim noch vor seiner Garage aus dem Auto aussteigen, den Schlüssel aus der Tasche wuchten, ins Schlüsselloch zielen, rumdrehen, das Tor mit der eigenen Hand öffnen, wieder einsteigen, erneut die Tür schließen, Schlüssel rausziehen musste, drückt man jetzt einfach auf die elektronische Automatik-Fernsteuerung, und es vollzieht sich alles wie durch Geisterhand. Man spart dadurch gut und gern zwanzig Sekunden Zeit. Das sind in hundert Jahren über zwei Wochen Zeitgewinn, wo man sich vielleicht in Mallorca in der Sonne aalen kann.

Der Fortschritts-Skeptiker Hubert N. pfeift auf die Sonne von Mallorca. Er leidet seit Monaten an chronischem Kopfdröhnen, verursacht durch die elektronische Garagentor-Vollautomatik-Fernsteuerung seines Nachbarn Walter K. Dieser Herr Walter K., ein begeisterter Technik-Freund, hat sich jetzt vor Gericht als vollkommen unschuldig bezeichnet. Er ist damals sinnend vor seiner offenen Garage gestanden und hat gegrübelt, was man in sie außer einigen Zentnersäcken Schnellbeton, fünf Fahrrädern, einem immens großen Stapel Kaminholz, fünf Paletten Pflastersteinen, einer Tonne Blumenpflanzerde, großen Kisten mit Nägeln und Schrauben, 50 Stück gebrauchte Bohnenstangen noch hineinschlichten könnte. Sein Auto hat der Walter wegen Platzmangel am Gehsteig geparkt. „Mouß des eingli sei", hat ihn an diesem

15

Samstag mittag der Hubert gefragt, „daß Sie Ihr Audo genau vuur mein Eingang bargn mäin? Fiir wos hom nern Sie a Garaasch!?" Freundlich wie es hierorts der Brauch ist, antwortete ihm der Besitzer des Automatik-Garagentores: „Des konn i Ihner genau soong. Nämlich gäid Ihner des ganz genau an Dreeg oo, wou iich mei Audo hiischdell."

So gab ein freundliches Wort das andere, mit einem herzlichen „Der bläide Hund hodd mer haid grood nu gfehld mid sein Gwaaf!" verabschiedete sich Herr Walter K. in seinen persönlichen Bau- und Heimwerkermarkt, beziehungsweise in seine Garage. Unter dem offenen Garagentor stand immer noch der Hubert, erging sich im erregten Selbstgespräch über die Rücksichtslosigkeiten auf dieser Welt im allgemeinen und in der Nachbarschaft im besonderen, und in dem Moment, in dem er sprach „Des wer mer scho seeng, wäi des nausgäid", ging es dergestalt hinaus, dass das elektronische Automatik-Garagentor hinunter ging. Geräuschlos, blitzschnell und genau auf den Kopf vom Hubert. Wie ein Hammer auf den Amboss. Nur dass dem Hubert sein Kopf unglücklicherweise nicht aus Eisen war.

„Wäi iich widder zu mir kummer bin", erinnerte sich der Hubert vor dem Amtsgericht, „hobbi fei ibberhabbs nemmer gwissd, wos lous is. Sugoor daumld binni nou, suu hodd der mid sei Garaaschndoor am Kubf naaf g'haud. Iich hob ein Schleuderdrauma und ein anagronisdisches Scheedlbrummer, odder wäi des hassd. Dou is es Addesd."

„Hexdns", verteidigte sich der Walter, „dass däi Fernbedienung vo selber losganger is. Dou schdeggsd ja nedd drinner, gell. Obber iich hob jeednfalls nedd draffdriggd. Konn aa sei, dass irchnd ein Magneedfeld gwirgd hodd. Doud mer leid middn Nachbern sein Kubf - obber es is ja ka wichdigs Körberdeil godzeidank, wous nern derwischd hodd." Für die Bemerkung musste der Walter eine Ordnungstrafe in Höhe von 200 Mark zahlen, für die elektromagnetischen Schwingungen seiner Garagentür wurde er mangels Beweises nicht verantwortlich gemacht. Wie

Herr Walter K. nach seinem Freispruch stolz erhobenen Hauptes den Sitzungssaal verlassen wollte, schepperte ihm die gerade noch geöffnete Saaltür voll aufs Hirn und erzeugte dort ein kinderfaustgroßes Walberla. Hinter der Tür hörte man den Hubert murmeln: „Siggsders dou - schdimmds doch, wos mei Nachber gsachd hodd, mid däi elegdromagneedischn Schwingungen."

# Biere in Not

Jetzt in der Jahreszeit der kalten, futterarmen Nächte und der warmen, weitgeöffneten Spendierherzen sind verschiedene Tierarten wieder in Not, wie man an den zahlreichen Schildern neben ihnen lesen kann. Da ist ein Zwergpferdchen in Not, dort ein andalusisches Schabrackenlama, ein Wanderschaf, eine Bettelziege, oder es befindet sich ein karibischer Breitschwanzesel kurz vor dem Verdursten, weil sein im Winterquartier darbender Zirkus keine Kohle, geschweige denn ein Bier hat. Früh werden diese künstlich unterernährten Mitleiderreger in die Fußgängerzonen abtransportiert, abends fahren ihre Wärter mit gefüllten Klingelbeutel wieder ins Winterquartier und lachen sich ins kalte Fäustchen.

Dem örtlichen Tierfreund Ernst M. sind diese Fantasie-Zirkusunternehmen schon länger ein Dorn in der Seele, und er hat an einem verkaufsoffenem Samstag in der Fußgängerzone den Kampf gegen die Dauer-Tierweihnacht aufgenommen. Für sein mutiges Unternehmen hat nach der Polizei jetzt auch das Amtsgericht reges Interesse gezeigt. „Ihr Einsatz in Ehren", hat der Richter das Verfahren wegen Erzeugung eines größeren Aufruhrs gegen ihn eröffnet, „aber irchndwo sin Grenzn."

Der Ernst hat sich damals am Warmluftkanal einer Kaufhausschwingtür genau neben einen Herrn Richard gestellt, der im Trommelwirbel seiner Sammelbüchse auf den Hunger des neben ihm gemütlich wiederkäuenden und gelegentlich einige Bätzlein Frischdünger abdrückenden peruanischen Hoch- und Tieflandlamas aufmerksam gemacht hat. Um den Hals hat das Lama ein Schild hängen gehabt: „Zirkus im Winterquartier. Wir haben Hunger." „Meine Diere", sagte der Ernst jetzt vor Gericht, „däi hom aa Hunger. Blouß kommer denni ka

19

Schild ummer Hals rum hänger. Hobbi mers also selber rumg'hängd." Auf dem Schild vom Ernst prangte die Aufschrift „Mein Flohzirkus ist im Winterquartier. Wir haben Hunger." Vor dem Flohzirkusdirektor stand am Boden eine Streichholzschachtel, in dem vermutlich seine Artisten wohnten, mit der einen Hand schüttelte er laut und vernehmlich seine Sammelbüchse, mit der anderen kratzte er sich ständig am ganzen Körper.

Nach höchstens fünf Minuten brüllte der Lama-Dompteur den angeblichen Flohzirkusdirektor an: „Schau blouß, dassdi dou verzäigsd 'mid dein Flohzirkus. Sunsd lou i di vo mein Lama ooschbodzn, dassd mansd du bisd innern Wolgnbruch neikummer!" „Ob Lama, Menschn odder Flöh", entgegnete der Ernst in aller Ruhe, „alle Greaduren sin vor dem Schöbfer gleich. Und wenn dei Lama dou fiirs Hiischeißn am Gehschdeich a Geld gräichd, nou konn iich aa meine Flöh rumhubfn loun." Dann schepperte der Ernst wieder mit seiner Sammelbüchse und rief den inzwischen schon zahlreich versammelten Passanten zu: „Ganz gleine Diere in Nood. Bidde schbenden Sie! Meine Flöhe danken es Ihnen. Bidde schbenden Sie, ganz gleine Diere in Nood!" „Heer mid dein Gschrei aaf", klapperte der Lamabändiger Richard zurück und fuhr, um eine Spur lauter, fort, „Diere in Nood, Diere in Nood. Ein gleiner Zirkus bidded um eine milde Gabe. Brood fiir unsere Lama! Bidde eine gleine Schbende!" Sofort verwies der Ernst wieder auf seine Streichholzschachtel und flehte: „Flohzirkus im Windergwardier, ganze gleine Diere bidden um Ihre Aufmergsamkeid und um Ihr Geld. Flohzirkus im Windergwardier!"

„Und aff aamol", erinnerte sich der Ernst mit Abscheu vor Gericht, „aff aamol is der Lama-Dredzer dou mid seine Fäiß aff mei Schdreichholzschächdala draffg'hubfd. Der Flohzirkus und alle Ardisdn woorn zergwedschd. Nou hobbin den Schdrigg vo sein Lama aus der Händ grissn, hob den Viech a Dädschala am Hindern geem und nou is durch die Breide Gass abgalobbierd." An einem Brezenfutterstand konnte es eine halbe Stunde später wieder eingefangen werden.

Nach längerer Beratung wurde der Ernst vom Vorwurf der gewaltsamen Tierbefreiung und des Spendenbetrugs zugunsten eines nicht existierenden Flohzirkus im Winterquartier freigesprochen. „Nou konn i mi ja", bedankte sich der Ernst, „haier widder hiischdelln. Desmool is mei Goldfisch-Zirkus im Windergwardier."

# Selbstversenkung

Im Menschen schlummern bekanntlich gewaltige, höchstwahrscheinlich magische Kräfte. Wie sonst hätten so herrliche menschliche Werke wie der Kloß von Rhodos, die Pyramide von Fürth oder die undichte Schwelverbrennungsanlage von Burgfarrnbach geschaffen werden können. Um diese teilweise verschütteten Kräfte wieder zu erwecken, ziehen schon seit Jahren Wunderheiler, Wanderprediger, Schamanen durch die Giro-Konten ihrer Kunden und rufen zur inneren Selbstfindung auf. Wenn sie es zu arg treiben, finden sie sich manchmal selbst vor Gericht wieder.

Dort ist jetzt auch der esoterische Seelenhändler Alfons S. aufgetaucht, der gemäß seiner transzendenten Selbstdarstellung im früheren Leben ein Vogel war und infolgedessen vor einigen Monaten davongeflogen ist.

Seine Schutzbefohlenen müssen im früheren Leben so was ähnliches wie Rindviecher gewesen sein. Fünf von ihnen, Manager einer Firma für Planing, Consulting und Underground-Engineering, hat er mittels seiner Visitenkarte, wo es von Prof., Dr. w.c. und Präsident nur so gewimmelt hat, zu einem Selbstfindungs-Seminar für nur 6000 Mark pro Teilnehmer überreden können. Ihrem Karma gemäß haben die Manager das Honorar bar entrichten müssen, erst dann sind sie in den Genuss der höheren Weihen ihres Gurus Alfons S. gekommen. „Schlechd woors am Anfang nedd", hat sich der Manager Michael H. an die schönen Seminarstunden zurückerinnert, „Erschd hommer värzza Dooch lang Selbsdversenkung g'habd. Dou simmer in den Tagungsraum jeedn Oomd vo achder bis zehner affn Debbich gleeng und hom aff die Deggn naafgschaud. Masdns simmer derbei eigschloufn."

In der zweiten Abteilung sind Rollenspiele zur Aufführung gelangt, in denen der in sein Unterbewusstsein eindringende Michael H. eine indische Prinzessin aus dem zweiten vorchristlichen Jahrhundert war, danach ein Regenwurm und zum Schluss ein Zierkarpfen. „Wäi iich an Karbfn schbilln hob mäin", sagte der Michael, „und zwaa Schdund immer nerblouß in Mund aaf und zou machn, dou hobbi zeerschd scho vermuuded, dass uns unser Meister endwell aweng veroorschd. Obber iich schmeiß doch nedd sechsdausnd Mark zon Fensder naus. Also hobbi weider in Mund aaf und zou gmachd."

Zum Höhepunkt der gruppendynamischen Selbstfindung hat der Meister der metaphysischen Seelenwanderung eine Nachtwanderung auf den richtigen Füßen angeordnet. Mit unbekanntem Start und unbekanntem Ziel. „Ummer Middernachd", berichtete der Michael, „hommer si innern VW-Bus mid Vuurhäng vuur die Fensder neihoggn mäin, nocherdla widder selbsdversenkn, und dann isser mid uns irchndwou in Wald neigloffn. Mir solln, hodder gsachd, die Erhabenheid des Schdernenhimmels in uns aufsaugen. Es is obber bewölkd gween, hommer kanne Schdern in uns aufsaugen können." Nach etwa drei Stunden Marsch hätten der Michael und seine Kollegen gern das eine oder andere Bier in sich aufgesaugt. Aber ähnlich wie der Sternenhimmel war auch weit und breit kein Wirtshaus in Sicht. „Nou hobbi", schilderte der Michael das Ende der Selbstfindung, „unsern Meister gfrouchd, wäi lang dass nu dauerd. Obber der Meister woor nemmer dou."

Der Herr übers Unterbewusstsein hatte sich schon längst selbstversenkt. Zwei Monate später ist er in der nahen Oberpfalz wegen Hotelbetrugs verhaftet worden. Für seine verschiedenen Dienste an der gutgläubigen Menschheit darf der wegen Autodiebstahl schon vorbestrafte Meister Alfons S. jetzt neun Monate lang in sich, beziehungsweise in ein bekanntes Muggenhofer Staatskloster gehen.

„Und unsere sechsdausnd Mark?", fragte der Seelen-Seminarist Michael H. „Des Geld", äußerte sich der verurteilte Guru Alfons, „des is in sein früheren Leem eine Lotosblüte gween. Dou konnsd, wennsd widder an Karbfn schbillsd, aweng drum rum schwimmer."

**GREUTHER TEELADEN**

Qualität im Fabrikverkauf

kosd waas,
aber nur a bissla...

·Tee
·Naturheilmittel
·Kräuter
·Gewürze
·Kosmetik...

Preiswert einkaufen
und genießen...

# Das Anti-alkoholiker-Treffen

Es gibt Menschen, die haben derartig fest einbetonierte, vollkommen unbeugsame Grundsätze, dass sie manchmal über sie in hohem Bogen drüberfliegen und sich wundern, warum der Aufprall auf ihnen so hart ist. Zu diesen Prinzipienreitern gehört der Büropapiervertreter Christoph F. Er erzählt gern jedem, der es nicht wissen will, dass er grundsätzlich seinen Körper nicht mit Alkohol vergiftet. Höchstens einmal nach einem sehr fetten Essen ein Schnäpschen als Medizin.

In jener Dezembernacht muss das Essen einen Fettgehalt von überschlägig mindestens 500 Prozent gehabt haben. Jetzt ist er als Zeuge vor Gericht gestanden. Angeklagt war der Kellner Uwe P., der den grundsätzlichen Alkoholverächter Christoph damals wie einen Schubkarrn heimgeschoben hat. „Iich hob scho vill Bsuffne gseeng", erinnerte sich der Uwe dunkel, „obber suu an bsuffner Bsuffner, der wou kann Algerhol dringd, nunni. Der is aff die Händ hammgloffn, und iich hob nern an die Baaner baggd und gschuum." „Ich kenne tiesen Herrn nüchd", meldete sich der Christoph in seinem Südstadt-Amtsdeutsch zu Wort, „Ter is bföllich ein Bfremter fiir miich."

„Herr Richder", raunte daraufhin der Uwe dem Vorsitzenden zu, „iich glaab, der hodd immer nu an leichdn Gwalm in der Schissl. Genau asuu, wäi in dera Nachd damals. Dou hodder zeerschd gsachd, er is Andi-Algerholiger. Und bisser mers genau ergläärd hodd warum, hodder ungefähr scho fuchzeha Schnäbs drinner g'habd." „Suwos nachn zwanzigsdn Schnabs", fuhr der Kellner Uwe P. fort, „woor iich sei allerbesder Freind und hob ba ihn dahamm im Gräbala schloufn solln. Und wäi mer ba ihn dahamm gween sin, hodder mi aa nemmer kennd." Der Uwe hat ihn damals die Treppen bis in den dritten

Stock geschleift, dann sind sie zu zweit in die Wohnung hineingeflogen. „Edzer sauf mer midnander nu a Fläschla Schdargschdrom", hat der Alkoholgegner Christoph den Uwe angebrüllt und aus dem Badezimmer eine Plastikflasche Domestos und zwei Zahnputzbecher gebracht.

Auch der Uwe hat sich zunächst ins Bad begeben, die Kachelwand gesehen und sich mit den Worten „Endli a Brunshaisla" an dieser Wand ausgiebig erleichtert. Wie der Christoph auf der Kloschüssel dauernd probiert hat, die Domestos-Flasche zu öffnen, und gegenüber sein neuer Freund fast die Mauer weggeschwemmt hätte - in diesem Augenblick ist Frau Ilse F., die Gemahlin vom Christoph, in der Tür gestanden. Der Christoph hat die Domestos-Flasche, die inzwischen offen war, in den Wäschepuffer geschmissen und zwetschgengeistesgegenwärtig geflötet: „Gunaamd Schadzilein. Wie kehds, wie schdehds. Has tu schon keschlaafn. Iich dou gschwink noch apschbülen, tann kom ich auch ins Pedd, kell." „Wer issn der Moo dou, wou mid sein Binsl unser Badezimmerwand schdreichd", hat das Schatzilein gebrüllt, „Iich glaab, eich zwaa homs aweng ins Hirn gschissn! Bisd gwiss widder affn Andi-Algerholiger-Dribb, hä?!" Unter den flehentlichen Rufen „Ich kenne tiesen Mann nichd. Ich pin bfollkomen unschuldich" ist der Christoph von seiner Frau im Schwitzkasten abgeführt worden, und der zutiefst erschrockene Uwe hat seinen sprudelnden Quell abgewürgt, ist ins Wohnzimmer geflüchtet, wo er mit dem Rest seines Blaseninhalts den Bejaminus Ficus, die schöne Zimmerlinde, gewässert und dann aus versehen umgeschmissen hat. Dann hat er mit den Worten „Hau ab, bevuursd aa Fodzn gräigsd!" den Papagei aus dem Fenster geschmissen.

Der Uwe ist auf seiner Flucht vor der Ilse unters Sofa gekrochen. Dort hat ihn dann eine Viertelstunde später die Polizei um seine Personalien gebeten. Wie er sich aus seiner eingeklemmten Lage endlich wieder befreien hat können, ist er durch den zu großen Schwung im Fernseher gelandet. Seitdem kann man in ihm geräucherte Mikro-Chips sehen, aber kein Bild mehr.

Die Reinigung der Badezimmerwand, die Zimmerlinde, den Fernseher und die Bergung des Papageis von dem Kastanienbaum vorm Haus durch die Feuerwehr muss der Uwe zahlen, vom Vorwurf des Hausfriedensbruch ist er freigesprochen worden. Und die Ilse, die ihren angetrauten Alkoholfeind damals noch in den Morgenstunden hinausgeschmissen hat, ist wieder gnädig gestimmt gewesen. „Därffsd widder mid hamm", hat sie zu dem wochenlang im Exil lebenden Christoph gesagt. Worauf der Uwe beim Abmarsch gemurmelt hat: „Fiir mein Freind, in Algerhol-Feind, leemslänglich, fiir miich Freischbruch." Und dann hat man ihn noch summen hören: „So ein Tag, so wunderschön wie heute . . ."

# Molch-Alarm

Wenn die Erde einmal, wie von langer Hand geplant, keimfrei und tierlos ist, dann kommt der örtliche Wohnzimmerzoo- und Ziergarten-Direktor endlich groß raus. Nur noch bei ihm daheim kann man die aus Koi-Karpfen, Guppys, Zwergrammlern, geklonten Küchen-Kanaris, Gibitzenhofer Tanzmäusen, Stubenfliegen, Hausmilben oder aus dem Neun-Millimeter Geschoßhund bestehende Fauna unserer Welt besichtigen.

Zu den begeisterten Haustierzüchtern gehört auch der Vorruhestandmann Bernd H., dessen Käfige, Terrarien, Aquarien den größten Teil seiner Dreieinhalbzimmer-Wohnung in der Südstadt beanspruchen. Sehr zur Freude seines Wohnungsnachbarn Jürgen W. kann man im Treppenhaus oft mitten in der Nacht das zufriedene Schmatzen des Warans, den Ruf des Geckos oder das heisere Krächzen der chilenischen Berg- und Taldohle vernehmen, dass man sich nicht daheim im Schlafzimmer wähnt, sondern im Urwald.

So ist im Lauf der Jahre, in denen die naturhistorische Wohngemeinschaft beim Bernd sich mit jedem Safari-Park messen hätte können, im Nachbar Jürgen W. ein teuflischer Plan gereift. Herr Jürgen W. hat sich zum Freiheitskämpfer für Haustiere aller Art entwickelt. Jetzt ist der militante Tier-Liberator wegen verschiedener Delikte vor Gericht gestanden. Nur zwei Tage hatte der Bernd im vergangenen Spätherbst seine Tierwelt daheim wegen eines Verwandtschaftsbesuches in der Oberpfalz sich selbst überlassen müssen. Bei seiner Rückkehr hat er sich in nervenärztliche Behandlung begeben müssen.

„Iich schberr undn die Hausdiir aaf", erinnerte er sich an den Abend seiner Heimkunft, „und nou kummd mir die Drebbn roo a Feiersalamander endgeeng grabbld. Iich denk mer nu, Herr Richder, der schaud doch fasd asuu aus wäi mei Schorschi ausn Derrarium, in den Momend huschn an mir zwaa Smaragdeidechsn vobbei. An der

31

Schwanzzeichnung hobbis serfordd erkannd - des woor der Gustl und der Gobl. Däi hobbi mer vuur drei Joohr innern Kurzurlaub in der Schdeiermark gfangd fiir dahamm. Glaam Sie's, mir wär ball mei Herz schdäih bliem!"

Wie von der Artenschutzpolizei gehetzt jagte der Bernd die Treppen bis zum vierten Stock hoch - und wurde bleich vor Schreck. Die Wohnungstür war aufgebrochen, Waldi der australische Panzer-Waran, stapfte gerade die Treppen zum Dachboden hinauf, der auf der Treppenhauslampe sitzende Wellensittich Charly ließ eine kleine Stinkbombe fallen, Lurche und Molche tappten schwer atmend über den Fußabstreifer, einem afrikanischen Killerfrosch schauten mehrere haarige Spinnenbeine aus dem Maul, wie er hüpfend das Weite suchte. Blindschleichen pflasterten den Weg vom Bernd. Alle Tiere, deren natürliche Heimat bekanntlich Käfige und Glaskästen sind, waren der Wildnis des Treppenhauses ausgesetzt. „Oorschgloor", sagte der Bernd, „is des mei Nachber gween. Der hodd scho amol es Fensder im Gang aafgmachd, wäi iich mein Charly aweng rumfläing hob loun. Obber dou hobbin godzeidank fuchzg Meeder Drachnschnur ans Baa hiibundn. Hobbin widder reizäing kenner."

Der des Einbruchs und der massenhaften Tierbefreiung bezichtigte Jürgen verweigerte auf der Anklagebank jegliche Aussage und äußerte sich nur mit einem Satz: „Iich glaab, der hodd nemmer alle Eier im Nest." Fingerabdrücke am aufgebrochenen Türschloss und ein zerquetschter Molch unterm eigenen Sofakissen hatten den Tierfreiheitskämpfer aber überführt. Er wurde zu vier Monaten mit Bewährung und einer Geldbuße von 3200 Mark verurteilt. „Godzeidank", sagte der Wohnzimmer-Wildhüter Bernd H. am Schluss, „hom die masdn vo meine Waggerla des Addndaad iiberschdandn. Blouß meine hunderdfuchzg Agwarium-Fischla hobbi nercherds mehr gfundn." „Froogsd amol", teilte ihm der Liberator mit, „in der Verwaldung vo der Gläaranlooch. Däi hobbi durch die Aborddschissl in die Freiheid schwimmer loun."

# Lauschangriff

Der einigermaßen vernetzte Mensch pflegt mit einer Hand zu telefonieren, mit der zweiten sendet er einen E-Mail ins All, mit der dritten Hand befindet er sich im Rindernet, aus der Hose quackert die eine oder andere Short Message. Der ebenfalls auf dem totalen Digital-Trip befindliche Consulting-Manager Udo G., Inhaber eines hiesigen Wander-Büros, hat inzwischen mobile Handy-Gespräche beim Stehen und Gehen in der Öffentlichkeit eingestellt.

Der bislang begeisterte Street-Phoner hat seine Lieblingstätigkeit, das lautstarke Telefonieren auf offener Straße, schwer büßen müssen. Vor Gericht hat er sich jetzt mit seinem Peiniger Herbert S. wieder getroffen. „Iich laaf ganz gemüdlich", schilderte der Herbert die folgenreiche Voll-Kommunikationspanne, „in der Middagsbause durch die Könichschdrass, gäih an den Moo dou vobbei, und nou brilld der miich aff aamol oo 'Bläider Hund, bläider! Bass in Zukumbfd aweng aaf, gell!' Und iich hob doch ibberhabbs nix gmachd."

Vorläufig noch ganz vorsichtig hatte sich der Herbert damals bei dem wild gewordenen Nachbarn, der sich mit einer Hand das rechte Ohr zuhielt, erkundigt: „Hom Sie efendwell a bissla z'vill Diermehl derwischd?" Darauf der Udo: „Waffel halden, Dscharly! Sunsd mach i aus deiner Goschn zwaahundert Gramm Rinderhack!" „Erschdns", erwiderte der neben dem Udo her wieselnde

Herbert immer noch verhältnismäßig ruhig, „Erschdns hass iich iiberhabbs nedd Dscharly, zweidns hob iich dir Aff nix dou und driddns schausd mi gfälligsd oo, wenn iich mid dir reedn dou." Viertens hatte der Udo den Herbert aber nicht anschauen können, weil er kein Wort von ihm hörte. Nämlich hatte er sich mit einer Hand wegen dem Königstraßenlärm das Ohr zugehalten, mit dem anderen Ohr war er mit einem Geschäftspartner namens Charly am Handy in eine erregtes Gespräch vertieft. Dieses endete mit der Feststellung aus dem Tierreich: „Wenns du aafgschdellder Mausdreeg a Muggn verschluggsd, nou hosd im Moong mehr Hirn wäi im Kubf. Dein Schafscheiß konnsd in Schimbansn-Häubdling in Diergarddn derzilln. Ende."

Die Worte Mausdreck, Schafscheiß und Schimpansen-Häuptling hörte sich der Herbert noch an, dann packte er den Business-Mann an der halbseidenen Krawatte, machte ihn gewissermaßen zum Beuteltier und fragte ihn in aller Form: „Hom mir zwaa scho amol middnander gschusserd odder wos?! Willsd anne aff die Nuss?!" „Und nou", äußerte sich der Herbert vor Gericht, „schaud miich der Driefl oo und sachd 'Jawoll, obber a weng bledzli. Iich hob mei Zeid aa nedd gschdulln.' Und nou hobbin, daß mer nedd unnödich Zeid verliern, ganz schnell links und rechds anne am Baggn naafg'haud." Allerdings hatte dieses „Jawoll, obber aweng bledzli" keineswegs dem um ein paar Ohrfeigen anfragenden Herbert gegolten, sondern wiederum jenem an am anderen Ende der unsichtbaren Handy-Leitung hängendem Geschäftspartner Charly. So dass Herr Udo G. sehr erstaunt war, wie es plötzlich aus heiterem Himmel bei ihm zweimal eingeschlagen hatte.

Pro Schelln hielt der Vorsitzende 600 Mark für angemessen, so dass der Herbert im Namen des öffentlich telefonierenden Volkes 1200 Mark online an die Gerichtskasse überweisen muss. „Wennin obber doch nu exdra gfrouchd hob, obber Fodzn will", maulte der Herbert nach, „und er sachd jawoll?" Und fügte dann etwas leiser hinzu: „Wenn iich edzer a Händy hädd, nou dääd i neiblaudern 'Leggd mi doch alle middernander aweng in Oorsch nei . . .'"

# Wenn du meinst, es geht nicht mehr

Vermutlich ist es eine forensische Rarität, dass jemand wegen Verfassens einer Einladung zum 50. Geburtstag voll verknackt wird. Aber dem Alleshändler und staatlich anerkannten Zigarettenschmuggler Leo R. ist dieses seltene Missgeschick widerfahren. „Sehr geehrte Damen und Herren", hat er im vergangenen Spätherbst poetisch und in filigraner Antiqua-Schrift verfasst, „liebe Freunde samtener Getränke und aufstoßreicher Nächte, wie Ihr wisst, vollende ich am 24. Dezember ein halbes Jahrhundert. Vereint mit Euch lässt sich dieser Schmerz leicht ertragen. Bitte kommt alle, ab 18 Uhr geht es rund. Ich wünsche keinerlei Geschenke. Höchstens eine kleine Spende zu Gunsten der weltweiten Aktion 'Wenn Du meinst es geht nicht mehr, kommt irgendwo ein Scherflein her'. Ich freu mich auf Euch, Rudi." Als P.S. hat unten auf der Einladung eine nicht zu übersehende Kontonummer geprangt.

Diese überzeugende, zu Herzen und Spendierhose gehende Einladung hat lediglich den kleinen Fehler gehabt, dass als Absender nicht Herr Leo R. auf dem Kuvert stand, sondern der örtliche Großkopf Rudi S. Auch die Nothilfe-Gruppe „Wenn Du meinst, es geht nicht mehr, kommt irgendwo ein Scherflein her" hat, mit Ausnahme der Kontonummer, in dieser Form nicht existiert. Vielmehr war der Konto-Inhaber wiederum ein gewisser Herr Leo R.

Vor Gericht hat der Leo jetzt blumenreich geschildert, dass es sich um einen Racheakt handeln hätte sollen. Gemäß den Schilderungen des Angeklagten sei dieser Rudi S., ein ehemaliger Geschäftspartner vom Leo, ein Schleimbeutel schlimmsten Ausmaßes gewesen, ein Gniedleinskopf und Schmierologe, der personifizierte

Wanderschieß. Angeblich habe er beruflich vor allem eine gut gehende Kette von Vetterlas-Wirtschaften sein eigen genannt, die ihn fett und feist gemacht hätten. „Und wäi iich den feinen Herrn nach langer Zeid widder amol droffn hob", äußerte sich der Leo, „und gfrouchd hob, obber mer gschwind amol an Brauner leiher konn, wall i vorübergehend aweng glamm bin - dou sachd der Binsl zu mir 'Mein Herr, ich kenne Ihnen nicht'. Und nou hodder mi schdäih loun."

Sowas prägt sich einem tief ein und es wachsen in der Racheabteilung des Hirns furchtbare Gedanken. „Ner ja", fuhr der Leo vor Gericht fort, „nou hobbi hald däi Einladung gschriem und an zwaahunderdfuchzg Laid verschiggd."

Folglich läutete es am 24. Dezember, dem heiligen Abend und Höhepunkt der staden Zeit, ab 18 Uhr alle zwei Minuten bei Herrn Rudi S. an der Haustür. Ungefähr hundertfünfzig Gäste hatten der Geburtstagseinladung trotz des Heiligen Abends gern Folge geleistet. „Ba die erschdn zwanzich ungefähr", schnaufte der Rudi als Zeuge, „hobbi nu suvill Krafd g'habd, dassis widder nausgschmissn hob. Wall erschdns binni nedd fuchzich, sondern vierervärzg, zweidns hobbi nedd am 24. Dezember Gebozzdooch, sondern am 14. Mai, und driddns woor ba uns grood Bescherung und iich hädd die Grisbaumkerzzn oozindn solln. Und nou hobbi einen dodalen Nervnzusammenbruch gräichd, Herr Richder."

Ob es 50, 80 oder 120 Geburtstagsgäste waren, hat sich nicht mehr genau ermitteln lassen. Man weiß nur aus den Schilderungen der Ehefrau vom Rudi, dass überall im Wohnzimmer, in der Küche, in der Essdiele, unterm Christbaum und am Balkon sich Menschen gedrängt, nach den ersten zwanzig Flaschen Wein „Happy Birthday" gegröhlt und sich nach den anderen samtenen Getränken und einer Kleinigkeit zum Essen erkundigt haben. Die Polizei hat das Haus räumen und den Rudi ins Krankenhaus bringen müssen.

Aufgrund der Kontonummer ist der Leo ziemlich schnell als Urheber des Geburtstagstumultes und des Vereins

„Wenn Du meinst, es geht nicht mehr, kommt irgendwo ein Scherflein her" ermittelt worden. Auf dem Konto „Ein Scherflein für Leo" hatten sich rund 9000 Mark eingefunden. „Ja wos maanern nou Sie", fragte er vorwurfsvoll den Richter, „wos iich allaans fiirs Borddo vo däi Einladungen fiir Ausloong g'habd hob?!" Vom Briefmarkenkleben wechselt er jetzt zum Tütenkleben, vier Monate schickte der Herr Rat den Leo ins Heim für schwer erziehbare Geburtstagsfälscher.

# Sex am Gehsteig

Im Tierreich herrschen häufig andere Moralbegriffe wie bei den Menschen. Sitte und Anstand liegen zum Beispiel beim Hund in jeder Beziehung wesentlich tiefer. Damit es aber nicht ständig zu unkontrollierten Übergriffen vor allem im erotischen Bereich kommt, hat die Stadt Nürnberg vor einiger Zeit den uneingeschränkten Leinenzwang eingeführt. An ihn haben sich an einem frühlingshaften Abend weder Herr Ernst S., Gebieter über einen nicht besonders reinrassigen Rauhbeindackel, noch Frau Barbara K. gehalten, die ihre Pudeldame Lisa anscheinend mit einem Schaf verwechselt. Die Lisa wird nämlich alle vier Wochen vom Hundefriseur vollkommen kahl geschoren. Ist aber meistens, im Gegensatz zum fränkischen Niedergebirgsschaf, gegen den Frühlingswind mit einem karierten Schottenröckchen geschützt. Am Kopf trägt die Lisa, ihrer Rasse entsprechend, ein Pudelmützchen.

„Woohrscheins", knurrte der Ernst vor Gericht, „hodd däi Frau gmaand, daß im Mai ba uns nu Fasching is. Suu an Hund hobbi in mein Leem nunni gseeng. Und mei Bill beschdimmd aa nedd." Ob der schwer definierbare Bill, eine Kreuzung vielleicht aus deutschem Schläferhund, Dackel und Riesenrammler, seinen Namen von irgendeinem amerikanischen Präsidenten herleitet, weiß man nicht. Für ihn gilt jedenfalls der bekannte Sinn- und Warnspruch: „Scharf wie Nachbars Lumpi".

„Asuu a hubferds Viech", wütete die wegen verschiedener Delikte angeklagte Pudelausstatterin Barbara über den Bill, „der g'herrd ins Heim fiir schwer erziehbare Karniggl. Baggd der mei Lisa vo der Talseidn, daß mei Waggala nu värzza Dooch dernouch zidderd hodd! Alles loun si mir aa nedd gfalln. Des kenner Sie sich mergn, Herr Bforsitzender, gell!" Der Ernst und sein ziemlich angeschärfter Bill hatten es an jenem Abend schon gemerkt. „Iich nimm oo", äußerte sich der Ernst, „daß däi

Frau ihrn Buudl undern Röckla aa nu barfümierd hodd. Sunsd wäär mei Bill nedd suu nersch worn. Normool moußd den aff a Weibla draffbindn, daß wos läffd."

Im Fall der Lisa waren damals keinerlei Zwangsmaßnahmen zur Fortpflanzung nötig. Der Bill hat kurz Witterung aufgenommen, ist auf die Lisa aufgesprungen, hat ihr das Schottenröckchen auf die Seite geschoben, und in nur wenigen Sekunden war das Abendwerk vollbracht. „Du Dreegsau, du dreggerde", hat die Barbara den deutschen Beischläferhund während seines Quickies angebrüllt, „du Wildsau! Schau blouß, dassd rookummsd vo meiner Lisa!" Gemäß einer weiteren Zeugenaussage soll die Barbara ihr zwangsläufiges Pudelfräulein erst am Halsband vom Tatort weggeschleift und dann dem hinten aufsitzenden Zuchthund Bill einen gewaltigen Tritt in den Hintern versetzt haben. Was den aufmerksam zuschauenden Ernst zu der Bemerkung veranlasst hat: „Edzer isser drin." „Ner Sie sin ja nu schlimmer wäi Ihr Gehschdeich-Rammler!", wandte sich daraufhin die Barbara dem Ernst zu. Und brüllte dann weiter: „Denner'S Ihrn Gässlas-Geicher endli vo meiner Lisa roo! Sunsd vergesser mi!" Als der Ernst in aller Ruhe meinte: „Mei Bill gäid scho vo selber roo, wenner ferddich is", verlegte die Barbara ihre gewalttätigen Attacken vom Hund auf das Herrchen. „Aff aamol", sagte der Ernst vor Gericht, „schäibd däi Frau ihrn Rock houch, des is aa a Schoddnrock gween, und nou is mer scho ganz schwummrich worn. Obber däi hodd in Rock blouß naaf, daß a Beinfreiheid hodd. Und bis iich gschaud hob, haud mer däi ihr Schouhschbidz vull zwischer meine Baaner nei. Wissn'S scho wou hii, Herr Richder. Binni fei ohnmächdich worn, suu Schmerzn sin des gween."

Wegen des um ein Haar vollendeten Kastrationsversuches beim Ernst und dem Tritt in den Hundehintern wurde Frau Barbara K. zu einer Geldstrafe von 1200 Mark verurteilt. „Loun Sie sich blouß nemmer seeng bei uns", riet die Barbara nach dem Urteil dem Ernst, „Wall fiir des Geld, dou hau iich ihr vierbaanerde Sex-Maschiner aa nu in die Eier."

# Flug-Computer

Nicht jeder kann auf Anhieb eine Software configuraten, sein icon subnet-masken oder den internet-explorer auf den name vom proxy-server linken, dass er auf Optionen stößt. Der ursprünglich stolze Homecomputerbesitzer Norbert M. gehört offenbar zu jenem kleinen Rest der allerletzten Neandertaler, die meinen ein PC ist ein Kinderspiel und auf Boris Beckers Worte vertrauen: „Ich bin fei schon drin!" Was der Besenkammer-Feger Becker uns mit diesen Worten wirklich sagen wollte, weiß man inzwischen. Wie Herr Norbert M. hineinkommen wollte, hat sich nicht mehr ganz genau rekonstruieren lassen. Der verzweifelte PC-User ist jetzt wegen Körperverletzung, Beleidigung seines Opfers und Computer-Weitwurf vor Gericht gestanden.

An jenem Samstag hat er auf Befehl seiner Ehefrau im Billigst-Mark marinierte Heringe, polnische Riesengurken im Glas und einen fettarmen Trink-Kefir kaufen sollen, ist aber wegen des supergünstigen Spottpreis-Angebotes stattdessen mit einem Home-PC, Rechner, Farbdrucker und der dazugehörigen, 400 Seiten umfassenden Bedienungsanleitung wieder heimgekehrt. „Also guud", hat seine Frau den Eintritt ihres Mannes ins Computer-Zeitalter kommentiert, „nou gibds haid zon Middochessn hald marinierde Migro-Chips aff der Fesdbladdn." Und der Norbert hat sich umgehend mit seinem neuen PC in sein Arbeitszimmer zurückgezogen. Es befindet sich im dritten Stock des Mietshauses in der Südstadt.

„Iich blädiere aff eine Effegdhandlung odder wäi des hassd, Herr Richder", eröffnete der Norbert seine Verteidigung, „wall fimbf Schdund am Kombuder ärwern und in dera sogenanndn Bedienungsanleidung lesn - des häld keine alde Sau aus."

Als erstes hat der angehende Beherrscher des Internets solche Wörter entschlüsseln wollen wie Strg, Entf, Filfi, Alt oder Dos-Task. Ungefähr nach zwei Stunden ist er irgendwie schon drin gewesen, andererseits aber auch wieder draußen. „Wall", äußerte er sich in der Verhandlung, „alle boor Minuddn hodds aff aamool suu bläid bfiffn und nou sin dauernd mid anner saubläidn Musigg Männla iiber mein Bildschirm g'hubfd. Verschdenger'S Herr Richder!? Iich dou mi hochgeisdich mid Strg, Entf odder Filfi beschäfdichn - und bums! Hauds mer scho widder die Musiggmännla nei. Dou moußd doch bläid wern, odder!?"

Bei dem Phänomen der pfeifenden Hupfaufmännchen hat es sich vermutlich um den Bildschirmschoner gehandelt. Einmal hat der Norbert einen ersten, vollkommen klar verständlichen Befehl von seinem Bildschirm erhalten. Nämlich „Papierkorb leeren". „Und nou", sagte er vor Gericht, „hobbi mein Babierkorb ausgleerd. Alles in die Blaue Donne drund im Keller. Und wäi iich zrigg kumm, hubfn widder däi Männla am Bildschirm rum."

Nach fast fünf Stunden wissenschaftlicher Arbeit hat der Norbert mit seinem PC schon erste Zwiegespräche geführt. „Du Oorschluuch, du saubläids!" hat man ihn brüllen hören, „mid dein Entf-Strg-Oorschgschmarri! Du dumme Sau, du dumme! Edzer hobbi die Schnauzn endgildi vull!" Im Mitteilungsfeld seines neuen Freundes hat es geheißen „Sie können den Computer jetzt herunterfahren." „Ner ja", erklärte der Norbert dem Richter, „zum Noofoohrn hobbi nix dou g'habd. Es Fensder woor offn - und nou hobbin schdadds runtergefahren, hobbin hald noogschmissn." Unten ist gerade Herr Dieter S. aus der Tür geschritten, der seitdem auch eine starke Aversion gegen Computer hat. „Iich heer nu", sagte der Zeuge Dieter S. aus, „wäi mir der Nachber droomer vom driddn

Schdugg nouchschreid 'Dir Oorsch werris scho zeing!', denk mer nu, woss hoddn edzer der geecher miich, und in den Momend gräich iich einen deroordichn Schlooch aff die Schulder. Iich hob nu dengd, des werd doch hoffendli nedd däi russische Raumschdazion sei. Und nou woor i bewussdlos."

Wegen Computerweitwurf im Affekt wurde der Norbert zu einer Geldstrafe von 3000 Mark verurteilt. „Doud mer wergli leid", entschuldigte sich der Angeklagte bei seinem Wohnungsnachbar, „obber iich schau amol in die Drimmer vo mein PC nouch. Vielleichd gäid der Bildschirm-Schoner nu. Den hoggsder nou hald in Zukumbfd immer am Kubf, wennsd ausn Haus gäisd."

# Soko Müllsack

Gemäß einer geheimwissenschaftlichen Erhebung gehen 60 Prozent aller Ehemänner fremd, 40 Prozent lügen, und 100 Prozent schwören, dass sie hundertfünfzigprozentig treu sind. Bei den Ehefrauen ist es umgekehrt. Über diese Zahlen hat im vergangenen Herbst der mutmaßliche Vollgeweihträger Horst E. lange nachgedacht und ist zu der Überzeugung gelangt, dass er die 0 Prozent treue Ehemänner verkörpert, seine Frau Barbara hingegen der Gruppe der Notlügnerinnen angehört. „Iich hädd aa kaddolischer Briesder odder Babsd wern kenner", legte er vor Gericht sein Eheleben offen, „Wall wenn mi iich oomds schäi sauber gwaschn hob und mein Darzan-Danga oozuung, nou is mei Frau vo anner Minuddn aff die andere aff aamol mäid gween odder sie hodd Migräne g'habd odder sie hodd middn in der Nachd Wäsch waschn mäin."

Verhängnisvoll hat sich für den Horst jene denkwürdige Liebesnacht ausgewirkt, in der sich nach einem kleinen Übergriff die Barbara im Bett angeblich mit den Worten zurückgezogen hat: „Edzer nedd, Vadder! Wenn die Kinder wach wern." „Iich bin nou widder in mei Bedd niiber", sagte der Horst in der Verhandlung, „und aff aamol is mer eigfalln, dass mir goor kanne Kinder hom, Herr Richder. Und nou hobbi mer dengd, dou konn doch wos nedd schdimmer."

Nach dieser Nacht ist dem Horst plötzlich noch mehr eingefallen. Dass seine Frau allein in der Volkshochschule einen Kurs für Ikebana, einen für fernöstliche Naturheilkunde, einen für Selbstakupunktur und einen für Peddigrohrflechten belegt hat. „Und nou", sagte der Horst, „hobbi den Moo dou gsachd, er soll amol aweng aafbassn."

„Der Moo", Herr Gerd B., war ursprünglich der beste Freund vom Horst. Er sollte der Barbara nachspionieren. Im Erfolgsfall für 500 Mark. Schon nach drei Tagen meldete der Gerd Vollzug. „In den glann Wäldla drund an der Bengerz", vertraute er dem Horst an, „schdengers immer a Schdund ungefähr middn Audo. Wer der Moo is, wassi nedd. Obber die Frau is hunderdundbrozend die Barbara mid ihre roudn Hoor. Die fimbfhunderd Marg gräicherdi i nu."

Vor der Auszahlung wollte der Horst seine Ehefrau aber noch in flagranti erwischen. Also pirschten er und der Gerd am nächsten Nachmittag, an dem offiziell Peddigrohrflechten war, sich an das Waldstück heran. Der Feierabend-Detektiv Gerd B. hatte die wichtigsten Utensilien, die man im Beobachtungswesen braucht, mitgebracht - zwei große blaue Müllsäcke, ein altes Opernglas und einen Fotoapparat. „Nou simmer", schilderte der Horst die Observierung, „zwaa Schdund hinder an Baum gschdandn, als Müllsäck verkleided. Dou hommer Schlidz fiir die Aung neigschniddn. Nou is a Audo kummer. Der ander Depp hodd in sein Müllsack drinner dauernd foddografierd und nou simmer in die Säck drinner langsam bis zu den Audo gloffn und g'hubfd. Nocherdla hodds mi weecher mein enger Sack gscheid hiig'haud, aus den Audo schdeichd a wildfremde Frau und a Moo aus. Vo den hobbi nou a gscheide am Baggn naafgräichd. Und dann sins widder forddgfoohrn."

Wie die zwei Waldspione wieder einigermaßen zu sich gekommen sind, hat der Gerd dem Horst mitgeteilt, dass es schon ein Pech ist, im Foto war nämlich kein Film drin. Und ob er jetzt seine 500 Mark haben kann. „Schdadds däi fimbfhunderd Mark", bekannte der Horst, „hobbi den Aff dann eine Flusskreuzfahrd gschengd. Iich hob nern zammds sein blauer Müllsack in die Bengerz neigschmissn. Bis korzz vuur den Wehr ba Lafferhulz isser kummer. Dou isser ans Ufer grabbld. Und nou hobbin glaab i nu aweng gfodzd."

Wegen der beinahe lebensgefährlichen Körperverletzung wurde Herr Horst E. zu acht Monaten auf Bewährung und

4500 Mark Geldstrafe verurteilt. Was seine Ehe jetzt macht, fragte der Herr Amtsgerichtsrat noch. „Alles baleddi", antwortete der Horst, „Des mid der Volgshochschul hodd fei gschdimmd. Edzer mach iich aa Ikebana, Aggubungdur, Nadurheilkunde. Und derhamm demmer dann immer aweng Pettingrohrflechdn. Odder wäi des hassd."

# Der Eiermann
# von Rasch

Wie das richtige Leben basiert auch die Scheinwelt der allgemeinen Körperertüchtigung auf immer neuen Errungenschaften, Erkenntnissen, Erfindungen, Innovationen, großartigen Umwälzungen. Zum Beispiel hat jetzt der Fliesenlegermeister und hobbymäßige Steckerlaswald-Traber Harald B. nach dem Biathlon, dem Rother Triathlon den Schwarzenbacher Sexathlon erfunden. In Anlehnung an den Iron-Man von Roth heißt der Nebenerwerbs-Jogger nach seiner juristischen Affäre mit der Dauerläuferin Marion T. in Freundeskreis auch der Eier-Man von Rasch.

An einem der wenigen sonnigen Samstage im Frühling ist der Harald zur Stählung seines fast schon fünfzigjährigen Körpers wie immer am alten Kanal entlang geschnauft. Auf der Höhe von Worzeldorf ist er auf den größten Unsittlichkeitsskandal aller Zeiten gestoßen, in Gestalt der ebenfalls in Richtung Oberpfalz joggenden Marion T.

„Eine Sauerei hoch drei", reimte der immer noch empörte Harald vor Gericht, „Däi Schlumbl konnsd vielleichd in der Bebb-Schouh rumhubfn loun! Obber ban Waldlauf hodd däi Schnebfn wergli nix verluurn. Dou gräigsd doch in Dschogging-Schock! Der dreivärddlde Oorsch is dera aus der Huusn rausg'hängd! Und des Bissla Di-Schörd, wou däi oog'habd hodd - dou hädds glei ganz naggerd aa rumrenner kenner, däi Schnalln."

Zunächst verbat sich der Amtsrichter unter feierlicher Bekanntgabe einer kleinen Ordnungsstrafe energisch die Einstufung der Marion als Schnepfe, Schnalln oder Schlumbl und ihre Versetzung in die Peep-Show. Dann kam die wegen ihres kurzen Höschens so schwer inkriminierte Dame persönlich zu Wort. Ziemlich lang.

„Den werri glei a Schnalln am Baggn naafhauer", hob sie an, „Edzer gäid das ganze Kaschberla scho widder oo! Iich soogs Ihner wäis is, Herr Richder, den aldn Schlurcher hodds doch die Aung rausdriggd, wäi wenner in sein Kubf zwaa Fernrohre eibaud hodd! Und der Gaafer is nern roogloffn wäi an Ochsn, der wou si in die Besamungsanschdald verloffn hodd. Und der Huuserdaschnrammler mecherd edzer an Vuurdrooch iiber die Siddlichkeid haldn. Dou lach i ja wäi der Bundeskanzler, wenn er a Fernsehkamera sichd!" Auch in diesem Fall erteilte das hohe Gericht eine Ordnungsstrafe.

Erst danach durfte die Marion den denkwürdigen Kanal-Halbmarathon weiter schildern. Sie hat also damals aus dem Gesichtsausdruck vom Harald nicht Entrüstung herausgelesen, sondern eher Aufrüstung. Aus Scham vor dem Harald seinen Stielaugen sei sie ein bisschen schneller gerannt. Aber der angebliche Moralapostel hat auch einen Gang zugelegt. Kurz nach dem Bruck-Kanal, wo die Marion sonst wendet, ist er immer noch in Sichtweite hinter ihr her gewetzt. „Andauernd", erinnerte sich die Joggerin, „hodder irchndwelche Sauereien derzilld. Wou er ner ibberhabbs die Lufd herbrachd hodd!? Und in sei Dräningshuusn hodder aa a boormool neiglangd."

So oder so ähnlich schnaufte das Sexathlon-Tandem an der Abzweigung nach Lindelburg vorbei und Unterferrieden, an Pfeifferhütte, Burgthann, Schwarzenbach und näherte sich der Höhe von Rasch am Dörlbacher Einstich. „Und dou", sagte die Marion, „dou is nou godzeidank a Bollizei-Audo gschdandn. Hobbi zu däi zwaa Bolli gsachd, sie solln den Moo fesdnehmer." Der Dauerschnaufer Harald B. hingegen japste in den letzten Zügen, dass man sofort die Marion verhaften soll, wegen Erregung öffentlichen Ärgernisses. „Vill", äußerte sich die Marion, „werd mer ba Dir obber nemmer erreeng kenner." Nach einer ausgedehnten Beratung mit sich selbst stellte der Richter das Verfahren gegen den Harald ein. Unter der Auflage, dass er nie mehr am alten Kanal joggt und schon gleich gar nicht hinter der Marion her. „Obber vuur ihr laaf i scho amol her", drohte er nach der Verhandlung an, „Und aa mid an Schniirbändla als Huusn. Und wennera nou aa der Gaafer roolleffd - iich laaf weider. Wenns sei mouß, bis ans Schwarze Meer."

50

# Guten Abend, gute Nacht

Der mittelfränkische Bewegungsmelder war bis vor kurzem noch ein seelenloser Beleuchtungskörper, der nachts bei Bewegungen aller Art wie vorüberhuschenden Fledermäusen, fallenden Blättern oder lallenden Wirtshausheimkehrern alles in gleißendes Licht getaucht hat und irgendwann wieder sang- und klanglos ausgegangen ist. Inzwischen haben sich anscheinend der begnadete Erfinder vom Bewegungsmelder und der Entdecker des Lachsacks zusammengetan. Und es lauern jetzt hinter Jägerzäunen der lichtflutende Grüßgottsack, der alles erhellende Zwitschersack, das knurrende Lampenhörnchen, der brüllende Glühbirnenpapagei, vierhundert Watt, hundertzwanzig Dezibel. Also strahlende Lebewesen wie du und ich.

Der Dämmerschöppner Herbert Z. hat in den vergangenen Spätwinterwochen die Bekanntschaft eines singenden Punktstrahlers mit Zipfelmütze gemacht. Dieses Bewegungsmelder-Monster war eine Mischung aus Vorgartenzwerg, Flutlicht und Placido Domingo, hat hinter der Thujahecke von Herrn Roland S. gelauert und ist jeden Abend nach 22 Uhr zum Leben erwacht. Wenn sich was bewegt hat, haben seine Augen zwei taghelle Lichtkorridore erzeugt, sein Kopf ist in leichte Drehungen verfallen und dazu hat es gut hörbar „Guten Abend, Gute Nacht, von Röslein bedacht" gesungen.

Dreimal in der Woche hat der Herbert mangels anderer Umwege beim Heimtaumeln von der Kneipe den singen-

den Nachtwächter passieren müssen. „Dou werrsd doch verriggd", hat sich der Herbert vor Gericht beklagt, „Jeedsmool hodd miich der Brüllaff vull angschdrahld und 'Guten Abend, Gute Nacht' gschriea! Iich wohn zwaa Haiser weider, dou hob iich schdrimbferds ins Schloofzimmer schleing kenner, wäi i gwolld hob - mei Frau is scho wach gween. Walls den Beweechungszibfl nerdirli aa g'heerd hodd." Mehrfach hatte der Herbert seinen Nachbarn Roland S. gebeten, seinen leuchtenden Vorgartenzwerg-Tenor jeweils am Montag, Mittwoch und Freitag, den Terminen seiner Wirtshausbesuche, erst ab nachts um zwei Uhr singen zu lassen. Aber ohne Ergebnis. „Und wäi iich an den Freidooch Nachd vobbeigloffn bin", erinnerte sich der Herbert, „hodder scho widder aafglaichd, 'Guten Abend, Gute Nacht' brülld. Iich hob zrigg gsunger, daß - wenner in seiner bläidn Goschn aa a Zunger drinner hodd - nou soll er mi dermiid aweng am Oorsch leggn. Und in den Momend laichd numol a Scheinwerfer aaf, a Fruusch fängd zon Gwaagn oo und waggld mid anner Krone am Kubf. Hodd si mei Nachber numol an Beweechungsmelder in Garddn neigschdelld, als Froschkönich verkleided."
Zwischen Flutlichblitzen, Quaken und Abendgesang hechtete der Herbert über das Gartentürchen, killte den singenden Zwerg mit einem Tritt voll in die Musikbox und trampelte danach auf dem Froschkönig herum, bis wieder ordnungsgemäße Nachtruhe in der Vorstadt herrschte. In dem Moment erschien im ersten Stock am Fenster der Bewegungsmelder Roland S. und fragte in die ungewohnte Stille hinaus „Is dou wer an meine Beweechungsmelder?!" Geistesgegenwärtig presste sich der Herbert unten in die Thujahecke, schmetterte zur Tarnung erst „Guten Abend, Gute Nacht" und ließ sodann ein Quaken erschallen, das an ein Aufstößerchen nach zwölf Hefeweizen gemahnte. „Dou hodds der Nachber nou gmergd", sagte der Herbert, „dass ich kanne zwaa Beweechungsmelder bin." Wegen Hausfriedensbruch und Bewegungsmelderzerstörung wurde der Herbert zu 300 Euro Geldstrafe verurteilt.

# Der Börsen-Einbruch

Vereinzelt gibt es noch Menschen, die arbeiten. Der Business-Mann von Heute aber lässt sein Geld arbeiten, wie etwa der Rentner Alfred F. Er gehört zu jenen gewöhnlich gut unterrichteten Greisen, die ab Mittag im nahen Tankstellen-Stübchen sitzen, karteln, alle zehn Minuten ein Jägermeister-Fläschchen aufschrauben, das Gras wachsen hören und über den Stand des Dax oder des Hang-Seng-Index unmittelbar nach dem Freitags-Fixing schon genauestens bescheid wissen. Eine Visitenkarte in Goldlettern weist den Tankstellen-Broker Alfred F. auch als Anlageberater aus. „Wall", pflegt er guten Kunden vertraulich mitzuteilen, „iich hob fräihers in Färdd an der Billing-Anlage gärwerd. Als Heringswedler."

Schon seit längerer Zeit preist der Geheim-Analyst seine Aktien-Tipps und Fonds-Beratungen mit Aussichten auf Renditen bis zu sechzig Prozent an, aber es ist ihm bisher noch keiner auf die Schaufel gesprungen. Jetzt aber ist ihm mit dem Nachtschichtler Erwin N. erstmals ein anlagenfreudiger Kunde in die Fänge geraten.

„Allmächd!", hat der Erwin beim ersten Börsengespräch in der Tankstelle ehrfürchtig geflüstert, „Sechzg Brozend! Dou dääd iich ja ba dausnd Marg an die Sechzichdausnd verdäiner." Ganz so viel sei es nicht, dämpfte der Alfred die Erwartungen vom Erwin, da müsse er sich beim Prozentrechnen ein bisschen vertan haben, aber ungefähr komme es schon hin. „Es Bläide is blouß", bedauerte der Erwin, „daß iich kanne dausnd Mark hob. Obber iich kennd awäng wos verkaafn. Schmuck, Debbich, Fernseh, Fideo-Anlaach. Vo dahamm. Mei Frau is momendan aff Kur nemli."

Bei diesen Worten reifte im Anlageberater Alfred bereits ein großartiger Geheimplan. Den hielt er auch aufrecht, als der Erwin seine Verkaufsabsichten auf ein Aquarium mit drei Schleierschwänzen und ein Goldhamsterpärchen reduzieren wollte. „Wall", sagte er, „Wenn mei Frau vo der Kur hamm kummd, und der Fernseh is nemmer dou, nou gräich i die Huggn vull." Es trat aber sodann der Plan vom Alfred in Kraft. An einem der nächsten Abende erschien er mit einem großen Anhänger an seinem Kadett, Baujahr 1987, und ließ den Erwin seine eigene Wohnung ausräumen. Der nagelneue Fernseher, Videorecorder, Stereoanlage, die Couchgarnitur, drei Teppiche, der Elektroherd, die Spülmaschine, einiger Ölbilder mit Sonnenaufgängen, Sonnenuntergängen, Alpenpanoramen mit röhrenden Hirschen, das Schmuckkästchen von der Frau Lisbeth verließen noch in dieser Nacht auf dem Anhänger die Südstadt.

„Der hodd zu mir gsachd", äußerte sich der Erwin vor Gericht, „dasser leider im Leihhaus blouß drei Mille gräichd hodd. Obber es langd scho für einen Schbreu-Fonz odder suu ähnlich. Fuchzg Brozend Rendidde, hodder gmaand, sin allerwall drin. Und er lässd edzer mei Geld ärwern." Mit dem Schbreu-Fonz war vermutlich ein Streu-Fonds gemeint.

Eine Woche später kam die Ehefrau vom zukünftigen Renditen-Millionär von der Kur zurück und glaubte im ersten Augenblick, sie hätte sich in der Wohnung getäuscht: Kein Fernseher, kein Videorecorder mehr, keine Teppiche, keine Bilder, kein Herd, kein Geschirrspüler, kein Schmuck. „Ja schdell ner vuur", beschwichtigte sie der Erwin verabredungsgemäß, „haid nachd binni aweng schbeed hammkummer, und dou mäins ba uns eibrochn hoom. Die Diir aafbrochn und alles miidgnummer, däi Ganoovn." Die Lisbeth verständigte sofort die Polizei. Die Beamten wollten jedoch an einen Einbruch nicht so recht glauben. Die Türklinke war zwar infolge roher Gewalt abgebrochen, aber von innen. Und nach den ersten zarten Schelln seitens seiner Lisbeth rückte der Erwin mit der Wahrheit heraus. Dass man für ein Aquarium und ein Hamsterpärchen an der Wall Street keine Geschäfte machen könne, dass es halt schon ein bisschen mehr hätte sein müssen, aber dass sich die Lisbeth beruhigen kann, denn in Kürze schneie es die Rendite von ungefähr hunderttausend Mark ins Haus. Weil der Dollar schon wieder steigt. Daraufhin setzte es noch ein paar Schelln. Und bei der anschließenden Festnahme vom Einbroker Alfred F. stellte sich heraus, dass der Wohnungsinhalt nicht im Leihaus war, sondern ähnlich wie ein Misch-Fonds in alle Winde verstreut, unauffindbar. Auch der Erlös für das Mobiliar blieb im Dunkel der Aktienkurse für immer verschwunden.

Der Alfred wurde wegen Betrug und Diebstahl zu sechs Monaten ohne Bewährung verurteilt, der Erwin wegen Einbruch in der eigenen Wohnung und Vortäuschung einer Straftat zu drei Monaten. „Du konnsder goornedd vuurschdelln", flüsterte der Erwin dem Alfred beim Verlassen des Gerichtssaales zu, nachdem er von der Lisbeth noch einmal kurz abgewatscht worden war „wäi mi iich aff däi drei Monad im Gnasd frei."

Das überraschende Theater!

# Fern-Bedienung

Schüchternheit, Demut, Zurückhaltung, Geduld, Höflichkeit sind sehr schöne menschliche Eigenschaften. Aber manchmal haben sie selbst beim untertänigsten Hinterhof-Bückling, der Zeit seines Lebens dauernd auf der eigenen Schleimspur ausrutscht, ihre natürlichen Grenzen. Der Lebensmittelverkäufer Robert S. - personifiziertes Opferlamm, Weltgewissen und alleiniger Träger der Erbsünde - ist jetzt wegen schweren Geduldsfadenriss vor dem Amtsgericht gestanden.

Beim Gehen, Stehen und Verkaufen pflegt er sich stets für sein nichtswürdiges Dasein zu entschuldigen. An einem Sonntag ist der Robert schüchtern auf der Stuhlkante in einem Wirtshausgarten gesessen und hat nach einem halbstündigen Studium der Speisekarte der vielleicht zwanzig Meter entfernten Kellnerin Lydia R. zugeflüstert: „Verzeihung. Endschuldichn'S biddschenn, ob iich efendwell eine Beschdellung anmeldn kennd. Obber blouß, wenns Ihner grood neibassd." Das Gesäusel wurde vom Flügelschlag einer Fliege übertönt, es verlor sich ungehört. „Frollein", murmelte der Robert nach weiteren zehn Minuten, „macherd'S Ihner wos aus, wenn iich dann schbeeder an Sauerbraadn . . . naa, iich hob Zeid. Denner'S Ihner nedd derhudzn weecher mir. Endschuldichn'S biddschenn, nou warddi nu aweng, gell."

Ungefähr nach einer weiteren halben Stunde hob der Robert ganz langsam die Hand, zog sie aber schnell wieder ein, aus Angst, es könnte unhöflich oder gar aufdringlich auf die Fernbedienung Lydia wirken. Wie noch einmal eine halbe Stunde bestellungslos vorübergegangen ist, nahm der Robert seinen ganzen Mut zusammen und winkte wie ein Ertrinkender, beziehungsweise Verdurstender, mit der Hand. „Und wissn'S", fragte der Lebensmittelverkäufer Robert S. jetzt vor Gericht, „wissn'S wos des Frollein gmachd hodd, wäis mi winkn seeng hodd? Däi hodd zrigg gwunkn und is nou in der Kichn verschwundn." Dort wird die Lydia vielleicht eine Mahlzeit eingenommen oder ein kleines Mittagsschläfchen gehalten haben. Nach einer halben Stunde ist sie wieder am Horizont des Biergartens aufgetaucht, worauf der Robert in einem Anfall von Kühnheit und Dreistigkeit mit den Fingern geschnalzt hat. Die Lydia hat es beim Vorbeilaufen mit den Worten quittiert „Du wersders derwarddn kenner, odder!?"

Nach insgesamt eineinhalb Stunden Warten, Flüstern, Bitten, Betteln, Schnalzen, Pfeifen und Winken ist der Robert ermattet und hoffnungslos aufgestanden und hat den Wirtshausgarten verlassen wollen. „Und korzz bevuur i draußn woor", erinnerte er sich auf der Anklagebank, „kummd des Frollein aff mich zou gschossn, zäichd mi vo hindn am Groong, daß mer ball die Jaggn roogrissn hädd, und brilld miich oo, dassi gfälligsd zoohln soll, bevuur iich mich dou nausschleich. Und wossi alles g'habd hob!" Das war die Sekunde, in der alle Demut, Scheu, Schüchternheit und Höflichkeit vom Robert abfielen, wie Schuppen von den Haaren.

„Wos iich g'habd hob, des sooch i der edzer ganz genau, du lahmoorscherde Schlumbl!", schrie er, „Schreib's aff dein Block aaf, dassders nedd vergissd! Und zwoor hob iich annerhalb Schdund lang Sehnsuchd nach dir Bauerngoons g'habd. Nou hobbi nu Hunger g'habd und an Dorschd hobbi aa g'habd und zum Nachdisch hobbi mer mei Maul an die Diischkandn g'haud. Frische Lufd hobbi nu g'habd. Des woor nou alles, glaab i!" Und wie die Lydia vollkommen ungerührt gedroht hat, dass sie jetzt die Polizei alarmiert, und schon ins Gasthaus zum Telefon lauf hat wollen, hat der Robert noch hinzugefügt: „Endschuldichung, des woor nunni alles, wos i g'habd hob. Iich hob aa nu den Drang in mir g'habd, dassi der an Drimmer Oorschdridd gib." Gleichzeitig gab der Robert diesem Drang in sich nach und versetzte dem nicht ganz

unüppigen Hinterteil der Lydia einen Elfmeter, dass beinahe sein Fuß in ihm steckengeblieben wäre.

Wegen Beleidigung und Körperverletzung wurde Herr
Robert S. zu einer Geldstrafe von 1200 Mark verurteilt.
Beim Hinausgehen bedachte er die Lydia schon wieder
mit einem milden Blick und sprach: „Es doud mer
unheimli leid. Hoffendli is Ihr Oorsch nedd nachdragend."

# Karpfenmörder

Was die Kommunikation betrifft, ähneln Angler oft ihren Opfern. Wie Karpfen, Schleien, Rotfedern, Forellen sind sie sehr schweigsame Lebewesen, schnappen manchmal nach Luft oder nach einem Schluck Bier und pflegen die oft unerhört humorvollen Bemerkungen interessierter Jagdbeobachter unbeantwortet verhallen zu lassen. In diese stoische Lebenshaltung muss sich der Fischer Karl B., der erst seit einem halben Jahr stolzer Inhaber eines Angelscheins ist, noch besser einarbeiten. Er ist wegen schwerer Wortentgleisungen und körperlicher Gewaltausübung vor Gericht gestanden. Er hat sich sein neues Steckenpferd, beziehungsweise seinen Steckenfisch, einsamer, ruhiger, beschaulicher vorgestellt.

An jenem Samstag Nachmittag am alten Kanal hat ihm bereits bei der sorgfältigen Platzwahl an der Uferböschung ein Spaziergänger freundlich angebrüllt: „Griss Godd! Demmer gwiss aweng angln!?" Innerhalb einer knappen Stunde in der Kanaleinsamkeit ist der Angler Karl B. überschlägig zwanzig mal mit der bohrenden Frage konfrontiert worden, ob er hier gwiss a weng angelt. Im weiteren Verlauf der Einsamkeit haben vorbeikommende Radfahrer, Jogger, Spaziergänger, Hundeführer ihre Anteilnahme am Schicksal des Anglers Karl B. noch ein bisschen variiert. „Scho wos derwischd?", „Beißn's haid?", „Ba dera Hidz beißn's nedd, gell?", „Demmer aweng Würmer boodn?", „Lernsd gwiss dein Wurm es Schwimmer?", „Wardd die Frau scho dahamm mid der Bfanner?", „Ba Worzldorf hobbi an doudn Fiisch gseeng, den konnsd ganz leichd middn Kescher rausdou" - so oder so ähnlich ist die Kanaleinsamkeit auf den im Schilf sitzenden Karl hernieder geprasselt und er hat es geduldig ertragen.

Bis ihn in der fast menschenlosen, nahezu stillen Abenddämmerung ein ohrenbetäubendes Quietschen aus seinen

Träumen gerissen hat. Es hat sich um den verspäteten Radwanderer Maximilian S. gehandelt, der am Karl beinahe schon vorbei gewesen ist, ihn aber im letzten Moment noch entdeckt, voll abgebremst und ihn angeschrien hat: „Du Karbfn-Mörder! Schau bloß, dassd dou abhausd!"

Da wäre er dann, äußerte sich der Karl vor dem Amtsgericht, mit seiner Geduld am Ende gewesen. „Seid an halm Joohr", teilte er dem Vorsitzenden mit, „hob iich mein Anglschein. In dera Zeid hobbi an Schdichling mid drei Zendimeder Läng rauszuung. Den hobbi widder neigschmissn. Aamol is a alde Underhuusn an mein Hakn droo g'hängd und aamol a Fahrradreifn. Und nou sachd der ‚Karbfn-Mörder' zu mir!"

An diesem Abend hat die Auseinandersetzung so geendet, dass der Karl den militanten Karpfenschützer Maximilian am Radlertrikot hochgehoben und ihn in eine hochphilosophische Diskussion verwickelt hat. „Deine Iglo-Fischschdäbchen", hat er ihn angebrüllt, „däi sin gwiss an Aldersschwäche gschdorm, wennsders frissd!?" Nein, antwortete der Maximilian, die brauche er zu seiner Ernährung. „Und meine Karbfn!", schrie der Karl weiter, „Maansd gwiss, däi schdobf i mer aus und hängs dahamm an die Kichnwänd hii!" Dann deutete er aufs Radlertrikot vom Maximilian und die vielen dunklen Flecken auf ihm. „Wos issn nou des dou!?", brüllte er sich in Rage, „lauder doude Viecher aff dein Hemmerd! Du Schnaken-Mörder, Muckn-Killer, Grashubfer-Quäler! Hald blouß dei bläids Maul mid dein Karbfn-Mörder!" Auch Regenwürmer-Leichen, abgeschossene Libellen, tote Bienen, amputierte Hummeln, flachgedrückte Ameisen würden seinen Weg pflastern. „Killer wäi diich", knurrte der Karl zum Schluss, „däi mäin wech!" Und dann schleuderte er den Maximilian zusammen mit dem plötzlich vom Mountain- zum Water-Bike gewandelten Fahrrad in den Kanal. „Und jeedsmool, wenni rausgrabbln hob wolln", sagte der Maximilian, vor Gericht „hodd mi der Moo widder neigschmissn. Und wäi iich mich an ihn fesdgralld hob in meiner Doodesangsd, hodder mer es Ohrläbbla wechbissn." Die Frage, ob sie heute beißen, hatte der Maximilian dabei jedoch nicht gestellt.

Wegen Körperverletzung wurde der Karl zu einer Geldstrafe in Höhe von 600 Euro verurteilt. Und über den Verbleib des Ohrläppchens äußerte sich der Angler erstmals beim Verlassen des Gerichtssaales: „Des hobbi in glanne Schdiggla gschniidn und als Köder gnummer. Dou homs der vielleichd bissn . . ."

# Das fahrbare Modehaus

Durch manche Fußgängerzone ist inzwischen fast kein Durchkommen her. Kilometerlang schlängelt sich der Passant durch die Gehsteig und Straße ausschmückenden Wanderregale, fahrbaren Kleiderständer und Wühltische. Bereits beim ersten kleinen Sonnenstrahl sind die Azubis aller Geschäfte nämlich angehalten, verbilligte Bücher, lauter linke Schuhe, Unterhosen, Korsagen aller Art, Hemden, Kostüme, Kleider, Krawatten auf die Straße zu schieben. Am Feierabend herrscht oft große Verwirrung, welches Sonderrabatt-Regal zu wem gehört. In Gedanken versunkene Kunden haben vollhängende Kleiderständer manchmal schon von der Lorenzer Altstadt bis zum Plärrer verschoben.

Der momentan nicht ganz flüssige Leiharbeiter Josef M. ist von einem der zahlreichen mobilen Schaufenster jetzt sogar überfahren worden. So hat er es jedenfalls vor dem Amtsgericht geschildert, wo er wegen Diebstahl und Hehlerei angeklagt war. „Des is ja die allergräißde Frechheid!", erregte sich der Josef, „Erschd werd mer middn in der Fußgängerzone iibern Haufn gfoohrn, und dou derfiir, daß däi Doldi ka Handbrems in ihrn Kleiderschdänder hom, zeings mi dann aa nu oo."

Gemäß seinen Schilderungen ist der Josef damals frohgemut und mit einer frischen Laugenbreze auf den Lippen durch die am Admiral-Kino etwas abschüssige Fußgängerzone flaniert. Plötzlich hat er hinter sich was rattern hören, wollte noch zur Seite springen, doch es war schon zu spät. „Der Kleiderschdänder", erinnerte sich der Josef mit Entsetzen, „is vull aff miich draff g'hudzd. Mei Breezn hodds mer in Hals ninder gschuum, dassi ummer Hoor erschdiggd wär. Und wäi iich aus meiner Ohnmachd widder aafgwachd bin, binni in lauder Windermändl drinner gleeng. Iich schädz, däi vo den Gschäfd hom ihr alds Glumb nerblouß endsorng wolln und homs des Berchla noofoohrn loun. Nei in die Bengerz."

Angeblich hat der Josef dann die Wintermäntel wieder ordentlich sortiert, auf die Kleiderbügel gehängt und sodann in allen dort ansässigen Geschäften ermitteln wollen, wem sie gehören. „In den Uhrngschäfd hobbi gfrouchd", sagte der Josef, „im Schouhgschäfd, in der Eisdiele und ba den Döner-Kiosk. Obber kann hom die Windermändl g'herrd." Er habe auch noch nicht gehört, sagte der Richter, dass in Eisdielen oder in Döner-Kiosken Wintermäntel verkauft werden, und warum er den Kleiderständer nicht einfach habe stehen lassen, sondern eine Stunde später mit ihm am Maxplatz aufgespürt worden ist. „Also Sie kenner Froong schdelln", entrüstete er sich, „Wos machd mern mid einen Fundgegenschdand? Mer gäid affs Fundamd, odder?" „Ja, schon", drang der Herr Rat weiter in den Josef ein, „aber am Maxbladz is ka Fundamd, odder!?" „Dou hobbi mi mid den Kleiderschdänder verfoohrn", erklärte der Josef.

Er soll jetzt mit seinen schweren Krämpfen aufhören, herrschte ihn der Herr Vorsitzende an. Schließlich sei er dort am Maxplatz in einem Hauseingang gestanden, habe an seinen fahrbaren Wintermantelladen einen Pappdeckel hingehängt mit der nicht ganz fehlerfreien Aufschrift „Pilliche Mendel, Stück 10 Marg (oter 5 Euro)" und bis zum Eintreffen der Polizeistreife schon drei pilliche Mendel verkauft. „Ja gloor", sagte der Josef, „und des Geld hädd iich ja nou ordnungsgemäß am Fundamd abgeem. Obber des hom ja däi zwaa Bolli verhinderd. Und edzer bin aff aamol iich droo schuld."

Der Herr Rat blieb leider bei seiner Version, dass der einschlägig vorbestrafte Josef den Kleiderständer bereits in der Karolinenstraße abgeschleppt und am Maxplatz zum Sonderverkauf angeboten hat, und verurteilte ihn zu drei Monaten ohne Bewährung. „Bravo!", quittierte der Josef das Urteil und fügte noch hinzu: „Iich siggs scho kummer, daß däi Gleiderschdänder demnächsd aa nu modorisierd wern. Bis es erschde Doodesobfer gibd. Obber soong'S nou blouß nedd, iich hädd nedd dervuur gewarnd!"

# Obacht, Hosenkaschber

Warum die Schwimmkleidung oft immer noch mit der irreführenden Bezeichnung Badeanzug oder Badehose bedacht wird, weiß man nicht. In der städtischen Siedsee herrscht schon seit einigen Sommern vollkommene Arschbackenfreiheit. Wo die Beine zusammenkommen bambelt was Teebeutelartiges, durch den Hintern zieht sich eine Schnur, fertig ist die Badehose. Beim weiblichen Badeanzug gesellen sich für oben noch zwei weitere Bindfäden hinzu. Oder auch nicht. Die aktuelle Bademode ist Herrn Hartmut P. zum Verhängnis geworden, er hat sich vor dem Amtsgericht wegen Schaustellerei in der Hose verantworten müssen.

Angeblich hat er schon seit vielen Jahren kein Freibad mehr besucht, lieber hupft er vorsichtig in seine private Gummi-Swimmingpfütze, zwei Meter zehn Durchmesser, sechzig Zentimeter tief und aufblasbar. In den Balkon-Pool hatte er aber beim Tauchen aus versehen einen Plattn gebissen, und so hat er an jenem heißen Samstag Nachmittag wieder einmal in einem städtischen Brutkasten Erfrischung gesucht. „Dou häddi", erregte er sich jetzt vor Gericht, „aa glei in die Bebb-Schau gäih kenner. Naggerd is goor ka Ausdrugg, wäi dou manche Frauen rumgloffn sin. Dou hosd obber scho ganz genau hiischauer mäin, dassd an Badeanzuuch siggsd!"

Und bei diesem ganz genauen Hinschauen, räumte der Hartmut ohne weiteres ein, hätte er dann seinen Schwellkörper nicht mehr so richtig im Griff gehabt, die Nixen mit fast nix an seien ihm schwer zu Kopf, beziehungsweise zur Hose gestiegen. „Iich hob mi nou hald am Bauch gleechd, „schilderte er seine Hochgefühlsbekämpfung, „Wos willsdn als Moo andersch machn?" „Ner gloor", schimpfte da die Zeugin, Frau Angelika D., „edzer sin mir droo schuld, dassi der Moo dou in der Öffendlichkeid aafgfiird hodd wäi die Sau am Sofa. Erschdns brauchder ja nedd hiischauer, wenners nedd verdräächd. Und zweidns, Herr Richder, häddns amol den sei Boodhuusn ooschauer solln. Däi hodd die Gräiß vonnern Hefdbflasder g'habd! Und suu is der vuur mir rumgschdieng wäi der Gieger aff der Misdn. Zammds sein gschwollner Kamm. Und oomer iibern Gummibund hodder sugoor nu rausgschaud!"

An den Höhepunkt erinnerte sich die Angelika auch noch sehr genau. „Zeerschd", fuhr sie fort, „hobbi ja nu gmaand, es is a Verseeng und hob zu ihn gsachd, dasser si gscheid oozäing soll, sei Kaschber schaud aus der Huusn raus. Nou hodder aweng bläid glachd, und nou sachd der alde Debb zu mir, daß sei Kaschber ruhich aweng rausschauer koo, der is sunsd die ganz Zeid im Finsdern, und wenni Zeid hob, nou kennd er aa amol ba mir reischauer. Dorddn am Zaun hinder die Büsch is schäi schaddich, hodder gsachd. Nou binni serfordd zon Boodmasder und hob die Bollizei verschdändichd."

Dieses schwüle Angebot als Buschverführer sei vielleicht das Wunschdenken der Angelika gewesen, verteidigte sich der Hartmut. Natürlich sei er während seiner Drangperiode auch einmal aufgestanden, aber nicht wegen der Angelika, sondern wegen der Sonne, die ihm den Bucke verbrannt hat.

Es gab aber noch zwei weitere Zeuginnen, die die exhibitionistischen Wanderungen vom Hartmut bestätigen konnten. Das Gericht sah es als erwiesen an, dass Herr Hartmut P. sein Stehaufmännchen in schamverletzender Weise spazierengeführt hat, und verurteilte ihn zu einer Geldstrafe von 600 Euro. „Es nexd mool", stellte der Angeklagte in Aussicht, „kaafi mer a Blechhuusn zum Boodn, Schwimmflüchala, dassi nedd undergäih mid den Gwichd, und zum Bierhulln rudschi nou affn Bauch vuur zon Kiosk." Da erwiderte ihm die Angelika beim Vorbeirauschen: „Asuu a Gscheiß um däi boor Zendimeder vo dein Schnorchl braugsd aa widder nedd machn."

# Gurkenschwemme

Nicht einmal große Denker und Weltlenker wie die Philosophen Stoiber oder der Schröder haben das Wachstum richtig im Griff. Geschweige denn mittelfränkische Schrebergärtner. Zwei aus der Zunft der organisierten Düngerkünstler sind sich im vergangenen Spätsommer wegen Konjunkturüberhitzung im Wachstumsbereich schwer an die Gurke gegangen, beziehungsweise an die Zucchini. Der Kriminalfall zwischen dem berühmten Tomatenmännchenschnitzer Gerhard B. und dem geheimen Zucchini-Exporteur Dieter S. befindet sich inzwischen in der dritten Instanz, eine weitere Verhandlung vor dem europäischen Gurkengerichtshof ist nicht ausgeschlossen.

Im Grundsatz geht es um das Problem, dass im Pflanzen- und Gemüsebereich das Wachstum macht, was es will. Mit Ausnahme vielleicht bei der halbgeklonten, genrasierten holländischen Wassertomatenpflanze, die man auch so weit dressieren könnte, dass sie jeden Abend nach Art der Batteriehenne zwei Früchte legt. Aber fränkische Tomaten, Zucchini, Gurken, Kürbisse oder Salate sind in keiner Weise zügelbar. Innerhalb von einer Woche haut es diese Massenernährungsmittel tonnenweise vom Stengel, dass ihre verzweifelten Besitzer sie nicht selten aussetzen und in den Urlaub flüchten.

So ähnlich soll auch der Nebenerwerbs-Stadt- und -landwirt Gerhard B. mit seiner Zucchini-Schwemme verfahren sein. An einem Samstag Vormittag hat sich jedenfalls bei seinem Kolonie-Nachbar Dieter S. ein Zucchini-Berg von fast einem Meter Höhe aufgetürmt, der bei diesem Anblick in eine schwere Nervenkrise verfallen ist.

„Iich wass goornedd, wos der hodd", verteidigte sich der Gerhard vor Gericht, „Iich hob nern doch exdra nu gfrouchd, obber a boor Zucchini will." „A boor Zucchini scho", wurde da sein Nachbar laut, „obber kanne boor

Lasdwääng vull." „Und nocherdla", fuhr der Dieter fort, „hobbin drei Schdund lang seine Zucchini widder iibern Zaun niibergschmissn. Dou derbei is mer mei undersde Bandscheim ausn Gnorbl rausg'hubfd, dassi blouß nu grabbln hob kenner."

Alles Lug und Trug mit dem Bandscheibenschaden, sagte der Gerhard, denn der Zucchiniwerfer müsse am Sonntag immer noch im Vollbesitz seiner Rückenkräfte gewesen sein. Jedenfalls seien außer den retournierten Zucchini einen Tag später auf seinem original englischen Rasen überschlägig auch noch ein Zentner Salatgurken, ein stattlicher Haufen Kohlrabi, bereits in Gärung übergegangene Zwetschgen, sowie ein vollbesetztes Wespennest gelegen. „Die Zwedschgn", wehrte sich der Dieter, „hodd sei Frau zum Eiweggn gwolld, Gurgn kommer immer widder amol braung, und Kullerroom hobb i goor kanne g'habd, däi main vom andern Nachber kummer sei." „Und middi Zucchini", fügte er noch hinzu, „dou hobbin scho lang vuurher gsachd g'habd, dasser däi gschissner Radiergummi-Gurgn, däi wou nach nix schmeggn, dasser däi selber b'haldn soll. Er kennd ja, hobbin nu gsachd, Zucchini-Männla aus ihner schnidzn. Dou vergäid die Zeid aa." „Und wos is mid den Websn-Nesd gween!?", fragte der Gerhard drohend zurück. „Dou konni nix derfiir", meinte der Dieter, „Iich schädz, daß des Schbedizions-Websn gween sin. Däi hom erschd meine Zwedschger zon Nachber niiber dransbordierd und nou ihr Büro. Dou schdeggsd hald nedd drinner, in suu an Websn-Nesd, gell."

Einen Tag später sind die Wander-Zucchini, Speditions-Wespen, Flug-Gurken, Reise-Kohlrabi, angereichert mit einem ansehnlichen Haufen bereits geschossenem Kopfsalat wieder beim Dieter gelegen, und Herr Gerhard B. ist in den Urlaub in die weitgehend zucchinifreie Südtiroler Bergwelt gefahren. Das hätte er nicht tun sollen. Bei der Rückkehr hat es in seinem Garten von Stangenbohnen, ganz kleinen Kartoffelschussern, einem Püree aus Zucchini, Gurken, Tomaten, Kohlrabi und Wespennestern nur so gewimmelt. „Iich bin doch nedd", schrie der Gerhard vor Gericht, „den Gurgndredzer sei Kombosdhaufn! Ungraud aus seiner Gweggn-Blandaasche hodder mer aa nu riibergschmissn, dassi middn Blaukorn-Schiddn goor nemmer nouchkumm!"

Inzwischen ist aber der riesige Gemüsegipfel den Weg jeden irdischen Lebens gegangen, er ist verrottet. Nur dem Gerhard seine Wespen und dem Dieter sein Bandscheibenvorfall sind angeblich noch da. Der Richter flehte dringend um einen Vergleich. „Kemmer driiber reedn", vertraute ihm der Gerhard nach der Verhandlung leise an, und gab auch seine Bedingung gleich bekannt: „Wenn i Ihner däi Dooch drei Robbern vull Zucchini vobbeibringer derf. Däi wachsn haier scho widder wäi bläid . . ."

# Der Spotzer

Die meisten Lehrer wissen, wie man das Wort Humanität schreibt, nicht wenige haben sogar eine in sich. Nur lassen sie sie recht selten ins Freie. Zur dritten Sorte Schulkinderschreck hat vor langer Zeit schon der Deutsch-, Englisch- und Französisch-Eintrichterer Paul P. gehört. Er hat seinerzeit Heerscharen von Schülern am praktischen Beispiel, nämlich an seinem, gelehrt, dass diese Welt ein Jammertal ist, am jammertalsten die Unterrichtsstunden bei ihm.

Er muss während seines Studiums entschieden auch das Fach Sadismus & Haar- und Ohrenkunde belegt haben. Denn wie sich sein früherer Schüler Ludwig Z. - in der neueren Philologie ein Fall schwerster Hoffnungslosigkeit - heute noch genau erinnert, hat dieser Herr Leerer seine Befehle und Belehrungen gern mit dem Hochziehen der Schüler an Haaren und Ohren unterstrichen. Der Herr Hochstudienrat hat diese Lehrmethode als „Flaschenzug" zu bezeichnen beliebt, denn mit Ausnahme der paar Einser-Schleimer pro Klasse waren für ihn alle Schüler Flaschen. Auch hat er über eine sehr feuchte Ausprache verfügt, weswegen er in Fachkreisen „Schbodzer" genannt wurde.

Meistens hat er seinen Schülern in ausführlichen Berufsberatungsgesprächen dringend empfohlen, möglichst bald den Ausbildungsweg des Steinklopfers oder Nebenerwerbs-Nasenbohrers einzuschlagen. Gern hat er dabei seine hellauf begeisterten Zuhörer auch eine ganze Schulstunde lang stramm stehen oder ein paramilitärisches Lied aus der Zeit vor tausend Jahren singen lassen. Er war ein Volkspädagoge von rechtem Schrott und Korn. Nach letzterem hat gelegentlich auch sein Atem gerochen.

Jetzt hat ihn das Schicksal in Gestalt seines ehemaligen Schülers Ludwig Z. doch noch erwischt. Der Ludwig ist an einem unschuldigen Sommerabend in einem Biergärtlein gesessen, hat nach etwa neun bis zwölf Kellerbieren in sich einen Drang verspürt und ist in beschwingten Schlangenlinien auf die Toilette gekurvt. „Iich schdäih vuur der Rinner", erläuterte der Ludwig jetzt am Amtsgericht, „mach grood mein Huuserschdall aaf, schau nach rechds - und nou hobbi gmaand, miich driffd der Schlooch! Schdäid mei alder Englisch-Lehrer neber mir!" „Allmächd, der Schbodzer! Alarm,Alarm!" hat der Ludwig gebrüllt und vor lauter Schreck flüchten wollen, bis er gemerkt hat, dass ja inzwischen dreißig Jahre vorbei sind und der Spotzer keinerlei Macht mehr über ihn hat. „Ja nou hobbi hald mein aldn Lehrer", untertrieb der Ludwig vor Gericht ein bisschen, „rechd herzlich begrüßd am Abordd, nä!"

Diese herzliche Begrüßung hörte sich bei Herrn Paul P., dem Zeugen der Anklage, etwas dramatischer an. „Ich hape", wimmerte der bereits im Ruhestand befindliche Oberstudienrat in dem von ihm einst gelehrten Deutsch, „kerate moine Notdurft bferrichten wollen, ta schroit mich tieser Herr bfon der Tsoite an 'Allmächd, der Schbodzer! Alarm!'. Und tann hat er mich bfon hintön ankerembeld unt keschrien, warum er tamals mid trei Dsechser in Toitsch, Englisch und Bframbfösisch von der Schule gebfloken is." Und weil der Spotzer sich nach 30 Jahren nicht gleich an die drei Sechser erinnern hat können, soll ihn der Ludwig angeschrien haben, dass er Steinklopfer oder Nasenbohrer lernen soll.

Dann hat der ehemalige Schüler den Spotzer mitten im Verlauf der Notdurft erst an den nicht mehr sehr zahlreichen Haaren, dann an den Ohren in die Höhe gezogen, ihn ein bisschen im Kreis gedreht und vor Freude gewiehert: „Odder meldsd di am Volgsfesd als Karussellschiffer!" Wie ihn der Ludwig wieder runter gelassen hat, hat der Spotzer zur Freude mehrerer Toilettenbesucher mit offenem Hosentürchen noch stramm stehen und das Lied „Die blauen Dragoner, sie reiten" singen müssen.

Wegen schwerer Lehrkraftzersetzung hat der Ludwig seinen späten Rachefeldzug mit einer Geldstrafe von 1500 Euro büßen müssen. „Fui Teufel!" zischte der pensionierte Kinderdretzer dem Ludwig nach Prozessende noch ins Gesicht, „Ein bferrohter Dsauhaufen und Dsündenfuhl ist tiese Weld!!" „Hald dei Maul, alder Depp", beschied ihm sein ehemaliger Schüler ganz leis im Vorbeigehn, „Du schbodzd ja immer nu suu arch wäi vuur dreißg Joohr!"

# Rosi, die Kampf-Einkäuferin

Männer hilflos mitten im Einkaufs-Inferno erzeugen bei Frauen oft mütterliche Schutzengelsgeduld. Sie zeigen ihnen, wo sich der Magerquark befindet, helfen bei der komplizierten Steuerung des Einkaufswagens, stehen einem bei, wenn man aus versehen mit dem Zweimeter-Baguette als Schwert die kunstvoll errichtete Libby's Pfirsichkonservendosenpyramide umsäbelt.

Für Frau Rosi K. hingegen sind Männer, die zum Einkaufen geschickt werden, schwere Störfaktoren im Supermarktgetriebe. „A Moo", befand sie jetzt vor dem Amtsgericht, „der g'herrd die Samsdooch affs Sofa, in Bierschnuller in die Goschn, Wolldeggn iibern Kubf - nou koo er nix ooschdelln." Unglücklicherweise ist Herr Erhard L. an jenem fraglichen Samstag nicht mit dem Bierschnuller im Mund aufs Sofa gelegt, sondern von seiner Frau zum Einkaufen in die Wurstabteilung im nahen Supermarkt geschickt worden. Dort ist es zum Zusammentreffen mit der Kampf-Einkäuferin Rosi gekommen.

„Iich gräicherd. . .", hat sich der Erhard schüchtern äußern wollen. Schon hat die Rosi schneidend gezischt: „Du gräichersd gleich an Drimmer Elfmeeder, wennsd di nedd hindn ooschdellsd! Iich bin edzer droo!" Worauf aber die Verkäuferin hinter der Theke das Mitleid geschüttelt hat. „Naa, der Moo woor zeerschd dou", hat sie die Rosi auf Platz zwei verwiesen und erst den Erhard bedient. Von da an war Wurstkrieg an der Theke.

Immer wenn der Erhard mühselig einen Auftrag von seinem Einkaufszettel abgelesen hat, ist die Rosi dazwischen gefahren. „Zwaahundert Gramm weißn Bressag."

Die Rosi: „An Bressag am Kubf naaf konnsd hoom. Normool bin iich edzer droo!" „Fimbf Scheim kochdn Schinkn." Die Rosi wieder: „Vuurdrängler, elendicher. Eingli wäär iich droo!" So machte der völlig verschreckte Erhard langsam, aber stetig so ziemlich alle Wurstsorten von der Thüringer, über die Wiener bis zu den Regensburgern durch, immer von den Protestrufen der Rosi unterbrochen. Stolz ist der Erhard dann mit seinem Wursteinkauf in Höhe von fast 60 Euro davongezogen. „Iiich hob scho gmaand", sagte der Erhard jetzt vor Gericht, „iich hobs iiberschdandn, wäi i draußn vuur der Diir gween bin. Und aff aamol kummd däi Frau aa zu der Diir raus und haud mir ihr Einkaufswäächala vull in die Baaner nei. Wou iich doch suu arche Grambfadern hob, Herr Obergerichdsbressidend."

„Obber", fuhr er fort, „des woor nunni alles. Erschd hodds umernander gschriea, dass iich ein Schlurcher bin, a Daachdieb und a ganz bläide Sau. Alle Laid hom scho gschaud. Und in den Momend kummd a Audo vobbei middern Anhänger hindn droo. Baggd däi Frau aff aamol meine zwaa Düüdn mid der Worschd und schmeißds in den Anhänger nei. Iich bin nern nu nouchgrennd, obber i hob nern nemmer derwischd." Er könne sich nur noch erinnern, dass der Anhänger ein Nummernschild mit den Anfangsbuchstaben FÜ wie Fürth gehabt habe. „Obber iich konn doch nedd", schimpfte der Erhard, „alle Laid in Färdd froong, ob sie an Anhänger hom und ob dou zuffälli meine Worschd-Düüdn drinner gween sin, odder!?"

Das Verfahren gegen die Rosi wurde unter der Bedingung eingestellt, dass sie sich in aller Form entschuldigt und den Schaden wieder gut macht. Der Erhard war mit der Regelung einverstanden. Die Rosi schließlich auch. „Obber anns sooch i der", flüsterte sie ungerührt zum Erhard hinüber, „wenni diich nu aamol in den Subbermargd bam Eikaafn derwisch, nou schmeiß i di zammds deiner Worschd in nexdbesdn Anhänger nei." „Is in Ordnung", antwortete der Erhard, „obber wenns gäid, nedd in ann nach Färdd, sondern biddschenn nach Worzldorf. Nou brauch i nedd laafn."

# Der Umsatz-Guru

Wer aus sich und seinen Mitarbeitern völlig neue Menschen formen lassen möchte, der begibt sich in die Obhut eines staatlich ungeprüften Motivationstrainers. Auch Herr Udo G., Inhaber eines tief in rote Zahlen gebetteten kleinen Textilhauses, hat sich teils zur Rettung seines Geschäftes, teils zur großen Erheiterung seines einzigen Angestellten Waldemar K. ein Seminar aufs Auge drücken lassen. Der Motivationstrainer Werner H. hat dem Udo fest versprochen, dass er für die 3000 Mark Seminarkosten das Geschäft wieder auf Vordermann bringt, dass die Umsatzzahlen nach der Mitarbeiterschulung steil nach oben schnellen werden und dass er aus dem in Schweigen und Teilnahmslosigkeit ergrauten Verkäufer Waldemar K., dem stummsten und traurigsten Einzelhandelsgehilfen aller Zeiten, in nur zwei Tagen einen wahren Lachsack macht. Und dass dadurch die Kundschaft in das Fachgeschäft für Hochwasserhosen und andere Kurzwaren nur so hereinströmen wird.

Jetzt ist der Motivationstrainer vor Gericht gestanden, weil sich der Textilhändler Udo G. um 6000 Mark betrogen gefühlt hat. Auch der Verkäufer Waldemar wird das Motivationstraining nie mehr in seinem Leben vergessen. Er ist wegen schwerer Freundlichkeit der Kundschaft gegenüber fristlos gekündigt. „Ja woss der mid mein Waldemar gmachd hodd", rätselte der inzwischen pleite gegangene Geschäftsmann vor Gericht, „des wass i aa nedd. Am erschdn Dooch hommer als erschdes amol nix zon Essn gräichd und derzou a boor Lidder schdilles Mineralwasser. Nou hommer alle zwaa über glühende Kulln laafn mäin. Middooch hommer widder nix zon Essn gräichd. Dann hommer a Schdund lang im Schneidersidz dorddn hoggn mäin, nou widder Mineralwasser und widder iiber die haaßn Kulln laafn. Dou derbei hommer dauernd 'Omm, Omm, Omm' singer mäin."

„Oomds", erinnerte sich der Firmenchef, „simmer vuur unsern Mineralwasser g'hoggd, und nou hodd der Waldemar erschd 'Omm' gsachd und dann, dasser in des Seminar edzer gleich neischeißd. Und nou hodder suu komisch glachd." „Horng'S, Herr Richder", fuhr der Udo fort, „suvill hodd der ba mir im Laadn nu nie gredd g'habd. Und glachd hodder! Nou hob iich mir nerdirli dengd, dou schau her, schläächds doch scho oo, des Seminar!" Und er stellte bei soviel Erfolg ein weiteres Motivations-Seminar in Aussicht.

„Und am Mondooch in Gschäfd", schilderte der Udo das nicht ganz gelungene Psycho-Experiment, „kummd a Kunde in Laadn, haud nern der Waldemar aff die Schulder, lachd grood naus und sachd zu ihn 'Ner du alder Aff, lässd di aaa amol widder seeng in unserer Bruchbuudn'. Und nou is der Kunde widder ganger." Zwei weitere Kunden begrüßte der Waldemar ebenfalls mit vollem Gelächter und einem herzlichen dreifachen „Omm". Den einen titulierte er als „Wamberde Wildsau", dem andern wies er mit den Worten die Tür „Fiir diich Schbinaderer gibds kanne Huusn ba uns. Lass der amol an gscheidn Oorsch wachsn, und nou konnsd widder vobbeischauer!" Zwei Tage später feuerte der Udo seinen plötzlich so gesprächig und fröhlich gewordenen grauen Star-Verkäufer und musste dann mangels Kundschaft sein Geschäft schließen.

„Alles weecher den Modifazions-Drääner", schimpfte der Udo, „Iich mecherd blouß wissn, wos der mid den Waldemar gmachd hodd." Auf die Frage des Richters, ob sich Herr Waldemar K. von dem Motivationstrainer irgendwie psychisch manipuliert fühle, antwortete der Ex-Verkäufer: „Asuu a Gschmarri. Angsd hobbi g'habd! Zwaa Dooch schdilles Mineralwasser, nix zon Fressn und nou dauernd iiber däi haaßn Kulln renner! Wos glaam nern Sie, wäi meine Fäiß verbrennd woorn. Und nou sachd mei Scheff, daß mir woohrscheins numol suu a Modifazions-Drääning machn. Nou hobbi mer dengd, dou bisd läiber lusdich zur Kundschafd und lässder kündichn. Edzer gäids mer scho widder besser." Der Motivations-Trainer Werner H. wurde freigesprochen. Und der Herr Udo G. brüllte ihm zum Abschied hinterher: „Omm, omm, omm Oorsch leggn!"

# Der Fritz in der Elektro-Klemme

Manche nennen es Zumach-Dingsbums, manche halten es für eine Handlaserwaffe, in der Fachsprache aber heißt der neuartige Autotürschlüssel Funkfernbedienung für die Zentralverriegelung. Man drückt auf sie drauf, es blinkt, schon ist das Auto überall hermetisch verriegelt. Oder aufgesperrt. Je nachdem, wo man draufdrückt. So einen Funkfernbedienungsautotürschlüssel besitzt der Nebenerwerbs-Biertester Fritz S. In einer dramatischen Herbstnacht hat er die Erfahrung machen müssen, dass man auf so einen elektrischen Fernschlüssel nur draufdrücken und seine Autotür öffnen kann, wenn man an ihn hinkommt. Dem Fritz seine vergeblichen Türöffnungsversuche haben in einem furchtbaren Debakel geendet. Er ist wegen Erregung öffentlichen Ärgernisses, wegen Trunkenheit am Steuer und Beleidigung angeklagt gewesen.

Der Fritz hat keinerlei Hehl draus gemacht, dass er an jenem Abend an die zehn bis zwölf Bier zügig zu sich genommen und infolgedessen einen schönen inneren und äußeren Schwebezustand erreicht hat. „Obber alles andere", verwies er den Herrn Amtsrichter in seine Schranken, „is ein dodaales Gschmarri. Iich hob doch nerblouß mei Daschn ausn Audo rausdou wolln. Dou kommer mir doch desweeng ka Siddlichkeidsverbrechn naafhänger!"

Sauber abgefüllt ist der Fritz also damals zu seinem Auto vor der Wirtshaustür gewankt, hat stolz und schwer schwankend die Funkfernbedienung für die Zentralverriegelung angeknipst, danach nicht mehr genau gewusst, was er eigentlich will, hat erneut draufgedrückt, so dass es schon wieder verriegelt war, und dann die Tür zugeschlagen. „Wäi des ganger is", sagte der Fritz jetzt vor Gericht, „wass i aa nemmer genau. Iich glaab, iich hob mi

mid der ann Händ aweng am Audo fesdhaldn mäin. Und
wäi iich die Diir zoug'haud hob, is mei Daumer neizwiggd gween. Des woorn der vielleichd Schmerzzn,
Herr Gerichdsvuurschdand! Des kenner Sie Ihner nichd
vuurschdelln. Und nou hobbi mid mein elegdrischn
Zumach-Dingsbums die Diir widder aafmachn wolln,
obber edzer hobbi des Scheiß Ding in mei Huuserdaschn
neidou g'habd. In die linke Huuserdaschn! Die linke
Händ is in der Diir neigwedschd gween, und mid der
rechdn Händ binni nedd in die linke Huuserdaschn neikummer. Ja, wos willsd edzer dou machn. Und däi
Schmerzzn in mein Daumer nu derzou!"
Immer wieder hat sich der Fritz verrenkt wie ein Schlan-
genmensch im Zirkus, aber an die linke Hosentasche ist
er nicht hingekommen. Auch drin im Wirtshaus hat kein
Mensch gehört, wie draußen vor der Tür jemand dauernd
geschrien hat „Aualaaa mei Daumer! Hilfe, ich verbluu-
de! Wer kennd mern in mei Huuserdaschn neilanger!!!"
Den ziemlich breiten Daumen in der Autotür hat der Fritz
schon fast nicht mehr gespürt, da ist ihm die Rettung eingefallen. „Iich hob", berichtete er, „mid meiner rechdn
Händ mei Huusn aafgnöbfd und hobs auszuung. Dou derbei hobbi mers schnabbn wolln und in Audoschlissl rausdou. Obber die Huusn is mer am Buudn noogrudschd,
dassi widder nimmer hiikummer bin. Und die Underhuusn hodds mer dou derbei aa roozuung. Edzer binni
undn rum naggerd dorddn gschdandn. Und in Daumer
hobbi widder nedd rausbrachd aus der Diir."
In dem Moment ist Frau Anni F. von der Nachtschicht
heimgekehrt. Sie hat vor sich plötzlich einen voll ent-
blößten Mann erblickt, der wie in höchster sexueller Erregung gejault und sie zwischen den einzelnen Schreien
angefleht hat: „Langer's mer ner gschwind in mei Huusn
nei, dou is mei Dingsbums drinner! Und nou die Diir aafmachn und mein Daumer bloosn!" „Sie Schwein", hat die
Anni geschrien, „Iich wer Ihner glei in die Huusn langer
und wos bloosn." Dann alarmierte sie die Polizei.
Dass der Fritz weder die Anni noch die Öffentlichkeit
unzüchtig erregen wollte, war klar, dass er - mindestens

so breit und prall wie sein Daumen - wirklich noch Auto fahren wollte, nicht zu beweisen. Herr Fritz S. wurde freigesprochen. „Sin'S frouh", flüsterte ein Zuhörer dem Fritz nach der Verhandlung ins Ohr, „dass die Audodiir nu zou woor, wäi'S die Huusn scho roozuung g'habd hom. Sunsd häddnser si Ihrn middlern Daumer vielleichd aa nu neizwiggd."

# Albrecht-Dürer-Stube

## Michael Höllerzeder

Albrecht-Dürer-Straße 6 · Ecke Agnesgasse
90403 Nürnberg
Tel.: 09 11/22 72 09 · Fax 09 11/23 77 477
www.albrecht-duerer-stube.de

| | |
|---|---|
| Montag bis Donnerstag Abend: | 18.00 - 24.00 Uhr |
| Freitag Mittag: | 11.30 - 14.30 Uhr |
| Freitag Abend: | 18.00 - 1.00 Uhr |
| Sonntag Mittag: | 11.30 - 14.30 Uhr |

Samstag und gesetzliche Feiertage sind unsere Ruhetage,
gerne öffnen wir an diesen Tagen für Ihre Veranstaltungen
ab 25 Personen unsere Gaststube.
Genießen Sie unsere feine fränkische Küche, Weine,
Rothenburger Landwehr-Bräu Biere
und Gutmann Weizenbiere.

# Schwere Gewitter

Seit fast zwei Jahrzehnten arbeitet der staatlich geprüfte Schrauben-, Dübel- und Muffenschlichter Rudi H. schon in der Firma für Heizungs- und Lüftungsbau und betrachtet die Materialausgabe praktisch als sein Eigenheim. In ihm befinden sich neben immer weniger Material eine elektrische Kochplatte, ein Kühlschrank, eine Kaffeemaschine, ein uralter Schwarzweiß-Fernseher, ein kleines Sofa, ein Küchentisch. Wenn der Materialausgeber Rudi H. in Urlaub war, hat es kein Material gegeben. Denn den ersten Wohnsitz vom Rudi hat außer ihm niemand betreten dürfen. Bis dem schon in der mittleren Pensionsreife befindlichen Schraubenverwalter jetzt eine Materialausgabe-Assistentin zugeteilt worden ist.

„Wäi däi am erschdn Dooch ba mir reikummer is", äußerte er sich vor dem Amtsgericht über seine hochexplosive Zusammenarbeit mit der Materialausgabe-Praktikantin Franzi L., „nou hobbi zu ihr gsachd, dass dou hindn bam Dübl-Regal a Dür is und derhinder ihr Arbeidsbladz. Mehr hobbi nedd gsachd, Herr Richder." Allerdings führte die Tür hinterm Dübel-Regal ins Freie, und wie die Franzi durch sie durch gegangen ist, hat der Rudi hinter ihr schnell abgesperrt.

Erst nach ungefähr zwei Wochen und einigen Kündigungsandrohungen war der Rudi bereit, seine neue Kollegin in seinem Reich zu dulden. Und hat sich sodann in den nächsten Tagen eine neue Zermürbungsstrategie ausgedacht. Früh um sieben bei Dienstantritt hat sich von dem Topf auf der Kochplatte aus schon ein dichter Sauerkraut-Smog auf die Schrauben gelegt, der Dampf von gedünsteten Zwiebeln, Paprika und Stangenbohnen. „Haid", hat der Rudi zu seiner Assistentin gesagt, „haid gibds an schäiner Eindobf, gell."

Nach Einnahme des Eintopfs hat sich der Herr der Schrauben in einer verdauungsdynamischen Haltung aufs Sofa gelegt und hat versonnen ein paar knattern lassen.

„No, wos woor nern edzer des?" hat die Franzi gefragt und das Fenster öffnen wollen. „Des woorn a boor Schieß", hat ihr der Rudi in fast väterlicher Sanftmut erläutert und hinzugefügt, dass das Fenster zu bleibt, weil er keinen Zug verträgt. Kurz danach sind erneut einige Sauerkraut-Schüsse durch die Materialausgabe gestrichen.

„Und suu", schluchzte die Franzi vor Gericht, „suu is des nou Dooch fiir Dooch ganger. Blaugraud hodder kochd, Graudwiggerla, kiloweis Erbsn, Blummerkohl, und dernouch hodders nou grachn loun, dass ball die Fensderscheim nausdriggd hädd. Sie mäin scho endschuldichn, Herr Richder, obber iich konn nedd andersch soong - des woor Oorsch-Mobbing, wos der mid mir gmachd hodd." Die Beschwerden der Franzi beim Chef blieben fruchtlos, denn auf die Frage des Firmeninhabers, ob das wirklich alles stimmt, antwortete der Rudi nur: „Däi Alde mouß schwere Ohrn-Halluzionen hoom, odder wäi des hassd."

Knapp drei Wochen hielt die Franzi das tägliche Sperrfeuer im Krisengebiet der Materialausgabe aus. „Alles", verteidigte sie sich vor Gericht, „mouß mer si ja aa nedd gfalln loun." Und dann brachte sie an einem Freitag, wo der Rudi immer schon früh gegen elf Uhr vom Sofa aus erst ein bisschen Fernsehen schaut und dann unter immer leiser werdendem Hosensäuseln langsam einnickt, aus dem Club-Fan-Arsenal ihres Freundes einen kleinen Marschflugkörper mit. „Der is am Sofa dorddn gleeng, am Rückn", erinnerte sich die Franzi, „nou hobbin den Kanonerschlooch ganz vuursichdi undern Oorsch gschuum, dasser nedd aafwachd. Und nou hobbi nu suu fiir miich dengd 'Gibsd nern nu a Chance' - obber in den Momend hodds ba den scho widder gwaggerd in der Huusn. Und nou hobbi mei Feierzeich an die Zündschnur hiig'haldn."

Sekunden später erfüllte eine gewaltige Detonation die Materialausgabe, dem Rudi hatte es die Hose und teilweise auch den Hintern aufgerissen, es schleuderte ihn fast einen Meter vom Sofa hoch und nach der Landung brüllte er wie am Spieß: „Um Goddeswilln woor des ein

Gewaldschieß! Helfd mer, mir hodds in Oorsch zrissn! In die Bohner mäin Badroner drinner gween sei! Hilfe! Hoffendli will nedd numol suu anner raus!" Schlaftrunken und im ersten Schock hatte der Rudi tatsächlich an eine eigene Darmdetonation geglaubt mit verheerender Wirkung. Bis er die Reste des Kanonenschlags entdeckte.

Wegen Körperverletzung wurde die Franzi zu acht Wochenenden Zwangsarbeit im Tierheim verurteilt. Außerdem ist sie von ihrem Assistenzposten in der Materialausgabe fristlos enthoben. „Wennsd suu weider maggsd mid dein Maschinergwehr-Hindern", sagte die Franzi nach Prozessende zu ihm, „nou kummd der Dooch, wou auch amol dei Oorsch Maderial ausgibd."

# Rentner-Rambos

Auffahrunfälle locken keinen Polizisten hinter der Stand-
heizung seines Streifenwagens hervor. Sie sind klar wie
Zwetschgengeist: Wer seinem Vordermann in den Kofferraum brummt, zahlt, oder er begeht Fahrerflucht. Dann
zahlt der Vordermann selber. Beim Auffahrunfall zwischen den zwei fast 80-jährigen Lenkrad-Artisten Gottfried R. und Hans-Georg S. war alles eine große Unge-
reimtheit. Der Gottfried hat damals auf der linken Straßenseite in der Südstadt geparkt, quer zur glücklicherweise leeren Fahrbahn und mit der Kühlerhaube in Richtung Häuserreihe, der Hans-Georg ebenso, nur genau
gegenüber auf der rechten Straßenseite.
„Es is suu", äußerte sich der Gottfried vor dem Amtsgericht, „dass iich nemli nedd gscheid heern dou, wenn a
anderer suu nersch affn Binsl schdeichd, dass der Modor
dröönd wäi a Kombanie Banzer aff Bedriebsausfluuch."
„Und iich", schilderte sein Kontrahent, der Hans-Georg,
seine Gebrechen, „iich hob hindn im Kubf nemli kanne
Aung, Herr Richder." „Obber an Rüggschbiegl, Sie
Kunsdaudofoohrer!" schrie der Hans-Georg auf. Worauf
der Gottfried brüllte: „Und fiir duusheererde Laid gibd's
Hörgerääde, Sie Ohrnbfrobfn-Gobl!"
Der Richter ordnete eine kleine Pause an, empfahl ein
Tässchen Baldriantee, nicht dass die Verhandlung so ähnlich endet, wie damals das beidseitige Verlassen der Park-
plätze.
Fast auf die Sekunde gleichzeitig ließen die zwei Rentner
an jenem Montag nachmittag ihre Motoren aufheulen,
hüpften gleichzeitig mit einem eleganten Kupplungs-
schnalzer rückwärts in die Straße hinein, wo sie genau in
der Mitte, Kofferraum auf Kofferraum, zusammenkrach-
ten. Gemäß einer Fensterbrettbeobachterin, die den außer-

gewöhnlichen Unfall vom ersten Stock aus betrachtete, sollen die beiden noch einmal kräftig Gas gegeben haben und ein zweites mal aufeinandergebrummt sein, ehe sie dann bedächtig ihre Hüte abnahmen und ausstiegen.

„Sie sin mir hindn fei draffgfoohrn", äußerte sich der Gottfried. Schon ein bisschen lauter sagte darauf der Hans-Georg: „Denner'S amol Ihre Aung-Rolloo naaf! Und nou schauer'S amol, wou Sie mir draff gfoohrn sin, Sie Gnaller!" Und schon gab ein Wort das andere. „Sie hom doch in Rinderwahnsinn!" „Und Sie hom Schweinebesd!" „Huusnscheißer!" „Beddbrunser!" „Führerschein in der Osdzone gmachd!" „Gwiss aus Färdd!?"

Etwa zehn Minuten dauerte die Unterhaltung, der inzwischen mehrere zwangsausgebremste Autofahrer in der durch die zwei Unfallwagen hermetisch abgeriegelten Straße interessiert lauschten. Dann wollte der Gottfried den Austausch von weiteren Zärtlichkeiten unterbinden, indem er zum Handy griff und den Hans-Georg anschrie: „Sie sind vuurlaifi fesdgnummer. Iich ruuf edzer die Bollizei oo."

Dazu kam es aus zwei Gründen nicht. Erstens hatte der Gottfried seine Pin-Number in der Aufregung vergessen, und zweitens zog ihm der Hans-Georg den Hut mit einem schmerzhaften Ruck über Augen und Ohren, entriss ihm das Handy und versenkte es im Gully am Randstein. Dann setzte sich der Hans-Georg ins Auto und fuhr mit aufheulendem Motor heimwärts. Wie der Gottfried endlich wieder seinen Hut in die richtige Höhe gezerrt hatte, stand er allein, ohne Handy und mit einem verbeulten Auto auf der Straße. Wegen Fahrerflucht und Handy-Versenken wurde der Rentner-Rowdy Hans-Georg S. zu einer Geldstrafe von 1800 Mark verurteilt und zum Führerscheinentzug auf neun Monate. „Die Mark", sagte der Hans-Georg zum hohen Gericht, „wern ja edzer in Euro zahld, nou kennd mer aus die Monad vielleichd Minuddn machn?" Und im übrigen hätte er jetzt endlich gern geklärt, wer an dem Unfall schuld ist. „Froong'S amol an den Schalder", riet ihm der Richter, „wo Ihner die neun Monad Führerscheinendzuuch in neun Minuddn umdauschd wern. Und soong'S an schäiner Gruß vo mir."

# Not awäileffl

Das Hosenvibrations- und Zwitscher-Telefon soll, wie die Liga für Ohrenrechte immer wieder behauptet, lebensgefährlichen Elektro-Smog erzeugen. So dass jetzt schon Ohrenschützer für's Handy-Telefonieren angeboten werden. Dieses Phänomen ist allerdings noch nicht gänzlich erforscht. Gesicherte wissenschaftliche Erkenntnisse hat man jedoch bei einer anderen körperlichen Beeinträchtigung durch das Handy, nämlich bei der blitzschnellen, schweres Kopfwackeln und Schädelbrummen erzeugenden Abwatschung eines Mobiltelefonbesitzers. Als Beweis für so eine volle Abfotzung kann der Haupterwerbs-Insolvenzler Rudi H. herangezogen werden.

Er hat seinem Ex-Kunden Paul F. anlässlich eines etwas undurchsichtigen Brilli-Geschäftes 5000 Eier, damals noch Deutschmarx, geschuldet. „Fasd ein Joohr lang", sagte der Angeklagte Paul F. vor dem Amtsgericht, „bin iich hinder meiner Kohle hergrennd. Aamol hodder gsachd, dass sei Onkl in Florida mid den riesichn Grundschdigg bereids im Schderm lichd, es konn si nerblouß nu um Schdundn handln, nou hauds die Millionen ner suu rei. An Onkl hodder scho g'habd, obber nedd in Florida, sondern in Ziiglschdaa. Der woor kerngsund. Und des riesiche Grundschdigg is a Urnengrab am Wesdfriedhuuf gween."

Mit einem angewiderten Blick auf den Rudi ist der Paul fortgefahren: „A andersch mool hodder gsachd, dasser nexd Wochn a gräißers Agzien-Bageed verkaffd. Des woorn Aggzien von der Schwund & Schwindl AG. Und aamol, wäi nern iich am Dellefon derwischd hob, häddin numol fimbfhunderd Mark leiher solln. Mid denni, hodder gsachd, fäärd er zum Günther Jauch sein 'Wer wird Millionär'-Schbill und raimd vull ab. Däi Million hädder nou mid mir deild. Und nou isser a Värddljoohr schburlos verschwundn gween. Angeblich aff der Desdamendsvollschdreggung in Florida."

Auf seinem Handy hatte der Paul den Rudi gelegentlich erwischt, aber da habe er immer seine Stimme geschwind verstellt und hineingebrüllt: „Se Namber ju häf deild, is nodd awäileffl!" Im Spätherbst hat sich der Paul ein bisschen durch die Karolinenstraße wehen lassen, und auf einmal hat er gedacht, er ist von einem schweren Hornhautschock befallen. Keine drei Meter vor ihm ist der Florida-Mann gelaufen. Sofort hat er den Rudi auf seinem Handy angewählt. Sekunden später hat es tatsächlich aus dem Rudi seiner Hosentasche gezwitschert. „Nou hodder sei Händy rausdou", sagte der Paul vor Gericht, „und blärdd widder nei 'Se Namber ju häf deild is nodd awäileffl'. Und nou hodder sugoor nu neibfiffn in sein Dellefon, daß mir ball mei Ohr zrissn hädd."

Noch zweimal wählte der Paul die angeblich nicht awäileffle Namber vom Rudi an, während er ihn sorgfältig beschattete. „Und vuurn Kaufhuuf", räumte er ein, „dou hobbin nou baggd." Wie der Rudi gerade wieder mit flötender Stimme erklärte, dass er nicht awäileffl ist, riss ihn der Paul am Mantelkragen zu sich her und schrie: „Sooderla, du Oorsch vonnern Awäileffl, edzer gräigsders obber middn Waadschn-Leffl. Iich zähl bis drei, und wenn nou meine fimbfdausnd Mark nedd dou sin, nou schläächds ei!" Diese interessante Unterhaltung führten die zwei selbstverständlich zum Vorteil ihrer Telefongesellschaften auf dem Handy, von Angesicht zu Angesicht. Unter großer Anteilnahme einiger Zuschauer brüllte der Paul in sein Handy: „Eins, und zwei und . . ." Während der Rudi hineinflehte: „Nedd hiihauer - an Fuchzger kenndi der awalln geem." Womit er bereits sein rechtskräftiges Urteil gesprochen hatte. „. . .und drei", brüllte der Paul in sein Telefon, steckte es geschwind in die Hosentasche und watschte den Rudi gottserbämlich ab. Und fünfhundert Mark in bar fingerte er ihm auch noch aus der Manteltasche.

Wegen Körperverletzung, Nötigung und Selbstjustiz verurteilte der Richter den Paul zu sechs Monaten auf Bewährung und 2000 Euro Geldstrafe. „Däi zwaadausnd Labbn", sagte der Paul am Schluss mehr zu sich selbst als zu dem hohen Gericht, „konnsder ans Baa schmiern. Wall iich bin edzer drei Joohr im Ausland - wassd scho, driimer in Awäileffl . . ."

# Unser Chef, der Depp

Zahlreiche Denker, Philosophen, Schreiber aller Art forschen Tag und Nacht über die einzige wahre Wahrheit. Wie wenn sie nicht wüssten, dass es allein auf der Erde über einen einzigen Tatbestand Wahrheiten wie Sandkörnchen in der Wüste gibt. Über die beruflichen Fähigkeiten des Finanz-Managers Rainer F. zum Beispiel gibt es allein schon an die zweihundert Wahrheiten. Also ungefähr so viele wie er Mitarbeiter in seiner Firma hat. Diese Wahrheiten über sein Können wiederum verdoppeln sich in jene Wahrheiten, die man offen vor ihm bekennt, und in jene, die man sich hinter seinem Rücken gern austauscht. Wobei letztere entschieden die wahreren Wahrheiten sind.

Eine solche Wahrheit über Herrn Rainer F. ist jetzt vor Gericht auf ihren Wahrheitsgehalt überprüft worden. Es hat sich um ein Kantinengespräch zwischen den zwei leitenden Angestellten Helmut E. und Karl-Heinz S. gehandelt. „Also amol ganz under uns gsachd", hob damals der Helmut beim Verzehr des freitäglichen Reisauflaufs an, „unser Scheff is der vielleichd ein Habberla, suwos Bläids wäi der is mer in meiner langjährichn Berufslaufbahn nunni iibern Weech gloffn. Wenn den sei Dummheid bfeifn dääd, nou kennd mern als Alarmanlooch ans Bfördnerhaisla hiischraum." „Dou hom'S reechd", pflichtete ihm der Karl-Heinz bei, „an suu an Dünnbreddbuhrer wäi den Haumzwigger hobbi in mein Leem nunni gseeng. Manchmool glaab i, der is direggd vo der zweidn Glass Debberlasschul affs Mänädscher-Seminar ganger. Und zwoor aff des Seminar fiir Erbsnzähln und Gluuchscheißn."

Plötzlich und für den Karl-Heinz völlig unverständlich bekam der Helmut einen äußerst starren Blick und brabbelte irgendwas von seinem letzten Urlaub in der Karibik. Dass dort der Preis für einen Caipirinha sich im Vergleich zum Vorjahr fast verdoppelt habe. „Vergessn'S Ihr Red nedd", fuhr der Helmut dazwischen, „Wall iich wolld weecher unsern Aldn nu soong - also der konn doch nemmer alle Bredder am Zaun hoom, suu ein Aff! Kummd der neili rei zu mir und derzilld mir lang und breid wos iiber des neie Verdriebssysdem, und wäi des reibungslos fungzionierd. Und derbei hommers vuur annerhalb Joohr abgschaffd. Der Ochs."

Bei dem Wort Ochs zwinkerte der Karl-Heinz plötzlich mit beiden Augen, schnitt furchterregende Grimassen, versuchte mit den Ohren zu wackeln. „Wos issn los?", fragte der Helmut, „hom Sie's mid die Nervn, odder wos!?" Und kam dann wieder auf sein Lieblingsthema zurück. „Wenn der Doldi", schilderte er den Herrn Ober-Manager weiter, „wenn der suu lang wär, wäi er dumm is, nou kennd er aus der Dachrinner saufn." „Mein Herr", sprach da sein Gegenüber in vollkommener Entrüstung, „bidde mäßigen Sie Ihren Don. Das weise ich auf Schärfste zerrick! Unserner Geschäftsfihrer is kein Ochse nicht. Tas verbidde ich mir!" Worauf der Helmut sich besorgt erkundigte, ob im Reisauflauf irgendwas drin sei, oder ob es den Karl-Heinz anderweitig erwischt habe. „Mir sin uns doch einich", setzte er nach, „dass unser Hirnbrodeesndräächer am werdvollsdn fiir die Firma is, wenn er Urlaub machd. Der Dibferlasscheißer, der bläide. Der is doch suu dumm, dasser . . ." In diesem Augenblick ergossen sich von hinten über den Helmut seinen Kopf ein Reisauflauf mit Pfirsichen, dann ein Teller und danach eine derartige Ohrfeige, dass der leidende Ange-stellte heute noch über ein lautes Pfeifen im Gehörgang klagt. Und der Manager Rainer F. brüllte: „Lassen Sie Ihnen nicht stören bei Ihrer Unterhaltung. Sie waren bei dem Satz stehen geblieben 'Der is doch so dumm, dass er . . . brunst', wollten Sie wahrscheinlich sagen." Dann erhielt der Helmut noch eine Schelln.

Der Chef war während der kleinen Kantinen-Intrige unbemerkt vom Helmut einen Tisch weiter direkt hinter ihm gesessen. Nur der Karl-Heinz hatte es plötzlich geschnallt. Sein blitzschnelles Umschalten von einer Wahrheit auf die andere hatte ihm aber auch nichts genützt, die Kündigungen gegen beide läuft. Die zwei Schelln und der Reisauflauf-Angriff bildeteten allerdings auch einen wahren Tatbestand. Für ihn muss der Geschäftsführer Rainer F. eine Geldstrafe von 800 Euro zahlen. „Euro", sagte der Helmut, „werd unser Alder nu goor nunni kenner als Finanz-Direggder. Der werd mid Huusergnebf zoohln wolln."

# Intim-Schmuck

Piercing fördert entschieden die Kommunikation unter den Menschen. Jemand, dessen Nase, Ohren, Augenbrauen von modischen Eisenringlein, Dachpappennägeln, Rasierklingen oder Schrauben aller Art durchstoßen sind, findet immer wieder einen interessierten Ansprechpartner. Nicht selten wird der voll gepiercte Eisenträger von wildfremden Passanten gefragt, ob er im Gaumeninneren, zwischen Ober- und Unterkiefer, ein Scharnier trägt, ob durch das Piercing-Loch in der Zunge nicht manchmal ein Bier ungetrunken ins Freie läuft oder ob die nach oben gezwirbelte Haarsträhne am Vorderkopf ein Blitzableiter ist, falls es in das eiserne Gesamtkunstwerk einmal einschlagen sollte.

Überzeugte Gesichtsmetallanhänger hören nichts lieber als solche Anregungen und Fragen. Der gern mit der Mode klappernde Prinz Eisenerz Helmut F. und der sich bereits in der Rente befindliche Gesichtskunstverächter Reinhard G. sind jetzt wegen einer kleinen Diskussion zum Thema „Schrotthaufen oder Mensch - wer weiß es genau?" vor Gericht gestanden.

„In der U-Bahn", schimpfte Herr Reinhard G., „frouchd mi suu a alder Grauderer, obber gschwind amol sein Schbazierschdeggn in mein Ohrring neihänger derf. Nou zischd a Frau hinder mir ᾿Allmächd, suu an Haffdn Eisn im Gsichd - des Übergwichd, wou der Moo hodd!᾿. Und neili sachd anner zu mir, dasser mid mir nichd aff Wandern gäih mecherd. Dou verläffd mer si doch dauernd, hodder gsachd, wall der Kombass falsch ausschläächd."

„Glaam Sie᾿s", beendete der Helmut die Schilderungen der vielen Leiden eines Piercers, „iich konn des saubläide Gschmarri wergli nemmer heern. Am libbsdn lasserd i mer meine Ring widder rausschweißn. Obber däi sin scho neigwachsn."

Die Begegnung mit dem Reinhard an einem der ersten warmen Tage in einem Vorstadt-Biergärtchen war für den zwischen seinen Ringen und Gesichtsdübeln sehr dünnhäutig gewordenen Helmut entschieden zu viel.

Der voll faszinierte Reinhard stierte den neben ihm trinkenden Vollmetallmann erst eine halbe Stunde lang an. Nach drei Bier nahm er sich ein Herz und fragte den Nachbar: „Blouß amol indressehalber - is des Kubfer, wos Sie dou rumbambln hom im Gsichd?" Der Helmut drehte seinen Kopf in die andere Richtung, wortlos, nur die Piercing-Ringe klingelten leise.

Nach zehn Minuten Pause und einem weiteren Bier drückte den Reinhard eine weitere bohrende Frage: „Blouß amol indressehalber - wenn des ka Kubfer is, konn nou Ihr Noosn rosdn, wenn's reengd?" Wieder keine Antwort vom Helmut.

Erst auf die dritte und letzte Frage gab es dann eine Erwiderung. „Blouß amol indressehalber", hatte sich der Reinhard erneut zu erkundigen gewagt, „Droong Sie efenduell an Ihrn Schwengl auch einen Indim-Schmuck? Gräichd mers dou nedd manchmool middi Nervn, im Fall daß doch amol zu einen Verkehr kummd, und es glabberd derbei dauernd?" Das war dann die letzte Frage, interesshalber, vom Reinhard.

Der keinesfalls mit klapperndem Intimschmuck ausgestattete Helmut sprang auf und griff sich die Gabel, mit der sein Nachbar die soeben eingetroffene Portion Stadtwurst mit Musik zu sich nehmen wollte. „Suwos Gewalddäädiches, wäi den Glabberer", schimpfte er, „hobbi aa nunni erlebd. Baggd miich der, zäichd mi houch, dreed mi rum und haud mer mid vuller Wuchd die Gabl in Oorsch nei. Und nou hodder gsachd 'Sooderla, edzer hosd aa an Indim-Schmuck'. Und nou binni ohnmächdich worn."

Wegen unsachgemäßer Einpflanzung eines Intimschmucks und Unterkörperverletzung wurde der Helmut zu einer Geldstrafe von 2000 Euro verurteilt. „Frooch hald in Richder", sagte der Reinhard beim Abschied zum Helmut, „obber der dei ganz Aldmedall im Gsichd in Zahlung nimmd."

# Die neue Freundlichkeit

Der ganz flache Kriechgang, der dreifache Kniefall, die verzweifelt gen Himmel erhobenen betenden Hände und andere Unterwürfigkeiten bei behördlichen Anhörungen gehören inzwischen der Vergangenheit an. In besonders hartnäckigen Fällen entrichtet der Bittsteller vorschriftsgemäß sein Schmiergeld in kleinen, nicht registrierten Scheinen. Ansonsten ist der Beamte von Heute ein dem verschärften Lächelgebot unterworfener Dienstleister, der seine Arbeit mit großer Freude, mit Jubel verrichtet und den berühmten Dienstleister-Satz schon lang auswendig kann: „Mein Name is Köberlein, wos derf iich fiir Ihnen duun?"

Mit der neuen Fröhlichkeit unserer Beamtenschaft kann aber leider die gute Laune des Kunden, des Bitt- oder Antragsteller auf einem Amt bei weitem noch nicht mithalten. Dieser Mangel an innerem Sonnenschein und Frohsinn wurde jetzt wieder deutlich, wie der Bürger Jochen W. auf dem Gemeindeamt die Verlängerung seines Reisepasses beantragen wollte. Es ist in schwere Misshandlungen ausgeartet.

Jetzt am Amtsgericht hat Herr Jochen W. für sich in Anspruch genommen, dass ihm vor allem die neue Fröhlichkeit schwer deprimiert. Speziell in seinem Fall. „Kuuden Daach", hat ihn damals der Reisepassverlängerungsoberinspektor Harald B. geradezu überschwenglich begrüßt, „Wos terf iich bfiir Ihnen duun tennen, mein Herr. Nehmen Sie toch pidde Bladz." Kurz und bündig hat der Jochen gemumpfelt: „Bass verlängern!" Und dann seinen Reisepass wie eine Papierschwalbe auf die Theke fliegen lassen. „Iiperhapps kein Broplem, mein Herr", hat der Harald unter einigen Verbeugungen gesäuselt, „tes wer mer kleich hapen, kell. Wolln'S efentwell ein Dässlein ausn Coffee-Audomaden?" „Dei Gschlooder", murmelte der Jochen, „konnsd selber saufm. Iich will kann Kaffee, iich will an neier Bass."

Ohne mit der Wimper zu zucken lächelte der Reisepassbeamte weiter, vertiefte sich sodann in den Computer, kroch in ihn fast hinein, warf seinen fröhlichen Blick wieder und wieder in den alten Reisepass und verkündete dann mit einem breiten Dienstgrinsen: „Tout mer edzer werklich bfei leit, mein Herr. Opper iich konn Ihnenen koinen Bass bferlängern. Wall Ihnen kipt es nichd." „Wos is?!" fragte der Jochen schon etwas laut. „Wie pereiz kesakt - Ihnen kipt es nichd. Koin Jochen W. Sie schdengen nichd in moinen Kombuder trin."

„Miich gibds nedd!?", schrie der Jochen auf, „Horch amol, du Haumdaucher, du Lachmööfe, du Grins-Oorsch - wennsd aus dein Diefschlaf aafgwachd bisd, nou maggsd amol deine bläidn Glodzer aaf. Obber ganz vuursichdich, dassd kann Schogg gräigsd. Und nou schausd in mei Richdung! Und wen siggsd du Reisebassverlängerungs-Doldi dann?!" Immer noch höflich antwortete der Harald: „Tann sehe ich Ihnen, mein Herr. Aper ich sehe Ihnen nichd in meinen Kombuder. Tout mir werklich leit, Sie sint amdlicherseids nichd aff tera Weld."

Seine Nicht-Existenz, sein Un-Dasein, seine Geist- und Jenseitswerdung nutzte der Jochen dann weidlich aus. Erst entwurzelte er den neben dem Schreibtisch wild wuchernden Gummibaum aus dem Topf, riss ihm den Großteil der Blätter vom Stamm, und dann stülpte er dem Beamten Harald B. den Übertopf mit einem Rest Blumenerde über den Kopf. Ob der Harald da immer noch lächelte, konnte man nicht erkennen - der Topf verdeckte das gesamte Gesicht. In ihm erlitt der freundliche Beamte zahlreiche Schürfwunden und später am Kopf noch eine schwere Gehirnerschütterung, als ihm der Jochen den Blumentopf mit einem Handkantenschlag zertrümmerte.

Der bereits einschlägig vorbestrafte Jochen muss jetzt wegen schwerer Körperverletzung vier Monate lang einrücken. „Des kenner'S", sagte der Angeklagte zum Richter, „weecher mir Ihrer Großmudder derzilln. Obber nedd mir. Wall miich gibds ja nedd."

# Am Steh- und Wurf-Imbiss

Die Menschheit arbeitet sich ständig nach oben. Im alten Rom sind die Herrschaften beim Gastmahl noch gelegen, spätere Mampfer pflegten sich zu Tisch zu setzen, und in Nürnberg in der Fußgängerzone steht man jetzt gemütlich im Fress-Quick. Diesen deutlichen Fortschritt im Essenswesen wird inzwischen aber nicht mehr von jedermann herzlich begrüßt.

Der städtische Angestellte und Träger feinster Zwirne Egon R. wird in Zukunft vermutlich nie mehr ein Steh-Schaschlik und ein Pappbecher-Bier erst sorgfältig ausbalancieren und dann versuchen, es zu sich zu nehmen. Er ist jetzt wegen Nötigung und Zwangs-Striptease vor dem Amtsgericht gestanden. Er hat an jenem Mittag am Steh-Imbiss ein Schaschlik mit extra viel Soß geordert, eine Scheibe zusätzliches Knetgummibrot, ein Bier im Becher. In Ermangelung eines Abstellplatzes für die Feinschmecker-Brotzeit war er esstechnisch sowieso schon voll in der Hinterhand. „In der rechdn Händ", schilderte er dem Richter seine Not, „hobbi des Schaschligg g'haldn, in der linkn Händ es Bier. Und wäi mi der Schaschligg-Brooder gfrouchd hodd, wou er di Blasdigg-Gabl hiischdeggn derf - dou hobbi gsachd, am besdn in Oorsch nei." Worüber der Schaschlik-Brater dann nicht so recht lachen konnte. Der Egon musste das Schaschlik ohne Gabel zu sich nehmen.

Als er noch darüber grübelte, ob er sein Schnellessen mit der Nase oder mit dem Ellbogen auslöffeln soll, hat es ihn plötzlich am rechten Bein gejuckt. In Ermangelung einer dritten Hand kratzte er sich mit dem noch freien Bein an der anderen Wade, bot also von weitem das Bild eines gern einbeinig dastehenden Flamingos, der gerade ein Balancier-Kunststück mit einem Schaschlik und einem Becher Bier vollführt. „Und genau in den Momend", sagte der Egon, „hudzd miich der Moo dou oo. Iich bin hiigfluung, es Schaschligg mid den haffdn Soß iiber mich driiber, dassi weecher den Babrigga und Cörry blind woor aff die Aung. Nou hobbi schüdzend die andere Händ iiber mein Kubf haldn wolln, hobbi vergessn, dassi dou ja es Bier g'haldn hob. Des hobbi mer nou aa nu driiber-gschidd." „Und wissn'S", fragte der Egon nach einer kleinen Kunstpause, „wos der Moo nou zu mir gsachd hodd!?" Der Amtsgerichtsrat wusste es nicht. „Der bru-dale Rambo!", fuhr der Egon fort, „Sachd der zu mir 'Hobberla', zäichd aus der Daschn a gebrauchds Dembo-Daschndichla raus und red nou weider, dass iich ausschau wäi a Sau, wou si im Dreeg gwälzd hodd, und ich soll mi sauber machn. Suu läffd mer doch nedd rum, hodder nu gsachd. Und nou isser weider ganger."

Dieser Herr war der Textilverkäufer Walter Z., der ähn-lich wie der Egon seinen Leib auch in feine Kleidung gehüllt hatte. Mit dem Unterschied: Sein Sakko war sau-ber, der von dem sich immer noch am Boden wälzenden Egon mit Schaschlikstückchen, Zwiebelringen, Currysoß, Salz, Pfeffer und Bier getränkt. Der Egon sprang auf, zog sein teilweise ess- und trinkbares Sakko aus, riss dem Walter die Jacke vom Leib und teilte ihm mit, dass er diese vorübergehend als sein Eigentum betrachtet, weil er jetzt gleich einen dringenden Termin hat. Dann hat er ihm noch eine Karte in die Hand gedrückt. „Wennsd dei Jackn", schrie er ihn an, „widder hoom willsd und meine reinichn hosd loun, nou konnsd vobbei kummer. Affn Kärddla schdäid mei Adress draff."

Auf dem Kärtchen stand aber gar nichts drauf, denn es han-delte sich um eine ungültige Streifenkarte für die U-Bahn. Der zwangsweise Jackentausch sei zwar verständlich, meinte der Richter, aber nicht rechtens. Unter der Bedin-gung, dass der Egon sich in aller Form beim Walter ent-schuldigt und den Sakko jetzt endlich zurückgibt, kündig-te der Herr Rat die Einstellung des Verfahrens ein. „Also guud", sagte der Egon, „nou dou i mi hald suu endschul-dichn, wäis der Moo mid mir gmachd hodd." Der Egon drehte sich halb zum Walter und murmelte: „Hobberla!"

# Hundeleine oder Drachenschnur

Mangels schulischer Ausbildung können Hunde die sie betreffende städtische Gehsteigordnung § 1, Absatz 3, Randstein b in der Regel gar nicht lesen. Und ihre Ziehungsberechtigten pflegen das berüchtigte Hundeanleingebot inzwischen mehr und mehr zu unterhöhlen. Nämlich führen sie ihre Kreuz- und Querwölfe an sogenannten Leinen, die eher die Ausmaße einer Drachenschnur haben. Bei Gefahr im Verzug kann man durch einen Druck auf die Leinentrommel seinen Hund binnen weniger Sekunden ganz nahe heranschnalzen lassen, bei Lockerung der Pseudo-Leine haben die Haustierchen oft einen Auslauf von bis zu 200 Metern. Im städtischen Leineamt sollen auch schon Fälle von zwei und drei Kilometer langen Hundeleinen aktenkundig geworden sein, so dass sich ein Herrchen vielleicht schon daheim in Buchenbühl befindet, während sein angeleintes Zwergpony noch in Ziegelstein einen Baum benetzt.

Ein schwerer Fall von scheinbarer Erfüllung des Anleingebots ist jetzt Gegenstand einer Verhandlung vor dem Amtsgericht gewesen. Frau Marga R. ist Oberbefehlshaberin einer sehr seltenen Mischung aus Grauhaardackel und Deutschem Schläferhund. Das sehr lange, von der Laune der Natur aber deutlich tiefergelegte Tier mit Ohren, die an einen afrikanischen Elefanten gemahnen, hört auf den Namen Konrad, wie der verstorbene Gemahl der Marga, und hängt beim Gassigehen an einer Auszieh-leine von etwa 75 Meter Länge. „Wenn a Hund scho Konrad hassd", erregte sich der angeklagte Autofahrer Stefan K. vor Gericht, „nou wass i doch scho alles! Und a Müdzn hodder an den Dooch aa aafg'habd. Schood, dass kanne vierbaanerdn Bundhuusn gibd."

107

An diesem Tag also waren die Marga und ihr Konrad in der westlichen Vorstadt auf Wanderschaft, der Konrad wie immer an der sehr langen Leine. An der Hauptstraße hatte die Marga auf den Knopf der Fußgängerampel gedrückt und war korrekt bei Grün über die Straße gegangen. Der angeleinte Konrad hatte aber auf der anderen Straßenseite noch das Abdrücken eines kleinen Kacktus in Arbeit. Die Fußgängerampel wurde rot, Herr Stefan K. rüstete sich im Auto zur Weiterfahrt, startete - und bremste abrupt wieder ab. Denn es war ein markerschütternder Schrei durch die Vorstadt gegellt: „Allmächd naa!! Wou issn mei Konrad! Bleib blouß schdäih, du Verbrecher! Du hosd mein Konrad iiberfoohrn." Davon konnte jedoch überhaupt nicht die Rede sein. Der Stefan ist mit den Vorderreifen lediglich auf der Hundeleine gestanden, wodurch es den aufheulenden Konrad hinterm Auto ein bisschen festgezurrt hat.

„Nou hodd däi Frau", sagte der Stefan aus, „an der Hundeleiner zuung, mid anner Gwald - also Herr Richder, a Nummer glenner wenn mei Audo gween wär, des hädd däi wechzuung. Und nou hodds mer durchs Fensder durch anne am Baggn naafg'haud." „Ner ja", fuhr der Stefan nach einer kurzen Pause fort, „und nou hobbi hald mei Fensder naaf gloun. Bevuurs mer numol anne am Baggn haud." Beklemmend wirkte sich dabei aus, dass die Hand von der Marga noch im Auto war. „Nou hodds", erinnerte sich der Stefan weiter, „gschriea, dass iich serfordd vo der Leine roofoohrn soll. Also binni befehlsgemäß vo der Leine roogfoohrn. Und nou hodds hald a boor Meder miidlaafn mäin."

„A boor Meder miidlaafn", schluchzte die Marga auf, „bis fasd zum Blummergschäfd vuur hobbi nebern Audo her renner mäin! Und mein Konrad hodder aa die Schdrass endlang zuung, wall si die Leiner in sein gschissner Kübl verheddderd hodd. Ummer Hoor hädder in Konrad erdrossld!"

Aber weder dem Konrad, noch der Marga war beim Zwangsabschleppen etwas passiert, und der Vorsitzende vertrat die Meinung, dass sich das Einzwicken von Hund

und Hundebesitzerin und das Abwatschen eines zunächst unschuldigen Autofahrers in etwa ausgleichen. Das Verfahren gegen den Stefan wurde eingestellt. Mit der dringenden Mahnung, dass erstens die Marga ihre Hundeleine deutlich kürzt und keine Autofahrer mehr abfotzt, und zweitens der Stefan keine Frauen mehr ins Seitenfenster einzwickt. „Gäih ner her, mei Konrad", sagte die Marga unten auf der Straße zu ihrem Grauhaarschläfer, „dem Richder scheiß mer wos. Glei haid nammidooch kaaf mer numol hunderd Meder Hundeleiner."

# Der Torwart auf Rädern

Dreier-Kette, Vierer-Kette, Tante Käthe - das sind die großen, alles entscheidenden Problemkreise, die Hunderttausenden von Bundestrainern zwischen Burgfarrnbach und Thalmässing momentan schlaflose Nächte bereiten. Dass in einer verhältnismäßig schlecht gestaffelten Abwehr auch einmal eine Fahrradkette eine entscheidende Rolle spielen kann, davon hat sich bestimmt noch kein Fußballtrainer jemals was träumen lassen. So eine taktische Fahrradkette ist jetzt vor dem Amtsgericht besprochen worden. Sie hat das Spiel des legendären Bauernwiesen-Finales entschieden.

Im Gegensatz zu einem Weltmeisterschafts-Endspiel findet dieses Finale seit Jahren jeden Mittwoch statt, und immer mit den zwei gleichen Final-Teilnehmern aus der Nordstadt, dem FC Hängebauch und der Spülvereinigung Torkelbach. Man spielt nach den internationalen Regeln: Ohne Seitenaus, mit fliegendem Torwart, drei Ecken ein Elfer. Das Tor wird jeweils aus zwei Schuhen gebildet, die imaginäre Querlatte befindet sich ungefähr in Bauchhöhe, Spielende ist bei Sonnenuntergang, Entscheidungen fällt die Spielervollversammlung, meist nach heftigen Diskussionen. Nach dem letzten Finale hat die Entscheidung über Tor oder Nicht-Tor in der 155. Minute auf höchster gerichtlicher Ebene gefällt werden müssen.

Der Hängebauch-Torjäger Norbert M. hat an jenem Mittwoch, bei hereinbrechender Dunkelheit, aus etwa sechzig Metern Distanz aufs leere Tor der Spülvereinigung gezielt und getroffen. Beziehungsweise fast getroffen. Im gleichen Moment nämlich, wie der gemächlich durchs Gras wandernde Ball die Torlinie zum 1:0 für Hängebauch überschreiten hat wollen, ist der Rentner Friedhelm K.

mit seinem Fahrrad am Horizont aufgetaucht, frohgemut durch das Fußballtor gefahren und hat dadurch ausversehen den Ball abgewehrt. „Wenn der Oorsch mid sein Fahrrad nedd kummer wär", befand der Torschütze Norbert M., „wär der Balln drinner gween. Mir hom 1:0 gwunner, Ende, Schlussbfiff, die Sunner gäid scho under, der Zabfhahn rufd!" „Iich glaab, dir brennd der Kiddl!", stellte hingegen Herr Jörg S. fest, Kapitän der Spülvereinigung, „a Radfahrer is Lufd. Der Balln woor nichd drin. Es schdäid 0:0."

Dann verlagerte sich die Diskussion jedoch mehr auf den Unglücksradfahrer Friedhelm K., der überhaupt nicht gemerkt hatte, dass er mit seiner Fahrradkette Fußballgeschichte geschrieben hatte. Warum er den unschuldigen Radler, fragte jetzt in der Verhandlung der Amtsrichter den Norbert, plötzlich vom Fahrrad geschmissen hätte. „Iich hob nern nedd noogschmissn", antwortete die fast zwei Zentner schwere Sturmspitze, „Der Moo hodd eimbfach weiderfoohrn wolln. Obwohl dass unser Schbordgerirchdsverhandlung nunni abgschlossn woor. Und nou hobbin am Gebäggschdänder ganz leichd blouß fesdg'haldn. Nou is der Depp glei iibern Lenker driiber gfluung." Und außerdem, sagte der Norbert, habe er den Torwart auf Rädern nur noch einer kleinen Befragung unterziehen wollen.

„Die Bauernwiesn", hatte der Jörg bei dieser Befragung geäußert, „is wergli grouß gnuuch. Dou moußd du Aff mid dein Hochrad genau durch unser Door durchfoohrn!" Während dieser Worte hatte der Jörg in aller Ruhe die Ventile an Vorder- und Hinterrad herausgeschraubt, die Luft rausgelassen, die Fahrradpumpe in den nahen Karpfenteich geschmissen. Und wie der Friedhelm aufbegehren hat wollen, hat er noch eine Schelln erhalten. Wegen Sachbeschädigung und Körperverletzung ist der Torjäger Jörg S. zu einer Geldstrafe von 800 Euro verurteilt worden.

Ob er, der Jörg, noch eine juristische Frage stellen dürfe an das hohe Gericht, nämlich ob ein am Fußballplatz auftauchender Radler gemäß den Regeln Luft sei oder nicht?

Der Amtsrichter war der Meinung, dass es sich dabei, soweit er wisse, tatsächlich um Luft handelt. „Nou", stellte der Jörg fest, „hob iich also der Lufd anne am Baggn naaf g'haud. Des mäin'S mer amol in Ihrn Gsedzbichla zeing, wou des schdäid, dass mer aff die Lufd nedd draff hauer derf. Und dass des 800 Euro kosd!" Da gab der Richter dem Jörg recht, es kostete nicht mehr 800, sondern jetzt zusätzlich einer Ordnungstrafe 900 Euro.

# Das Nachbar-
# schaftsfest

Nachbarschaftsfeste, Straßenfeiern, Garagengrillabende sind segensreiche Veranstaltungen. Man kann an ihnen alte Kartoffelsalate oder Kotlett weit jenseits des Verfalldatums entsorgen, intimsten Ausführungen über interessante Skandale aus der allernächsten Umgebung lauschen oder selber einige Enthüllungen zum Besten geben - immer über jene Nachbarn, die am Nachbarschaftsfest nicht teilnehmen. „Wenn i nedd aff unser Nachberschafdsfesd gäih", warnte Herr Peter K. seine Frau kurz vor Beginn der venezianischen Grillkotlett-Nacht, „nou z'reißnsersi widder ihre Dreegschlaidern iiber uns." Also packte der um seinen Ruf besorgte Frühpensionist ein paar alte Ledersteaks in die Plastiktüte, drei Sammelflaschen Escherndorfer Lump vom vermutlich bereits in Weinpudding übergegangenen Jahrgang 1972 und als Dessert ein paar Pfund von den Weihnachtsplätzchen, die jetzt im Mai vom Härtegrad eines Diamanten nicht mehr weit entfernt waren.

Mit diesen Schätzen aus dem Abfalleimer wackelte der Peter zum nahen Nachbarschaftsfest und widmete sich mit Inbrunst zunächst dem Fuchzger-Fass Freibier, das ein Anwohner gestiftet hatte. Dieses Bier war dunkel und warm wie eine Hochsommernacht und übte auf den sonst eher maulfaulen Peter schon nach wenigen Gläsern eine große Zuneigung zu wildfremden Menschen aus. Nach mehrfachem Anstoßen der Biergläser mit seinem Campingtischnachbarn ließ sich der Peter bereits nach einer Stunde zu einem herzlichen „Schidd mers noo, Nachber!" hinreißen. Dann bot er so ziemlich den größten Beweis seiner Zuneigung auf - er rülpste seinem Nebenmann, Herrn Dr. Karl W., einen Schwall mitten ins Gesicht, dass sich dessen Strohhut am Kopf vor Ehrfurcht aufstülpte, und sagte nach vollbrachtem Aufstoßen „Des mouß der Gurgnsalood gween sei".

Es breitete sich im Peter eine große Vertrauensseligkeit aus. „Schäi is, odder!?", ließ er sich dann vernehmen. Und fuhr danach fort: „Blouß goud, daß des Oorschluuch vom Eckhaus dou vorna nedd dou is. Wall wenn der Zibfl dou wäär, nou heererd si die Gemüdlichkeid auf." Und erklärte seinem Nachbar anschließend, warum er diesen Herrn vom Eckhaus nur von hinten kennt. „Der kummd dreimool in der Wochn nachds hamm, bis iibern Oorsch noo bsuffn. Und nou brunsd er in sei Heckn nei. Iich sooch zu meiner Frau nou immer, sie soll amol ans Fensder her, die Dreegsau vom Eckhaus is widder dou. Und nou schauer mern alle zwaa zou, wäi er in die Heckn schiffd." Dem Peter sein Tischnachbar errötete stark, was man aber im Dunkel der Vorstadtnacht nicht sah. „Und dann", ließ sich der Peter schon wieder vernehmen, „dann kummd ja es Allerschennsde. Dann zäichd er si im Wohnzimmer naggerd aus. Ohne Vuurhäng - die Fensder im Wohnzimmer! Wäär gscheider, der kaaferd si schdadds seine Zibfl-Vullraisch läiber amol an Vuurhang. Sei Frau leffd aa ofd naggerd rum. Obber nix zon Hiischauer, null Diddler. Obber an Modor-Rasenmäher homs, däi Oorschlecher."

Nach dieser Feststellung schlief Herr Peter K. ein Vierstündchen am Tisch ein, und wie er wieder erwachte, brüllte er seinen wie versteinert sitzengebliebenen Tischnachbar an: „Kanne Vuurhäng, nix zon Oozäing, obber einen Drimmer Modormäher, des asoziale Gsindl! Ner wenn der haid dou wär ba unsern Fesd, den soocherdi amol mei Meinung. Die Samsdooch mähd der mid sein Modormäher Oomds nu in Rasn. Es nexd mol fodzin gscheid, den Hecknbrunser mid sein Drüsnjäächermodor! Der bläide Hund maand woorscheinli, waller in Doggderdiddl hodd, konner dou Derror machn! Der Lackaff!"

„Dou hodds mer nou glangd", sagte Herr Dr. Karl W. vor dem Amtsgericht. „Ich hob zu ihn gsachd, dass ich der Hecknbrunser vom Eckhaus bin. Und nou hodder dauernd rumgwinsld. „Herr Doggder, Herr Doggder' hodder dauernd zu mir gsachd, 'des woor doch blouß a Schbässla. A Brösdla, Herr Doggder. Aff Ihr Schbezielles, gell Herr Doggder'."

Auf diese nachgereichten Ehrerbietungen reagierte der Herr Doktor auf eine seiner Meinung nach angemessene Weise. Er stopfte dem Peter einige heiße Kotlett ins Hemd, schüttete eine ganze Flasche Barbecue-Ketchup nach und haute ihm beim Versuch eines Versöhnungsschlucks das Bierglas tief in den Schlund. Wegen Bauchverbrennung und schwerem Zahnausschlag wurde Herr Dr. Karl W. zu einer Geldstrafe von 2000 Euro verurteilt.

„Wenn Sie", sagte der Peter danach zu seinem Nachbar, „naggerd affs Nachberschafdsfesd kummer wäärn odder an die Garaasch hiibrunsd häddn, nou häddi Ihner kennd, Herr Doggder. Nou wär ibberhabbs nix bassierd. Iich wass doch normool, wos si g'herrd, Herr Doggder."

# WAS IS DES?

1. A Lebbkougn mid Löcha drin zum Brodworschd naischdeggn
2. A eigschnabbds Maikäferla mid Sinn fär Oddnung
3. A Schallbladdn zum Verrüggdwern, wall's eierd
4. A Knuupf! Vou da, wous die haasn Huusn ham und alles andre a:

# Die Kipfer-Eröffnung

Die Nürnberger Gesellschaft für Monsunforschung hat es schon vor Jahren wissenschaftlich ermittelt: Im Zuge der fortschreitenden Aristokratisierung von Wirtshäusern sterben unter anderem die Flucht in den Radikal-Preller, die Stammtische und das Schafkopfkarteln aus. So war der Amtsgerichtsprozess gegen Herrn Helmut B., der sich hauptsächlich ums Schafkopfkarteln unter verschärften Bedingungen drehte, ein sehr lebendiger Ausflug ins Reich der Totgesagten.

Der Helmut ist Ehrenpräsident eines Freitags-Stammtisches, der jede Woche in einem anderen Gasthaus stattfindet. An dem Wander-Stammtisch wird im schroffen Gegensatz zu wissenschaftlichen Erhebungen immer noch Alkohol in Form von Bier, Wein, Schnaps, Brennspiritus, Eierlikör getrunken. Ebenso exzessiv pflegt man das Schafkopfspiel.

Am Tatabend damals sind die vier Fossile unter der Führung vom Helmut in einem Restaurant gelandet, wo der Wirt ein Maitre ist, das Essen ein Vogelbätzlein, das Bier ein Tropfen auf die heiße Zunge. Die Preise entstammen der höheren Astronomie. „Und wäi iich", sagte der Helmut vor Gericht, „zu den Kellner nachn erschdn Fingerhud Bier gsachd hob, dasser edzer amol fiir jeedn nu zehn Bier bringer soll und nocherdla die Schafkubfkarddln, nou hodd miich der lang oogschaud und gsachd Wie belieben, der Herr?" Der Helmut schaltete schnell auf die Hochsprache um und wiederholte sein Begehren: „Ich peliepen Schafkubfkarddln und vier Schissala." Worauf der Herr Oberkellner Gottlieb F. bedauerte: „Leider mein Herr - wir haben nur das, was auf der Karte steht." Nach dieser Auskunft war man seitens des Stammtisches auf weitere Diskussionen vorläufig nicht erpicht.

Nach einer stattlichen Anzahl sehr kleiner Biere zog der Helmut ein mitgebrachtes Kartenspiel aus der Tasche, für's Kartelgeld nahm man vier Desserttellerchen, und das freitägliche Schafkopfen nahm seinen Lauf. Aber nicht lange. Wieder erschien der Herr Servier-Maitre Gottlieb. „Ich muss Sie dringend ersuchen", flötete er, „Glücksspiele in unserem Hause zu unterlassen." „Hob iich Glücksschbiel g'heerd?!!", brüllte da der Helmut, „A Glücksschbiel is vielleichd, wemmer ba dir Oorsch a Bier beschdelld und dann a halb vulls Reagenzgläsla gräichd!" Als der Gottlieb mit sichtlich angewiderten Fingern die Schafkopfkarten konfiszieren wollte, packte ihn der Helmut voll an der Obermaitre-Fliege, schüttelte ihn gut durch und erteilte ihm sodann ein Schnellseminar in Nürnberger Schafkopfgeschichte. „Du Breißnzibfl, du hochgschdochner!", hob der Helmut belehrend an, „hosd du scho amol wos vom Meichelbecks Peter, vom Geißendörfer, vom Schaafs Vadder und vom Katastrophenprinz g'heerd?! Die berühmdesden Schafkubfkarddler aller Zeidn! Dou hosd du Aff nu Quardedd gschbilld, dou hom däi im Schafkubf-Schdadion im Schdaddbarg scho an die hunderd Zuschauer g'habd."

„Odder", redete sich der Helmut weiter in Rage, „kennsd du die weldberühmde Kipfer-Eröffnung, wou mer an blankn Zehner rausschbilld. Fiir suwos hodd der Kipfer scho Schelln gräichd, dou reißerds dir in Kubf wech! Wassd du, wos a Bumbl is odder die Oodlmannsquaadschn!? Kennsd du Depp die Vier-Ober-Klause, es Gunznhausner, die Sängerlust, Café Schmidt, es Werzhaus im Schdaabrichla!?"

Der Helmut holte Luft und fuhr fort: „Wassd du, daß iich bersönlich erschder Brunskarddler im Albigsgarten woor. Des woor a Werzhaus, dou is Karddl-Bflichd gween. Wer nedd karddld hodd, is nausgfluung, du Oorschkibf! Dou konnsder a Beischbill droo nehmer mid dein foinen Moongdrederzla-Schubbn!"

Und nachdem der Helmut sich lautstark noch an die Zeiten erinnerte, wo sie in der Straßenbahn, im Zug, in jeder Vesperpause, ja einmal sogar während einer Stammtischwanderung im Laufen gekartelt hatten, schleuderte er den Schafkopf-Ignoranten Gottlieb F. aus seinem eigenen Restaurant hinaus. „Nou hommer", erläuterte der Helmut dem Richter, „in aller Ruhe weiderkarddld. Zwischnnei hommer ausn Zabfhahner a boor Bier rausgloun, und nou is die Bollizei kummer."

Wegen verschiedener Delikte vom Zech- bis zum Oberkellnerprellen wurde der Helmut zu zwei Monaten mit Bewährung verurteilt. „Zwaa Monad", kommentierte er das Urteil, „hodd der Kipfer aa immer gräichd, wenner in blankn Zehner gschbilld hodd. Zwaa Monad Karddlverbood. Obber ohne Bewährung. Dou hobbi ja direggd nu Gligg g'habd."

# Rebellion im Hosenladen

Das gehobene bis allerhöchste Management soll seine Köpfe bekanntlich zum Denken und dadurch wiederum zur Verbesserung des Betriebsergebnisses verwenden. Und so denken jetzt viele Manager drüber nach, wen sie demnächst wieder einmal in hohem Bogen aus der Firma schmeißen könnten. Die betroffenen Flugkörper können sich meistens nicht wehren. Vor dem Amtsgericht ist jetzt erstmalig ein Fall von versuchter Gegenwehr bekannt geworden.

Dem Textilverkäufer Wilfried G. ist seine fast zwanzigjährige Firmentreue dadurch vergoldet worden, dass man ihn mit den berühmten drei F ausgezeichnet hat: Für immer frische Luft, Freiheit, Faulenzen. Oder mit anderen Worten: Kündigung.

An seinem allerletzten Arbeitstag ist der Wilfried pünktlich erschienen. „Als erschdes", vertraute er jetzt dem Richter an, „hobbi a boor Fläschla Seggd fiir die Kolleeng ausgeem. Nou numol a boor Fläschla. Und nou hobbi hindn in der Umkleidekabiner nu aweng allaans weider gsuffn. Bis der erschde Kunde kummer is, hobbi glaab i scho an ganz schäiner drinner g'habd."

Der Wilfried hat diesen Kunden mit einem kräftigen Schlag auf die Schulter herzlich begrüßt und ihn dann nicht gerade leise, jedoch eindringlich gefragt: „Wos bisdn nou edzer du fiir a Habberla, dassd du in den Safdloodn dou wos kaafn willsd!?" Etwas verwirrt hat dieser Kunde gemurmelt, dass er hier schon oft was gekauft hat und dass er diesesmal einen Anzug, ein Hemd und eine Krawatte braucht. Der Wilfried hat eine Anzugjacke ergriffen und seinem Kunden befohlen: „Schlubf nei,

Bläiderla! Obber des sooch i der glei - aff den Anzuuch sin ungefähr vierhunderd Brozend Gewinn draffgschloong." Dann hat er dem immer mehr verwirrten Käufer beim Hineinschlupfen einen Jackenärmel ganz fest zugehalten.

In dem Moment hat sich ein zweiter Kunde genähert. Den hat der Wilfried mit den Worten empfangen: „Is haid Debbn-Dooch, odder wos! Sie seeng doch, dassi Kundschafd hob. Schauer'S, dass nauskummer! Zwaa Schdrassn weider is numol a Gschäfd. Iich bedien doch nedd an jeedn Affn!" Sodann hat sich der Wilfried wieder dem ersten Kunden zugewandt, der immer noch vergeblich versucht hat, in den zugehaltenen Jackenärmel zu schlupfen. „Horch amol, du Haichderla", hat ihm der Wilfried geraten, „wennsd du zer bläid bisd, dassd inner Jackn neischlubfd, nou zäigsders widder aus. Außerdem - mouß obber under uns bleim, gell - außerdem sin unsere Anzüüch alle mid einen schdargen Desinfegzions-Gifd verseuchd. Nedd, dassd nou saggsd, du wäärsd nedd gewarnd worn, wennsd nach värzza Dooch aff aamol in Oorschgrebs gräigsd."

In dem Moment ist der schon länger lauernde Geschäftsführer eingeschritten. Er hat den offenkundig schwer sabotierenden Wilfried des Ladens verweisen wollen. „Ner ja", räumte der Angeklagte vor Gericht ein, „mein Scheff hobbi nou aweng am Gräächala baggd in mein Dambf, wou iich g'habd hob, und nou isser, glaab i, in den Schrank neigfluung." Ob dann, fragte der Richter, nicht noch eine Unstimmigkeit wegen einer Krawatte gewesen wäre. „Ja, iich glaab scho", sagte der Wilfried, „des woor obber nou scho widder a ganz anderer Kunde. Dou hobbi nemli gscheid lachn mäin. Wall der wergli gmaand hodd, dass, wenn aff anner Grawaddn 'Seide' draffschdäid, dass des wergli a Seidngrawaddn is. Zu den hobbi nou gsachd, däi is original aus hunderdbrozend Chemie. Im Einkauf kosds fiir uns ungefähr a Fuchzgerla, und wenner den Breis vo fimbfersiebzg Euro, wous ausgezeichned is, wenn er den zoohld, nou konner mer efendwell aa mein Oorsch ausbudzn."

126

„Ja und dann", erinnerte sich der Wilfried noch dunkel, „dann hobbi numol a Fläschla Seggd köbfd, a Ehebaar, wou an Sakko kaafn hom wolln, hobbi nausgschmissn und nou is mei Scheff widder ausn Schrank rausgrabbld kummer. Und dann woor scho die Bollizei dou. Däi hom obber nix kaafn wolln, Herr Richder."

Der Richter hatte zwar viel Verständnis für die verschiedenen Racheakte vom Wilfried, aber ganz ungeschoren durfte er ihn nicht entlassen. Wegen Kunden-Terror und Chef-Dredzerlens muss er jetzt acht Wochenenden kostenlos für einen gemeinnützigen Verein arbeiten. „Ka Broblem", sagte der Wilfried, „fiir einen gemeinen Verein hobbi zwanzg Joohr lang gärwerd, fiir unser Scheiß Firma. Und aa fasd kosdnlos."

# Kukident-Flüchtlinge

Ob es mit der rapid voranschreitenden Verelendung der Zahnärzte zusammenhängt, weiß man nicht genau. Aber die dritten Zähne sind auch nicht mehr das, was sie einmal waren. Davon sind die vor zwei Monaten unglücklich aufeinandergeprallten Teilprothesenträger Willi F. und Sigurd H. zutiefst überzeugt. Der Willi hatte nach der sorgfältigen Ausgipsung seines Oberkiefers und langer zahnloser Wartezeit ein künstliches Viertelgebiss erhalten, mit dem er infolge einer sehr mangelhaften Passform Worte mit pf, st, bsch oder dsch nur noch unter allergrößten Vorsichtsmaßnahmen aussprechen hatte können. Statt einem Pfeffersteak hat er im Gasthaus ein Effereak bestellen müssen, andernfalls wäre ihm die Teilprothese aus der Halterung ins Freie gerutscht. „Des woor der vielleichd ein Deooder", vertraute er jetzt dem Richter bei seiner Verhandlung vor dem Amtsgericht an, „wennsd ba jeedn Word aafbassn moußd, dassder dei Gebiss nedd rausfläichd."

An einem Montag hätte er zum Nachmessen der fehlerhaften Prothese beim Zahnarzt erscheinen sollen, am Sonntag ist der Willi trotz dringender Warnungen seiner Frau mit seinem Wackelkontakt im Oberkiefer noch einmal ins Wirtshaus gegangen. Vorsichtig hat er ein Eifküflein statt einem Fleischküchlein bestellt, eine Lasche Bier, statt einer Flasche Bier und zum Naftif, beziehungsweise Nachtisch, ein Laumenkompott. Fast wäre alles gut verlaufen, bis sein Tischnachbar plötzlich zum Pfefferstreuer gegriffen hat, um seine Pfannkuchensuppe ein bisschen nachzuwürzen.

„Niff machn mid den Effereuer!", hat der Willi in Panik ausgerufen, „Wall geecher Effer bin iich doch allergif.

Lou blouf den Effereuer gäih!" Pfefferstreuer hatte er eigentlich sagen wollen, aber es war schon zu spät. Der Nachbar, Herr Sigurd H., bestreute seine Pfannkuchensuppe kräftig mit Pfeffer, Sekunden später wurde der gegen Pfeffer allergische Willi von einem orkanartigen Niesanfall von oben bis unten durchgeschüttelt. Dabei statt „Hadschi" lieber „Hafi" zu brüllen, gelang ihm in der Kürze der noch zur Verfügung stehenden Zeit leider nicht.

„Und nou", sagte der Willi zum Richter, „is mer ba den Nieserer mei Brodeesn nerdirli in hohen Boong aus der Goschn rausgschnalzd. Und den Doldi mid sein Bfefferschdreier direggd vuur die Fäiß hii. Iich schrei nu niiber zu ihn 'Nichd beweeng!', obber scho schdäid der Kaschber aaf und bums - isser aff meine Zähn draffgschdieng."

Herr Sigurd H. weiß heute noch nicht genau, wie ihm damals geschah. „Der is riibergrumbld kummer", erinnerte er sich, „hodd dauernd gschriea 'Vorfift, mei Gebif!' und nou hodd der mir anne gschmirgld - dass mer mei Deilbrodeesn fei rausgschlaiderd hodd." Wie der Sigurd nach dem Verlust seiner Prothese gewimmert hat „Hilfe, meine Fähn fin raufgfluung!" hat ihm der Willi mit den Worten „Iich wer der glei raufgfluungne Fähn geem! Iich lou mi vo dir doch nedd veroorfn!" noch eine gescheuert. Die zur Schlichtung gerufene Polizeistreife trennte zunächst die zwei Teilgebissträger und anschließend ihre Zähne. Dem Sigurd seine Kukident-Flüchtlinge konnten unversehrt gerettet werden, die vom Willi hatten nur noch Plastikwert. Wegen der ungerechtfertigten Ohr- beziehungsweise Gebissfeige wurde Herr Willi F. zu einer Geldstrafe von 800 Euro verurteilt.

Anschließend saßen die beiden Teilprothesenträger noch in der Gerichtskantine bei einem Friedensbier. „Edzer", sagte der Willi versöhnlich und öffnete dabei langsam den Pfefferstreuer, „edzer konnsd mid Bfeffer rumschdraier, wäisd willsd. Meine neier Zähn sin neizemendierd." Und dann schüttete er dem Sigurd den gesamten Inhalt des Pfefferstreuers lächelnd ins Bier.

# Der Absturz des fliegenden Kranichs

Wer bin ich, woher komme ich, wohin gehe ich, wie endet es - diese drängenden Fragen haben schon immer die Menschheit aufgewühlt. Und wie jeder Volkshochschulen-Absolvent weiß, beschränken sich die Antworten auf diese gravierenden Fragen nicht einfach darauf, dass man der Steinleins Heiner ist, aus der Gartenstadt kommt, jetzt in Uschis Bierbar geht, und es vermutlich wieder einmal fürchterlich endet. Die Antworten liegen auf einer wesentlich höheren, spirituellen und oft gar nicht ganz greifbaren Höhe.

Gern werden solche Fragen gegen Entrichtung eines ansehnlichen Unkostenbeitrags in fernöstlichen Workshops zum allgemeinen Selbsterfahrungswesen beantwortet. In so einem Workshop hat der an sich allem Fernöstlichen nicht so sehr aufgeschlossene städtische Angestellte Gerhard S. auch einmal bohrende Fragen gestellt. Sie sind ihm allerdings sehr unbefriedigend beantwortet worden. Jetzt ist er wegen verschiedener Delikte vor Gericht gestanden.

Dieser Gerhard hat damals am frühen Nachmittag ein paar Stündchen Gleitzeit in einer Bierbar genommen. Wie er wieder aus ihr hinaus geglitten ist, hat sich schon die Dämmerung über die Vorstadt gesenkt. „Iich hob dann", konnte er sich am Amtsgericht noch dunkel entsinnen, „affn Hammweech numol an Dorschd gräichd. Und nou binni in den Hinderhuuf ninder, wou iich normool bam Jorgos immer mein Retsina drink. Odder Gloos mid Zaziki ess."

Diesesmal ist der Gerhard in seinem Dambers aber in einen Hinterhof vorher eingeschert, wo es keinen Jorgos, kein Zaziki und auch keinen Retsina gegeben hat, sondern das Seminar zur inneren Harmonie „Qi Gong, der fliegende Kranich".

„Ganz genau", äußerte sich der Gerhard zum Tathergang, „wass i nemmer, wos dou woor. Iich hob die Werzhausdiir aafgmachd, und nou sin dou die Laid am Buudn gleeng, manche sin rumdaumld, zwaa hom si geengseidich haldn mäin, daß nedd umfläing. Hobbi mer dengd, Dunnerwedder, hobbi mer dengd, däi mäin ganz schäi neigsuffn hom. Iich hob mi nou vuursichdshalber aa am Buudn gleechd." Eine Zeit lang hat der Gerhard erstaunt gelauscht, wie vorne eine in sich gekehrte Dame unter anderem gesagt hat: „Die Bewegungen des Kranichs bilden eine vollkommene Harmonie in ihrer Flugbewegung. Indem wir sie nachahmen, erhalten wir in uns eine bestimmte Lieblichkeit und eine . . ." Sie hat nicht ganz ausreden können, denn in diesem Augenblick hat der Gerhard von hinten vorgeschrien: „Ich erhalde edzer als erschdes amol an dobbldn Uso wäi immer und an Schobbn Retsina. Schäi kald, gell!"

Die Qi Gong-Lehrerin hat aber drauf bestanden: Der Gerhard soll den Kranich machen, damit er die innere warmherzige Harmonie erhält und nicht einen kalten Restina.

„Hom Sie scho amol", fragte der irrtümlich in einen Qi Gong-Workshop geratene Gerhard, dessen weitester Fernost-Aufenthalt vor Jahren einmal Hersbruck gewesen ist, den Richter in der Verhandlung, „Hom Sie scho amol einen Granich gmachd!? Iich konn ja nedd amol an Flamingo aff an Baa. Dou fläich iich unweigerlich um. Und edzer hädd iich einen Granich machn soll, mid schwingende Fliigl!"

Er soll nicht abschweifen, hat ihn der Richter gebeten.

„Iich bin ja nedd abgschweifd", maulte der Gerhard, „iich hob blouß zu dera Frau gsachd, sie soll mi mid ihrn Granich edzer langsam aweng am Oorsch leggn und mein Retsina bringer. Und nou sachd däi zu mir, daß mid mein Zusammenschbiel vo Seele, Körber und Geist wos nedd schdimmd." In ihrer majestätischen Insichgekehrtheit hatten die Workshop-Teilnehmer und die Seminarleiterin nicht gleich gemerkt, dass der Gerhard gar kein Kranich ist, sondern ein ganz normaler Schluckspecht auf dem Heimflug ins Winterquartier. „Und wäi däi Frau", sagte der Gerhard, „zu mir gsachd hodd, iich soll edzer endli meine Flügel schwingen, harmonisch und anmuudich, nou binni der scho aweng hidzich worn, gell. Ob iich edzer mein Retsina gräich, hobbi gfrouchd. Und nou homs mi aff aamol zu fimbf baggd und zur Diir naus-schmeißn wolln. Ja, und nou hobbi hald mein Granich-Fliiglschlooch gmachd. Und mid ann vo meine Granich-fliicherla mouß i nou däi Frau Lehrerin a bissala gschdreifd hoom." Genauer gesagt hat sie der Gerhard nicht gestreift, sondern am Kinn getroffen, und es war auch kein Kranichflügel, sondern seine Hammerhand. Wegen Hausfriedensbruch, Körperverletzung und Belei-digung wurde Herr Gerhard S. zu einer Geldstrafe von 1800 Euro verurteilt. „Wäi mers machd, machd mers ver-keerd", sagte der Angeklagte nach dem Urteil, „An Dooch schbeeder woor i nou bam Jorgos. Dou hobbi nach fimbf Retsina an Granich gmachd. Und nou binni aa nausgfluung."

# Der Currywurst-Irrtum

In einigen Tankstellen soll man ja hin und wieder noch ein Benzin tanken können. Hauptsächlich gibt es in Tankstellen aber Speisen und Getränke, Gartengeräte, Spielzeug, Schnittblumen, Lebensmittel, Kosmetikartikel, Kleinmöbel, Textilien, Briketts, Grillkohle. Was im Sortiment einer Tankstelle bei aller Komplexität des Angebots aber dringend fehlt, ist eine eigene Optikerabteilung. Mit einer starken Brille wär dem Tankstellenstammgast Carlo D. nämlich das Missgeschick mit seiner Currywurst nicht passiert. Jetzt hat der schwerwiegende Currywurst-Irrtum vor Gericht verhandelt werden müssen.

Wie fast jeden Tag ist der Carlo auch an jenem noch nicht ganz bodennebelfreien Montag an dem Steh-Imbiss erschienen und hat wie immer eine Currywurst, einen Kaffee und eine Schachtel HB geordert. „Iich hob", schilderte er jetzt dem Amtsgerichtsrat, „mei Körriworschd, mei Schächdala Zigareddn und in Kaffee und nou hobbi däi Blasdigg-Schdocherer fiir die Worschd und die Bommes vergessn g'habd. Däi hobbi an der Kasse g'hulld."

An der Kasse hat der Carlo mit dem Tankwart noch die wichtigsten Tagesprobleme geschwind erörtert, das Wetter, den Bierpreis und die Aktienkurse, dann hat er sich wieder seiner Curry-Wurst zuwenden wollen. „Iich gäih an mei Schdehdischla zrigg", sagte er, „und nou hobbi gmaand, iich sich nedd richdich. Schdäid dou anner dorddn und schbachdeld in aller Ruhe mei Körriworschd nei!"

Es hat sich bei dem vermeintlichen Mitesser um Herrn Axel D. gehandelt. Eine kurze Zeit hat der Carlo dem Axel beim Verzehr seiner Curry-Wurst zugeschaut. „No Masder", hat er sich dann teilnahmsvoll erkundigt, „schmeggds?" „Die Bommes sin aweng läädscherd", hat der Axel in aller Ruhe geantwortet, „obber sunsd gäids scho." Daraufhin hat der Axel mit einem Schluck Kaffee die lätscherten Pommes frites hinuntergespült.

Dem Carlo hätte es inzwischen vor lauter Wut über die Frechheit des Fremdfressers beinahe den Seelenstöpsel aus dem Kopf rausgehaut. „Sooderla", hat der Axel seine Mahlzeit beendet, „goud woors nedd, obber seldn." Dann hat er sich dem letzten Rest Kaffee gewidmet. „Und edzer", hat der Carlo gezischt, „edzer wersd woorscheins nu anne neizäing?" „Oorschgloor", hat der Axel geantwortet, „es besde am Essn is sowiesuu die Zigareddn dernouch." Und hat schon die frische Packung HB geöffnet. In dem Augenblick war die Geduld vom Carlo erschöpft. „Edzer langds!", hat er den zutiefst erschrockenen Axel angebrüllt, „Erschd frissd mer mei Körriworschd wech, nou saufsd mein Kaffee aus, und edzer raugsd aa nu meine Zigareddn! Bin iich dei Sozialarbeider, odder wos! Iich glaab, dass dir die Benzindämbfe aweng in dein Gaggerlaskubf gschdieng sin." Mit diesen deutlichen Worten hat der Carlo den Pappdeckel mit der noch verbliebenen Currysoß und einigen Rest-Pommes Frites über den Kopf gestülpt, ihn mit einer gekonnten Fußsichel zu Fall gebracht, an den Füßen schubkarrnmäßig hochgehoben und geschrien: „Edzer foohri diich Dreegsau suu lang im Greis rum, bisd mei Körriworschd widder rausgschbeid hosd."

Wie das Gespann drei Stehtische weitergefahren war, hat der Carlo gedacht, er sieht nicht richtig: Auf dem Tisch ist eine herrenlose, inzwischen schon erkaltete Currywurst gestanden, eine Tasse Kaffee und eine Packung HB. „Sorry, Alder, „hat der Carlo den tragischen Irrtum kommentiert, den currysoßverschmierten, schwindlig gefahrenen Axel auf den Boden fallen lassen und sich seinem Menü gewidmet.

„Ja fraali", räumte er jetzt vor Gericht ein, „es woor mer scho beinlich. Obber wos häddin machn solln? Den Moo mei Körriworschd oobiedn? Der hodd doch scho gessn g'habd. Und dass der aa nu die gleichn Zigareddn rauchd wäi iich - nichd zu glaub, Herr Richder, odder?!" Für die

Currysoß-Taufe, das Abwatschen und Fallenlassen eines unschuldigen Tankstellenbesuchers muss der Carlo 1500 Euro Strafe zahlen. „Es nexd mool", äußerte sich danach noch das Opfer der Currywurst-Verwechslung, „es nexd mool nimm i a Körriworschd ohne Körri. Wall des brennd suu arch in die Aung, wennsders ins Gsichd gräigsd."

# Schock im Wohnmobil

Das Wichtigste im Leben ist seit geraumer Zeit schon die Mobilität. Ein Hochgeschwindigkeitswohnzimmer mit Koch- und Abortnische und Rädern unten dran wird als Urlaubsdomizil immer beliebter. Herr Dieter G. und seine Ehefrau Barbara lehnen Ferien im Wohnmobil seit ihrer denkwürdigen Reise in die südliche Steiermark entschieden ab. Schuld an der Abneigung gegen rollende 0,5-Zimmer-Wohnungen ist der Aushilfs-Wohnmobilverleiher Max S., der jetzt wegen Terror in der Schlafkabine und anderer Delikte vor Gericht gestanden ist. „Iich wass ibberhabbs nedd", äußerte sich der Max auf der Anklagebank, „wos iich dou soll, Herr Gerichtsvuurschdand. Normool mäißerd mer däi zwaa dou eischberrn. Weecher Kidnapping."

Dann erklärte der dem Bier nicht ganz abgeneigte Max, dass er nach drei Halben am Feierabend grundsätzlich nicht mehr heimfährt und mit ausdrücklicher Genehmigung seines Chefs seinen vollen Kopf in einem der zahlreichen Miet-Wohnmobile zur Ruhe betten darf. An dem fraglichen Freitag Abend müssen es statt drei aber mindestens dreizehn Biere gewesen sein, nach denen der Max in die Führerhaus-Kabine eines Wohnmobils gekrochen und sofort ganz fest eingeschlafen ist.

„Wos der Moo dou fiir Gschichdla erzilld", schaltete sich da Herr Dieter G. ein, „des is mir worschd. Daadsache is, daß mir am Samsdooch fräih unser Leih-Wohnmobil eigraimd hom und in die südliche Schdeiermarg gfoohrn sin. Siem Schdund simmer scho underwegs geween von an Schdau zon andern, mei Frau woor verledzd, wall sie's ba anner Vollbremsung vom Abordd roogschlaiderd hodd, mir is der haaße Kaffee in anner scharfn Kurvn ins Gnagg neigloffn, dasser mi verbrühd hob, es Abordd-Babier hommer vergessn g'habd dahamm, dou hobbi die Zeidung nehmer mäin, wou i nunni gleesn g'habd hob – also midd ann

Word, mir woorn alle zwaa middi Nervn fix und ferddi."
Kurz hinter Graz hat der Dieter die Autobahn verlassen, ist
in einen kleinen Waldweg eingebogen, die Barbara hat
einen frischen Kaffee gekocht, draußen ist es beschaulich
still gewesen, nur ein Bächlein hat gemurmelt und einen
Kuckuck hat man frohlocken hören. Und in dem Moment,
wo sich der Dieter gerade ein bisschen in seine Barbara
vertiefen und schwelgen hat wollen, wie schön doch das
Nomaden-Leben ist, in dem Augenblick ist oben in der
Schlafkoje ein Schwellkopf aufgetaucht und hat gestöhnt:
„Frau an Aamer, mir is schlechd!" Und Sekunden später
hat sich der Kopf übergeben müssen.
Es hat sich dabei um den bereits erwähnten Max gehandelt,
der in seinem Voll-Delirium sieben Stunden lang wie tot in
der Koje gelegen ist. „Mei Frau und iich", erinnerte sich
der Dieter, „mir häddn in den Momend kann Drobfn Bluud
mehr geem. Des mäinsersi amol vuurschdelln, schbeid in
unsern Wohnmobil a wildfremder Moo wäi a Wasserfall vo
der Schlafkabiner roo. Und wäi er ferddi gween is, frouchd
der uns, wos mir dou in sein Audo wolln."
Wie der Dieter dem blinden Passagier erklärt hat, dass es
sein Wohnmobil ist und sie sich im Urlaub in der südlichen
Steiermark befinden, hat der Max gebrüllt: „Iich gib der glei
a südliche Schdeiermark! Du gräigsd edzer an nördlichn
Oorschdridd, wennsd nedd schausd, dassd dou ver-
schwindsd. Und däi Schnalln neber dir soll si wos driiber-
zäing! Des is ka Buff, des is a Wohnmobil!" Dann hat der
Max die zwei Urlauber mit den Worten „Die südliche
Schdeiermark soll ja ganz herrlich zon Wandern sei" aus
dem Wohnmobil geschmissen und ist ohne sie davon
gefahren.
Die bei ihm kurz danach festgestellten 1,8 Promille Restal-
kohol müssen noch in der südlichen Steiermark verhandelt
werden, wegen des Wohnmobil-Entzugs, Beleidigung und
einiger Handgreiflichkeiten ist er vorab zu einer Geldstrafe von 1500 Euro verurteilt worden. „Des Geld", sagte der
Max nach dem Urteil, „wär mer worschd. Obber mei Frau
glabbd mer däi Gschichd mid der südlichn Schdeiermark
immer nunni."

140

# Eppeleins Flucht auf dem Seepferd

Wer historische Studien betreibt, muss bekanntlich alte Quellen aufspüren, irgendwelche Sigena-Urkunden entziffern, in Archiven Tag und Nacht forschen. Auch Herr Charly M., hauptberuflich Disco-Einpeitscher und Lichtorgel-Virtuose, war im Sommer für nicht ganz eine Stunde als Historiker tätig. Seine Urkunden sind rund, bunt, aus Pappdeckel geformt und im historischen Volksmund als Bierfilzla bekannt. Aus den vom Charly erforschten Quellen sprudelt gewöhnlich Bier oder zwölf Jahre alter Himbeergeist. So vorbereitet hat er sich an einem Samstag im Juli einer norddeutschen Reisegruppe als Fremdenführer angeboten. Der denkwürdige Ausflug in die Vergangenheit hat in der Gegenwart vor dem Amtsgericht geendet.

„Dieser Herr", erinnerte sich der Reiseleiter Bernd S. bei der Verhandlung, „hat uns auf dem großen Marktplatz einen Ausweis gezeigt und gesagt, daß er über fundierte Kenntnisse verfügt. Für zweihundert Mark erzählt er uns in kurzen Abrissen die Stadtgeschichte." Nach dem Kassieren des stolzen Honorars hat der Charly damals sogleich einige Kostproben seines fundierten Wissens zum Besten gegeben, und zwar in der fast schon ausgestorbenen Ur-Sprache der Stadt, so daß die ergriffenen Zuhörer höchstens die Hälfte der interessanten Erläuterungen haben.

„Des dou droomer", hat der Charly erzählt und auf das gerade beginnende Männleinlaufen an der Empore der Frauenkirche gezeigt, „des is eine Nachbildung vom Schobbershuufer Xsangsverein, wäis um ihrn Dirigendn rumlaafn. Der Dirigend is der Bräunleins Michl, der hodd bam Singer masdns an Schäiner in der Krone g'habd. Die Krone kommer ganz genau seeng. Obachd, edzer verschwinder glei, und nou kummder aff der andern Seidn

141

widder raus. In der Zwischenzeit kaffder si a Seidla. Obber ka Angsd, der fläichd nedd roo, den homs Godzeidank hiigschraubd."

Den steinernen Ochs auf der Fleischbrücke hat der Charly als eine Krippenfigur von Adam Kraft gedeutet, einem bekannten örtlichen Bratwurstfabrikanten, von der Pegnitz hat er gewußt, daß sie schiffbar ist, vor allem nachts und an jenen Ufern, wo sich Wirtshäuser befinden wie der Kettensteg, der Schuldturm oder das irische Babb am Wespennest. „Und dou droomer", hat der Charly sodann seinen bereits lautstark protestierenden Zuhörern berichtet und irrtümlich auf die Türme der Sebalduskirche gedeutet, „dou seeng mir die Närmbercher Burch. Däi is vom Kaiser Wilhelm ungefähr seinerzeid oogfangd worn und von Andreas Urschlechter vollended."

Bereits zu diesem Zeitpunkt hätten die Reisenden gern ihre 200 Mark wieder zurück gehabt. Aber der Charly hat unbedingt noch seine Sage vom Raubritter Eppelein los werden wollen. „Den Ebbelein", hat er erzählt, „den homs nemli damals – des woor im November Sibbzerhunderdselbigsmool – homs den affn elegdrischn Schduhl hinrichdn wolln. Und nou isser mid sein Bferd in den Diefn Brunnen nei g'hubfd, in die Bengerz gschbüüld worn und fordd woor er." „Aber", hat jemand eingeworfen, „einen elektrischen Stuhl hat es damals doch noch gar nicht gegeben." „Ba uns schon", hat der den frühen Fortschritt der Stadt gerühmt. Und den Einwand, dass das Pferd vom Eppelein im Wasser des Tiefen Brunnens unweigerlich ertrinken hätte müssen, hat er mit den Worten widerlegt: „Asuu a Gschmarri. Der Ebbelein hodd doch a Seebferdla g'habd." Dann ist der Charly im aufkommenden Tumult der Touristengruppe mit den 200 Mark geflüchtet, aber im Gegensatz zum Raubritter Eppelein kurz danach erwischt worden.

Wegen Betrugs ist Herr Charly M. zu einer Geldstrafe von 1200 Mark verurteilt worden. „Dou fälld mer ei", kommentierte der Hobby-Historiker halblaut das Urteil, „sugoor der Götz von Berlichingen soll scho amol in Närmberch gween sei."

# Die Mahnungen aller Art GmbH

Was die Zeit ist, weiß kein Mensch, aber sicher ist: Man muss mit ihr gehen. Früher hat man im Schweiße seines Angesichts sein Brot verdienen sollen, inzwischen muss der Mensch von heute als Existenzgründer Dienstleistungen verrichten und Visionen aller Art haben, dass er sein Plätzchen an den Ufern des Reibach findet.

So hat der Betriebswirtschaftsstudent im 28. Semester Daniel P. eine Vision gehabt, dass er dringend Kohle braucht. Die Vision in ihm hat sich zur Existenzgründung eines umfangreichen Dienstleistungszentrums ausgeweitet, jetzt hat sich wegen der großen Ausdehnung sogar das Gericht dafür interessiert. „Erschd", äußerte sich der Dienstleistungs-Konzernchef vor Gericht, „erschd woors aweng schleppend, mei Gschäfd."

Herr Daniel P. hat zum Beispiel aus den Wühltischen von Buchhandlungen geklaute Bücher, oder so begehrenswerte Gegenstände wie Backsteine, Badezimmerfliesen, 500 Gramm Sand, eine Tüte Gips, Vogelfutter oder leere Marmeladengläser sorgfältig in Packpapier gewickelt, mit Aufschriften wie „Vorsicht, Wertgegenstand", „Darf nur vom Zoll geöffnet werden" oder „Porto zahlt Empfänger" abgestempelt, irgendwelche ostböhmischen Formulare aufgeklebt und hat diese kostbaren Wertpakete dann persönlich gegen kleine Gebühren nach einem bestimmten System im Stadtgebiet ausgeliefert. Dabei hat der Daniel

eine alte Sanitätermütze als Kopfbedeckung getragen, ein
Damenhandtäschchen zum Bar-Inkasso, ein Freischwim-
merzeugnis mit Lichtbild aus dem Jahre 1975 als Dienst-
ausweis.

„Trari, Trara, die Post ist da", hat er beim Läuten gebrüllt
und dann sein Wertpaket gegen kleine Gebühren zwischen fünf und fünfzehn Mark ausgehändigt. Die Freude
der Empfänger war meist groß, wenn sie für DM 14,80
ein Pfund Sand, drei Kieselsteine oder einen Liter Wasser
in der Plastiktüte erhalten haben. „Obber mid der Zeid",
äußerte sich der Existenzgründer der Zustellung Geh
mbH vor Gericht, „is mer des zu anschdrengend worn.
Des ganze Zeich immer eiwiggln, Formulare ausfülln,
Adressn ausn Delefonbuch raus soung – und dauernd däi
Rumlaaferei. Und nou hobbi mer dengd, machsd hald a
Mahnungsfirma aaf."

„Mer derf", erläuterte er den Strukturwandel in seinem
Konzern, „mid suu Mahnungen blouß nedd unverschämd
wern, nou leffds scho." Der Daniel verschickte also zwei-
te und dritte Mahnungen für verschiedene Erhebungen
wie die bekannte Dachlaststeuer, Luftgebühr, Grundwas-
serspiegelentnahmeaufwandsmehrwert oder Gullydeck-
elabgabe. Von ihm stammte auch die Tierseuchenabwehr-
gebühr, die Windbemessung und die Grundstückshöhen-
kosten. „Masdns", sagte er, „hobbi Mahnungsbedrääch
iiber elf bis zwelf Mark neigschriem und dassis serfordd
iiberweisn solln, sunsd konn i aa andere Seidn aafzäing.
Is ganz schäi gloffn, mei Mahnungsfirma."

Ein einziger Kunde vom Daniel ist misstrauisch geworden und zur Polizei gegangen. Er hätte eine Gesteigflä-
chennutzungszahlgebühr für die Fürther Straße entrichten
sollen, pro Quadratmillimeter Fußsohlenfläche 0,08 DM.
Über das Firmenkonto ist der Visionär und Existenzgründer Daniel P. ermittelt und jetzt wegen Betrug zu einer
Geldstrafe von 8000 Mark verurteilt worden. „Edzer",
sagte er nach der Verhandlung, „mach i woohrscheins
eine Barddeischbendn- und Schwarzgeld-Firma aaf. Dou
hosd wesendlich mehr Gewinn, und es werd nedd be-
schdrafd."

144

# Das Kufstein-Lied als Zahlungsmittel

Ob bei uns etwas billiger oder teuerer wird, ob man einen Arbeitsplatz erhält oder stattdessen nur einen Tritt in den Hintern, ob eine Firma an die Börse geht oder vorsichtshalber doch gleich pleite – das alles und überhaupt das ganze Leben regeln die legendären Kräfte des freien Marktes. Selten hat jemand diese Kräfte des freien Marktes gesehen. Erstmals sind sie jetzt dem Musiker und Alleinunterhalter Walter M. in einer mondhellen Nacht auf einer kleinen Kreisstraße erschienen, in Gestalt des Benzin-Monopolisten Edmund G.

Der Alleinunterhalter Walter M. ist in dieser Nacht von einer Jubiläumsveranstaltung heimgefahren, ungefähr auf halber Strecke ist ihm das Benzin ausgegangen und er hat sich nachts um halbdrei auf einem bisher offenbar noch nicht erforschten Sträßchen zunächst einmal ein bisschen allein unterhalten. Einmal haben zwei Rehe die Straße gekreuzt, aber die haben kein Benzin dabei gehabt. Eine weitere halbe Stunde später ist Herr Edmund G. mit seinem Auto und einem mutmaßlich schweren Qualm im Kopf vorbeigeschlingert. Der Walter hat sich ihm förmlich in den Weg geworfen. „Häddn Sie", hat er den Edmund angewinselt, nachdem er aus dem Auto gefallen war, „Häddn Sie a boor Lidder Benzin derbei. Bidde, bidde! Iich zoohl weecher mir in dobbldn Breis. Habbdsach, iich kumm endlich hamm."

Selbstverständlich, lallte der Edmund, habe er ein Benzin dabei, das sei überhaupt kein Problem und den doppelten Preis könne er keinesfalls annehmen, denn er verlange infolge des dringenden Notstandes den fünffachen Preis.

So sind dann über die Gesetze des freien Marktes nachts auf einer Landstraße scharfe Diskussionen geführt worden. Wie man es zu Ende diskutiert gehabt hat, ist der Preis für fünf Liter Super Bleifrei bei hundert Euro stehen geblieben. „Sie sin ja ein Halsabschneider", hat der Walter gewinselt, „suu a Sauerei hobbi ibberhabbs nunni erlebd. Hunderd Euro fiir an Schbruuz Schbridd! Des is ja mei ganze Gaasche vo haid oomds!"

Wie der Benzin-Bonze Edmund durch diese Äußerung erfahren hat, dass der Walter Alleinunterhalter von Beruf ist, hat sich der Benzinpreis noch einmal erhöht. „Also bass aaf", hat der Edmund befohlen, „Du erzillsd mer edzer a boor Widz, singsd mer drei Liedla vuur, nou nu die hundert Euro, und nou gräigsd a Benzin." Schließlich hat man sich auf fünf Witze geeinigt, fünf Lieder, fünfzig Euro und als Zugabe solle der Alleinunterhalter Walter M. noch einen Handstand vorführen.

„Als erschdes", gab der Walter jetzt vor Gericht zu Protokoll, „als erschdes hobbin däi fuchzg Euro geem, nou hobbi middi Fäis annern Baum hii an Handschdand gmachd, dernouch a boor Widz derzilld und als Ledzdes hobb i gsunger." Und wie der verzweifelte, immer noch benzinlose Alleinunterhalter nachts um vier auf der Landstraße gerade a Capella das Kufsteinlied geschmettert hat, ist der Edmund in sein Auto gestiegen und weitergefahren. Erst im Morgengrauen hat ein anderer Autofahrer gehalten. Der hat keine Lieder oder Witze hören wollen und auch nicht die Darbietung eines Handstands verlangt, sondern den Walter kostenlos zur Polizei mitgenommen. Kurze Zeit später ist Herr Edmund G. aus dem Bett geholt worden. In seinen Adern haben sich noch 2,5 Promille Alkohol befunden, in der Jackentasche die fünfzig Euro Benzingeld vom Walter.

Der Benzintäuscher ist insgesamt zu sechs Monaten ohne Bewährung und drei Jahren Führerscheinentzug verurteilt worden. „Des woors mer werd", sagte der Edmund nach dem Urteil, „a Alleinunderhalder fiir miich ganz allaans. Am besdn hodd mer es Kufschdeinlied gfallen und der Handschdand."

146

# Urlaub in Fürth

Im Dienstleistungsbereich liegt, wie jeder weiß, unsere Zukunft. Der fränkische Mensch wir auf diesem so wichtigen Wirtschaftssektor allerdings wieder einmal das Schlusslicht bilden, denn es mangelt dem Bewohner von Mumpfelland von Natur aus an der im Dienstleistungs-Business so wichtigen Höflichkeit, Untertänigkeit, der Fähigkeit, auch noch so ungewaschene Füße liebevoll zu küssen. Eines der wenigen herausragenden Beispiele an Geschmeidigkeit im Umgang mit Kunden ist der Dienstleister Walter K. Er organisiert Menschentransporte in die Karibik, nach Fernost, auf die Fidschi-Islands, Malediven oder Kleinen Endivien.

Aber auch der aus dem Sumpf fränkischer Verschlossenheit vorbildlich herausragende Reisebüro-Inhaber ist jetzt an die Grenzen seiner Höflichkeit gestoßen. Diese Grenze hat das Ehepaar Anita und Manfred B. gebildet, das in der Fernweh-Zentrale vom Walter mit dem überraschenden Wunsch erschienen ist, dass sie ein bisschen verreisen möchten.

Jeder andere fränkische Dienstleister hätte da gemurmelt „Suu genau hobbis edzer aa nedd wissn wolln" und sich wieder in seinen Bildschirm vertieft. Nicht so der Walter. Unter den Freudenschreien, „Ach goor, aweng verreisn!" und „Des häddi edzer obber nedd dengd!" hat er dem Manfred und der Anita einen Kaffee aus der Espresso-Maschine gezapft und sich dann mit spitzigem Göschlein flötend erkundigt, wohin sich die zwei begeben möchten.

„Des häddn'S amol erleem solln", schluchzte der Walter vor Gericht, „wos däi zwaa nou aafgfiird hom. Sie hodd gsachd, daß värzza Dooch nach Maroggo wolln. Er hodd obber blouß aa Wochn nach Dänemarg gwolld. Middn Omnibus. Dou hodd sie widder gsachd, ob mer nedd middn Omnibus nach Maroggo fahrn kennd. Efendwell

Schdändbei. Nou hodd der Moo gsachd: Holland! Sei ledzds Angebood. Südlicher wäi Holland fährd er nedd. Obber nou All inglusiev."

Im Verlauf von etwa eineinhalb Stunden hatte der Urlaubs-Dienstleister Walter K. ungefähr zwanzig Kataloge ausgebreitet, fundierte Verträge über Land und Leute in China, Indonesien, Südafrika, Ägypten, Kuba, Mittelamerika, Kanada, Türkei, Frankreich, Portugal, Spanien und das Baltikum gehalten, Videos in seinen Player eingelegt und das Internet zu Hilfe gerufen. Als ungefähr zwei Stunden Beratung vorbei waren, sagte der urlaubsuchende Manfred B., dass er jetzt wisse, was er wolle, nämlich noch eine Tasse Kaffee.

„Zu den Zeidbungd", erinnerte sich der Walter, „hom er und sei Frau jeweils scho zehn Kaffe gsuffn g'habd. Und der Moo hodd gsachd, ob i nedd wos dou hädd in Brasilien. Dou geeberds, suuweid er wass, wenigsdens an gscheiden Kaffee. Sie hodd weechern Tee nach Ceylon gwolld. Drei Wochn, ungefähr fiir dreihunderd Euro. Mehr wollns suwiesuu nedd ausgeem." Daraufhin hatte der Walter einen Kompromiss-Vorschlag unterbreitet. „Wissen'S wos", hatte er gebrüllt, „Edzer leckn'S mi aweng am Oorsch. All Inglusiev! Dou is a Schdreifnkarddn fiir die U-Bahn. Dou foohrn's nach Färdd in Urlaub! Und wenn'S mer an Gfalln dou wolln, nou kummer'S nie mehr zrigg!" und dann schmetterte der Walter den gerade an seiner vielleicht zwölften Tasse Kaffee nippenden Manfred seinen dicksten Urlaubskatalog über den Kopf.

„In Urlaub hommer schdreing mäin", schimpfte der Zeuge Manfred B., „wall unser Geld hommer fiirn Zahnarzt brauchd. Drei Schneidezähn hodds mer rausg'haud." Der Touristik-Berater Walter K. wurde wegen Körperverletzung zu einer Geldstrafe von 2500 Euro verurteilt. Aber der Dienstleister hatte schon längst wieder zu seiner ursprünglichen Höflichkeit zurückgefunden. „Kummer'S ruhich widder amol vobbei", umschmeichelte er nach dem Urteil seine beiden Kunden, „Edzer häddi wos Bassendes fiir Sie. A Värddljoohr Irak, All Inglusiev."

CITY
CENTER
FÜRTH

*Immer der richtige Weg!*

...damit Sie kurze Wege
beim Einkaufen,
Bummeln und Essengehen haben.

Viele Fachgeschäfte und Märkte,
Restaurants und Cafés
freuen sich auf Ihren Besuch.

Parken Sie bequem in der großen Tiefgarage oder
nutzen Sie die gute Anbindung mit
öffentlichen Verkehrsmitteln.

Der richtige Weg führt
ins City-Center Fürth.

# Die Christine und ihr Endlos-Strip

Einigermaßen runde Geburtstage, Abschied in die Frührente, Jubelfeiern zum vierwöchigen, ununterbrochenen Bestehen eines Geschäftes finden stets mit großem Pomp statt. An die Stelle des früheren selbstgemachten Gedichts sind heute dreistündige Unterhaltungs-Shows größten Ausmaßes getreten. Man weiß von Stimmen-Imitatoren, Zauberern, Auftritten eines Symphonieorchesters, Musicals, Ballett, Bauchtanz, Parterre-Akrobatik, Hochseil-Artistik, so dass man früh um vier grübelt, ob man soeben vom „Lido" in Paris heimtaumelt oder von einem 39. Geburtstag in Diepersdorf.

Beim außerordentlich runden 42. Geburtstag von Georg M. war als Höhepunkt der circensischen Darbietungen der Auftritt einer Stripperin geplant, ein Präsent seiner fünf Stammtischfreunde. Die Ausdruckstänzerin Christine S. war vor etwa fünfzehn Jahren schon einmal als Peep-Show-Solistin in Erscheinung getreten und vom Stammtischvorsitzenden Günther R. für das rauschende Geburtstagsfest verpflichtet worden. Unverbindlich zunächst. „Kummsd", hatte der Günther der Christine vorgeschlagen, „am Freidooch nammidooch zu mir hamm. Dou is mei Frau immer bam Frisör. Und nou zeigsd mer amol, wosd nu draff hosd. Des demmer nou ba der Gaasche miid neirechner."

Vor dem Amtsgericht schilderte die Strip Tease-Tänzerin Christine S. jetzt ihren Leidensweg. „Erschd", klagte sie wütend an, „hobbi also ba den Aung-Rammler an den Freidooch oodreedn mäin. CD-Bläher, weecher der Musigg, hobbi derbei g'habd. Nou hobbi mer nu Schdrabs und schwarz Schdrimbf kaafn mäin. Naggerd hodder mi seeng wolln, halb naggerd, vo vorn, vo hind – und Schdellungen, däi konn i Ihner edzer dou goornedd soong, Herr Richder. Annerhalb Schdund hodd miich der rumhubfn loun!"

Zwei Tage später meldet sich der Günther telefonisch bei der Christine. Dass die Probe schon sehr zufriedenstellend verlaufen sei, dass er aber allein keine endgültige Entscheidung treffen könne. „Und nou hobbi", sagte die Christine, „a Wochn schbeeder bam nexdn vo däi elendichn Windbeidl oodreedn mäin zum Brobedanzn. Und gleich am andern Oomd widder bam nexdn. Und des alles fiir hunderd Euro Gaasche. Obber däi hädd i erschd an den Gebozzdooch gräichd." Insgesamt fünf mal strippte die Christine in Wohnzimmern, Küchen, Hobby-Werkstätten, in einem Fall auch ohne Musik, ganz leise, am Dachboden, weil die Ehefrau des Strip-Gutachters wider Erwarten daheim war.

„Ob sie", fragte der Richter, „unter Umständen ein bisschen blauäugig sei?" „Naa, warum", antwortete die Reizwäsche-Künstlerin, „Iich hob braune Aung. In mein Ausweis schdäids aa drin."

Nach den fünf Probe-Ausziehtänzen war sie zu einer weiteren Begutachtung gebeten worden. „Des woor nou", erinnerte sie sich, „widder der Moo, wou iich ganz am Anfang gween bin. Des hobbi serfordd gmergd. Iich bin ja nedd bläid, odder!?" Die Christine war zur Polizei gegangen und hatte die fünf Wohnzimmer-Spanner angezeigt. Pro Strip Tease müssen die fünf jetzt 200 Euro nachzahlen. „Aamool", sagte der Drahtauszieher Günter R. nach dem Urteil zur Christine, „aamool mäißersd obber nu schdribbn. Wall der Aanziche, wou die nunni naggerd gseeng hodd, des is unser Gebozzdoogskind, der Gerch."

# Der Wurstsalat-Prozess

In manchen Kulturkreisen dieser Welt pflegen Menschen beim Warten in einem Laden, an der Bus-Haltestelle oder vor einem Bierausschank in einer träge sich dahinschleichenden Schlange anzustehen. Im zivilisierten Teil der Welt, also in Mittelfranken, schätzt man hingegen das Durcheinander, das vollkommene Chaos, das Gwerch, wodurch man in einem Supermarkt an der Wursttheke sehr schnell miteinander bekannt wird und oft Diskussionen über das Drankommen in der richtigen Reihenfolge auf allerhöchster Ebene führt.

So hat an einem Samstag nachmittag, zehn Minuten vor Feierabend, Frau Felicitas R. gerade auf den letzten 250-Gramm-Becher mit Wurstsalat deuten wollen, wie plötzlich eine gewisse Waltraud mit ihrem Einkaufswagen in den Kreis der Wartenden gerumpelt ist und über drei Kunden hinweg befohlen hat: „Zwaahunderdfuchzg Gramm Worschdsalood! Her dermiid! Nou hom mers banander!" Auch dieser kühne Vorstoß ins Reich der Unordnung hatte an Niveau nichts zu wünschen übrig gelassen und endete jetzt sogar vor Gericht. Ein Präzedenzfall für alle nachfolgenden Wurstsalat-Prozesse.

„Des woor", schilderte die Felicitas den piratenhaften Wurstsalat-Raubzug der Waltraud, „des woor fei wergli der ledzde Worschdsalood! Und iich hob doch Oomds Russische Eier machen wolln. Nou sooch iich zu dera Frau ganz höflich, dasser si biddschenn hindn ooschdelln

soll und dass des mei Worschdsalood is." Über die soge-
nannte Höflichkeit, so äußerte sich die Kronzeugin Waltraud M., könne sie nur schrill lachen, so eine unflätige
Person wie die Felicitas sei ihr in ihrem ganzen Leben
noch nicht begegnet. „Außerdem", sagte sie, „woor iich
scho vuur dera Sulln an der Worschd-Deege. Iich bin
blouß zwischn nei gschwind amol zon Jochurdd niiber."
Die „Sulln" musste die Waltraud unter Androhung einer
Ordnungsstrafe sofort wieder zurücknehmen. „Nou
mouß", forderte sie, „däi gnädiche Dame dou obber ihr
Schbodzerei aa widder zrigg nehmer! Miich grausds
edzer nu, Herr Richder, wenni blouß droo denk. Däi
Sulln, beziehungsweise däi Worschdschnerbfl-Brinzessin
dou, däi langd mir in mein Einkaufswäächala nei,
grabschd si mein Worschdsalood-Becher und sachd zu
mir ‚Gnä Frau, derfs fiir a Fimberla mehr sei?' – Und nou
hodds mer in mein Worschdsalood vull neigschbodzd!"
Mit den Worten „Worschdsalood mit Sooß mooch i nedd"
hat die Waltraud dann damals die 250 Gramm Wurstsalat
der Felicitas als Krone aufgesetzt. Unmittelbar nach der
Wurstsalatkrönung hat Ihre verschmierte Majestät, beziehungsweise Majonnäse, ihren sich gerade an der Fleisch-
theke vordrängenden Ehemann um Hilfe gerufen. „Der
Moo", schluchzte die Felicitas vor Gericht, „der hodd mi
baggd und in mei Einkaufswäächala nei g'hoggd. Und
nou hodder mer an Schubserer geem, dassi vull ins Wein-
regal geengiiber neigfoohrn bin und die ganzn Flaschn aff
miich runderbrassld sin."
Nach einer längeren Beratung mit sich selber rechnete der
Herr Amtsgerichtsrat das Vordrängen, die Wurstsalatkrönung und die Zwangsfahrt mit dem Einkaufswagen einerseits und des Bespucken von fränkischen Delikatessen
andererseits gegeneinander auf und stellte das Verfahren
ein. Da stellte die Waltraud einen durchsichtigen Plastik-
becher, im Inneren schon etwas gelblich angelaufen, auf
den Richtertisch und fragte: „Und wer zoohld nou edzer
die vier Marg fuchzich fiir den Worschdsalood?!" Kurz
vor dem erneuten Aufflammen im Mittelfränkischen
Wurstsalat-Krieg ließ der Amtsrichter den Saal räumen.

# Der Eisbär mit der Pappdeckelmütze

Eine Sauna, das sagt jeder Sauna-Hersteller, macht eine schöne Haut, schlank und durstig, reinigt die Poren, fördert den Kreislauf und kostet höchsten einen Haufen Geld, wenn nicht noch weniger. Wer keine eigene Sauna im Hobby-Keller hat, ist ein körperpflegemissachtender Depp. Der auf anderen Gebieten gern nach Höherem, Schönerem strebende Schreibwarengeschäftsinhaber Eberhard G. besitzt auch noch keine eigene Sauna und ist dadurch heuer in einer kalten Winternacht sogar zum Volldepp geworden. Die Annehmlichkeiten eines Abends im Schoß eines Mikrowellenherdes für Menschen schätzt der Eberhard sehr, und so hat er sich immer alle vier Wochen von seinem Freund und Saunabesitzer Kurt S. zum Gemeinschafts-Schwitzen einladen lassen.

Seit jener Nacht, die jetzt vor dem Amtsgericht rekonstruiert werden hat müssen, sind der Eberhard und der Kurt keine Freunde mehr. Erst ist gegen den Eberhard ein Verfahren wegen grober Schamverletzung eingeleitet worden, jetzt hat es aber doch den Kurt erwischt wegen vorsätzlicher Lungenentzündung. „Wir hom scho lang gsachd", äußerte sich der Kurt, „daß mer den Schbanner dou nemmer aff unsere Sauna-Abende eiloodn. Wall der is nedd weechern Schwidzn kummer, sondern weechern Schbechdln. Sei Frau hodder nie miidbrachd. Obber ba unsere Frauen, dou hodds nern immer die Aung rausdriggd wäi an aafblousner Fruusch. Und wenns nerblouß die Aung gweesn wäärn! Mehr sooch i nedd!"

An diesem winterlichen Sauna-Abend sind vor der Kellertür vorm Kurt zwanzig Zentimeter Neuschnee gelegen, und man hat beschlossen, dass man sich im Freien abkühlt. Der Eberhard hat sich, vielleicht auch wegen des Aufkommens starker Erregung, am längsten nackt im Schnee gewälzt. Und wie er wieder in die Wärme des Kellers zurückhuschen hat wollen, war die Waschhaustür versperrt. „Nou binni", schilderte der Eberhard seinen persönlichen Kälteeinbruch, „vuur an die Hausdiir grennd und hob glaid – nix! Ums Haus binni dauernd rumgrennd, an die Fensder hobbi bumberd, gschriea hobbi, daß mi serfordd neiloun solln, iich bin doch ka Eisbär! Obber es hodd kanns aafgmachd." Dann hat der Eberhard in seiner Not beschlossen, dass er bei minus zehn Grad und leichtem Schneefall so schnell wie möglich heimkommt. Ein zufällig vorbeifahrender Taxifahrer hat erst angehalten, den Eberhard kurz gemustert und gefragt „Is die Sex-Barddy scho vorbei?" und ist dann wieder weiter gefahren.

„Nou hobbi", sagte der Eberhard, „vuur der Garddndiir godzeidank an suu an Umzugskarddong gfundn. Den hobbi mer iibern Kubf zuung, daß mi kanns kennd. Und nou binni hammgrennd. Aff der Schdrass am Wesdfriedhuuf hädd mi ummer Haar a Audo iiberfoohrn. Wall iich hob ja mid den Karddong am Kubf nix gseeng, gell. Und nou is a Bollizeischdreife kummer. Däi ham mi weecher Exisdenzialismus odder wäi des hassd, fesdgnummer. Und der anne Bolli hodd zu mir gsachd ‚Es hodd zon Schneier aafg'heerd – konnsd dein Karddong roodou'."

Der Kurt hatte im Verlauf der Ermittlungen dann den Vorsatz bei der Aussperrung vom Eberhard zugegeben. Er wurde zu einer Geldstrafe von 1200 Euro verurteilt. „Und weecher dein Gschmarri", drohte ihm der Eberhard noch an, „daß mer ba deiner Frau in der Sauna immer die Aung oder was rausdriggd wäi an aafblousner Fruusch – dou seeng mer si aa vuur Gerichd widder! Alles wos mer ba dera ihrn Anbligg kummer is, des woorn Drääaen, vuur lauder Midleid."

# Still und starr ruht der See

Ein noch so kleiner Garten ohne Gartenteich ist ein
unvollkommenes Geschöpf. Rechnet man die Wasser-
oberflächen aller in den letzten 20 Jahren fieberhaft
gefluteten fränkischen Gartenteiche zusammen, dann
sind dagegen etwa der Gardasee oder das Kaspische Meer
ein schwaches Rinnsaal. Allein der Gartenteich des Libel-
lenforschers Heiner B. füllt den gesamten Vorgarten bis
zur Haustür aus. In ihm wäre beinahe schon einmal der
Briefträger ertrunken. Neben Postzustellern, Sumpfdot-
terblumen, Seerosen, Spiralschnecken, Wasserflöhen,
Libellen und den Himmel verfinsternde Schnakenschwär-
me beherbergt dem Heiner seine dem Vierwaldstätter See
nachgebildete Nasszelle vor allem einen gewissen Hansi,
der dort schon seit einem Jahr gemächlich seine Bahn
zieht, beziehungsweise gezogen hat. Denn der dressierte
Vorgartenteich- und Nachtwächterkarpfen namens Hansi
ist inzwischen spurlos verschwunden. Ob aufgefahren
gen Himmel oder abgefackelt in Butterschmalz, weiß
man nicht.
Der Heiner hat seinen Nachbar Helmut S. als Karpfen-
mörder schwer im Verdacht gehabt. „Iich woors wergli
nedd", sagte der Helmut vor Gericht, „obber iich hädds
ohne weiders sei kenner. Wall, wos der mid sein Karbfn
aafgfiird hodd, Herr Richter - dou is es Delfinarium im
Diergardn a Dreeg dergeeng!" Und dann schilderte der
nervlich vollkommen zerrüttete Nachbar, wie der Heiner
Tag und Nacht mit seinem Zierwal Zwiesprache gehalten
hat. Da hat es früh um halbfünf durch die Vorstadt gehallt:
„Ja, wou isser denn mei Hansi?! Habbi, Habbi gibds
edzer, mei Hansilein." Sekunden später hat es liebevoll

gedröhnt: „Ja, zeich amol del Schwanzilein, Hansi"!
„Dou hodds mei Frau", erinnerte sich der Helmut,
„jeedsmool im Bedd houchg'huum. Und nou hodds milch
gfrouchd, wos dou fllr a Dreegsau draußn ummernander-
brilld, daß jemand sei Schwanzilein zeing soll. Und suu is
ofd schdundenlang ganger, Herr Gerichdsvuurschdand!
Hansilein naaf, Schwanzilein noo, Habbi, Habbi. Nou
hodd der Hansi an Saldo machn mäln odder Männla, und
middi Flossn waggln. Ob der Karbfn aa schbrechn hodd
kenner, wassi nedd. Obber er mouß zimmli schwerhörich
gween sei. Wall sei Herrla hodd mid den gschriea, daß ab
halberfimbfer die ganze Nachberschafd hinder die Vuurhäng gschdandn is und ba der Karbfn-Dressur zoug-
schaud hodd."
Allen, die es nicht wissen wollten, hat der Karpfendomp-
teur auch erzählt, dass sein Hansi nachts sogar Wache
schwimmt und laut schmatzt, wenn jemand unbefugt ins
Haus eindringen will. Eines sehr frühen Morgens im
April hat der Heiner wieder seinen Hansi zärtlich
geweckt, aber auf sein Frohlocken ist auf der Garten-
teichoberfläche kein Hansilein, kein Flossilein und auch
kein Schwanzilein aufgetaucht. Still und starr hat der See
geruht.
Der Helmut ist sofort mit Schnorchel und Taucherbrille in
seinen Vierwaldstätter See abgetaucht und hat jeden Winkel abgesucht, aber der Hansi war fort. Während der
Suche ist im Frühnebel der Helmut am Seeufer erschienen, hat karpfenhaft gegrinst und zu dem im Teich verzweifelt grundelnden Heiner hineingeäfft: „Ja, wou is
denn mei Heinerlein?! Zeich mer amol dei Schwanzilein,
Heiner. Sunsd gibds ka Habbi, Habbi."
Auf diese Gemeinheit hin ist es dem Heiner wie Schuppen von den Schwanzflossen gefallen: Der Nachbar war
der Karpfenkiller! Er ist, so wie er war, nass, mit Brille
und Schnorchel, ins Haus vom Helmut gerannt, hat die
Küche von oben bis unten einer sorgfältigen Spurensi-
cherung unterzogen und ist im Abfalleimer auf Leichen-
teile gestoßen: Fischgräten!
Daraufhin hat er die Küche verwüstet, der Ehefrau vom

Helmut einen gebrauchten Kartoffelsalat ins Gesicht geschmiert und ist dann wieder in seinem Gartenteich Amok geschwommen. Wegen Hausfriedensbruch ist er zu einer Geldstrafe von zwanzig Tages- und Nachtsätzen im Wert von 500 Euro verurteilt worden. Denn der Karpfen vom Helmut hatte nachweisbar aus dem Fischbassin vom Bernet gestammt. „Hosd du", fragte ihn der Nachbar nach der Verhandlung teilnahmsvoll, „dein Hansi vielleichd außer

an Saldo und Schwanzilein-Zeing aa es Laufn glernd? Vielleicht, dasser nachds vo dein Gschmarri dervoo grennd is. Widder hamm nach Neuschdadd Aisch..."

# Onkel Oorsluuch

Die Erziehung von Kindern erfordert sehr viel Feingefühl und ist dennoch oft von großem Misserfolg gekrönt. Noch problematischer kann der Versuch enden, auf fremde Kinder pädagogisch einzuwirken. Bei Herrn Erhard G., einem bisher unbescholtenen, sensiblen und als ausgesprochen besonnen geltenden Teppichvertreter, hat das Aufeinanderprallen mit dem 5-jährigen Nachbarkind Marcel in einen Nervenkrieg schärfsten Ausmaßes gemündet und jetzt in ein Gerichtsverfahren.

Mildernd hat der Richter gleich von vorneherein berükksichtigt, dass das Zusammentreffen zwischen Erhard G. und dem äußerst aufgeweckten Marcel zum denkbar ungünstigsten Zeitpunkt des Jahres stattgefunden hat, nämlich am Samstag früh um sieben Uhr beim Verstauen des Urlaubsgepäcks ins Auto. Abfahrt nach Sizilien hätte gemäß dem Befehl der Familienvorstandsvorsitzen den bereits um fünf Uhr sein sollen. Um sechs Uhr ist der kleine Marcel im hoffnungslos überfüllten Kofferraum zwischen Luftmatratzen, Zeltheringen, Bierdosen, Klopapierrollen, Harpunen und Schwimmflossen aufgetaucht und hat den schweißüberströmten Erhard gefragt: „Derf iich auch midfoohrn, Onkel?" Gleichzeitig hat die Ehefrau aus dem ersten Stock heruntergeflötet, ob ihr Schminkkoffer schon verladen ist und wann man jetzt endlich abzufahren gedenkt. Der Sohn der Sizilienurlauher hat wie am Spieß geschrien, dass er bereits seit einer halben Stunde dringend einen Bäh muss, der sich aber jetzt bereits in der Hose befindet, und dass er nicht mit dem Zelt nach Sizilien fahren will, sondern mit dem Kinderwagen zur Ziegelsteiner Oma. In diesem für einfühlsame Zwiegespräche nicht ganz günstigen Moment hat der Marcel im Kofferraum seine Frage wiederholt: „Derf iich edzer miidfoohrn, Onkel, odder nedd?!"

Wie der Erhard genau reagiert hat, ließ sich nicht mehr

ganz eruieren. Nach Aussagen der Nachbarin soll er den „Oorsluuch, Dleegsau, OorsIuuch" brüllenden Marcel an den Ohren aus dem Kofferraum gewuchtet und etwas unsanft auf die Straße gesetzt haben. „Nou hobbi", sagte der Angeklagte aus, „unsern Boum in Oorsch ausbudzd, in Schminkkoffer vo meiner Frau g'hulld, mach in Kufferraum vo unsern Audo zou - und nou hobbi mer scho dengd, dou schdimmd doch wos nedd. Wall der Kufferraum suu leichd zouganger is. Vuurher hobbin nemli nichd ums Verreggn zoubrachd." Ein Blick die Straße hinunter klärte den Sizilienfahrer vollkommen auf „Middn aff der Schdrass", erinnerte er sich schmerzvoll, „sin meine Schwimmflossn gleeng, a boor Meder weider der Schnorchl und die Daucherbrilln, nou es Vorzeld, und drei Haiser weider is mei blauer Boodmandl aff der Schdrass gloffn. Dou woor der Marzel neigwiggld."

Erst hat der Erhard die sauber verteilten Utensilien wieder eingesammelt, den erneut „Onkel Oorsluuch, derf iich miidfoohrn?" fragenden Knaben aus dem Bademantel geschüttelt, danach seinen Sohn mit frischen Windeln versehen, seiner Ehefrau ausversehen den Finger in die Autotür gequetscht und sich schließlich hinters Steuer gesetzt. Die Fahrt nach Sizilien und den Motor konnte er dann aber nicht starten. Der Zündschlüssel war weg. „Nou hobbi", räumte er vor Gericht ein, „dem Marzel deroordich anne gschebberd, dass nern a boormool im Greis rumdreed hodd." Aber den Zündschlüssel, fragte der Richter, hat der Marcel nicht rausgerückt? „Naa", sagte der Erhard, „den hodder aa nedd rausrüggn kenner. Der is im Schminkkoffer vo meiner Frau gween."

Trotz großen Verständnisses für die Schelln muss der Erhard für seine pädagogische Entgleisung eine Geldbuße von 3oo Euro einzahlen. Ob er, erkundigte sich der Richter, denn wenigstens noch glücklich nach Sizilien gekommen sei? „Ja, scho", antwortete der Erhard, obber ohne Zeld. Mir häddn unser Mülldonner miidnehmer solln." „Wieso Mülltonne?" fragte der Richter. „Wall in die Mülldonner", antwortete der Erhard, „dou hodd der Marzel unser Zeld neigschmissn." Der Marcel saß mit seiner Mutter auf den Zuhörer-Bänken im Gerichtssaal. Ihm blieb das letzte Wort vorbehalten. „Häsd mi", krähte er nach vorne, „in Urlaub miidgnummer, Onkl Oorsluuch!"

# Kein Hackfleisch in der Hüpfburg

Wenn einem Geschäftsmann im allgemeinen Reibachwesen gar nichts mehr anderes einfällt, dann veranstaltet er zur Umsatzund Gewinnförderung gern einen Tag der offenen Tür. An ihm gibt es einen warmen Prosecco, übelriechende Käsehäppchen mit feuchten Salzletten, Verkaufsgespräche, Luftballons sowie eine Hüpfburg. Vor allem im Autohandel, gibt es Tage der offenen Tür wie Sand am Meer. Herr Helmut G. ist ein Profibesucher solcher Tage der offenen Tür. In manchen Autohäusern hat der Helmut wegen seines immensen Prosecco-Konsums und der heimlichen Mitnahme ganzer Kalter Büffets in seinem weitverzweigten Frischhaltemantel schon Hausverbot. Jetzt ist er eines Tages das Opfer der geschlossenen Tür geworden.

„Iich hädd eingli", sagte er am Amtsgericht bei der Schilderung jenes sehr langen Wochenendes, „Iich hädd eingli a Kilo Haggfleisch hulln solln, Weggla und Eier, walls oomds Fleischkichla geem hädd. Und glei neebern Subbermargd ba uns is ein Audohaus, dou kenners mi nunni. Und dou woor Dooch der offenen Diir. In Subberrnargd is immer die Lufd suu druggn, hobbi dengd, gäisd erschd aaf drei Broseggo ba denni vobbei. Des Haggfleisch leffd mer nedd dervoo." Dann kramte der Helmut kurz in seinen etwas düsteren Erinnerungen und fuhr fort: „ja und nou mou iich dou eine schwere Greislaufschwäche g'habd hoom."

Die Kreislaufschwäche bestand darin, dass der Helmut infolge des sehr hastig eingeschütteten Proseccos immer im Kreis herumlief, mit kleinen Taumelschwächen dazwischen die Hüpfburg erkletterte, wo er aber auch keine Ruhe fand, von dort wieder herab geschnalzt wurde und sich dann, wie er zunächst meinte, auf ein Ledersofa legte. Es handelte sich dabei aber um den Rücksitz eines fabrikneuen, etwa 40 000 Euro teuren Turbodiesel mit Lederbezug. „Wäi iich aus mein Greislaufzusammenbruch widder aafgwachd bin", sagte der Helmut, „woors finsder, und iich hob der einen Brand g'habd, Herr Richder, des kenner'S Ihner iberhabbs nedd vuurschdelln. Und bis iich ibberhabbs einen liberbligg g'habd hob, wou iich bin!"

Er war, wie er nach dem Austrinken der Flasche Prosecco in seinem Vorratsmantel richtig vermutete, in das Auto eingesperrt. Mit der Proseccoflasche öffnete der aus Versehen vergessene Ausstellungsbesucher das Autofenster, löste sodann die Handbremse, schob den Turbodiesel mit letzter Kraft gegen die Glastür, die sich klirrend und unter dem Abspielen der melodischen Alarmanlage öffnete. „In Resd", freute sich der Helmut, „hodd mi nou die Bollizei hammgfoohrn."

Warum er, wollte der Amtsrichter wissen, nicht von dem Autohaus daheim oder bei der Polizei angerufen habe. „Hobbi doch", meckerte der Helmut, „als erschdes mei Frau. Däi hodd zu mir gsachd, das edzer nachds ummer zwaa aa ka Haggfleisch mehr brauchd. Und nou hodds aafgleechd." Auch der Anruf bei der Polizei brachte wenig Hilfe. „Dou hodd si", sagte er, „die Einsadzzendrale gmeld. Und nou hobbi gsachd zu den, dass iich mir a neis Audo kaafn hob wolln, efenduell, und nou hodd der zu mir gsachd, dasser edzer grood ka neis Audo dou hodd. Und nou hodder aa aafgleechd."

Wegen des Ausbruchs aus einem Autohaus wurde Herr Helmut G. zu einer Geldstrafe von 3000 Euro verurteilt. „Iich hädd doch erschd es Haggfleisch hulln solln", sagte der Helmut nach dem Urteil, „wall nou häddi mer zu den Broseggo a Dardar-Weggla machn kenner. Nou häddi a gscheide Underlaach g'habd, und es wär vielleichd goornedd zu den Greislaufzusammenbruch kummer."

# Helmut, der Hosenspanner

Nicht wenige Männer haben ihren sexten Sinn nicht in der Hose, sondern in der Hornhaut. Ihnen wälzt es die Augen raus, wenn sie einer wohlgeformten Frau heimlich bei der Entkleidungszeremonie zuschauen. Diese Schlüssellochfahnder finden ihre Erfüllung in der Nähe von Umldeidekabinen verschiedener Modehäuser, in städtischen Freibädern, in den Büschen am berühmten Birkensee oder im kostenpflichtigen Vögelzirkus, der mit Recht Piep-Show heißt. Der Spanner Helmut M. hingegen soll seine Entspannung in der luftigen Höhe von ungefähr fünfzehn Metern über der Erde gefunden haben. Was der Gerüstbauer vor dem Amtsgericht jetzt mit allem Nachdruck bestritt.

„Iich glaab", verteidigte er sich, „dass dera Frau die Höhenlufd im sechsdn Schdogg nedd goud doud. Endweder hodd däi in grauer Schdar odder sie leided an schwere Hallozynien odder wäi däi hassn. Iich vergreif mi doch nedd an anner fuchzgjährichn Frau! Nedd amol mid die Aung!"

Erstens, entgegnete Frau Jessica F., heiße es nicht Hallozynien, sondern Halluzinationen, zweitens sei sie erst 49 und drittens möchte sie gern wissen, was ein Handwerker kurz vor Mitternacht auf einem Gerüst vor ihrem Schlafzimmer im sechsten Stock zu suchen habe. Die Gründe für die mitternächtliche Klettertour hätte auch das hohe Gericht gern gewusst. „Ganz eimbfach", erklärte es der Helmut, „mir hom ja an den Dooch des Grüsd an den Haus aafgschdelld. Und Oomds hoggi dahamm und nou fälld mir aff aamol ei 'Allmächd, du hosd ja deine Schraumschlüssl aff den Grüsd lieng loun!" Und nou binni numol zu den Haus gfoohrn, dassi meine Schraumschlüssl hull." „Ja, fraali", wetterte die Jessica, „den

167

Schraumschlissl kenn i scho! Iich wass scho, wou der in dera Nachd rumgschraubd hodd!"

Nach der festen Überzeugung der Dame im sechsten Stock rnuss der Helmut mindestens schon zwei Stunden auf dem Gerüst gekauert haben. „Dou hodder obber nunnix seeng kenner", sagte die Zeugin der Anklage, „wall dou bin i vuurn Fernseh g'hoggd." Danach begab sich die Jessica ins Bad und duschte sich. „Nackt?", fragte der Richter. „Iich wass nedd, wäi Sie sich duschn", antwortete die Jessica, „obber iich dusch immer naggerd." jedenfalls fühlte sie sich dabei beobachtet. Und in den Momend", sagte sie, „is mir aff aamol des Grüsd eigfalln, wous an dem Dooch ba uns aafgschdelld hom. Iich reiß es Badzimmerfensder aaf - und nou schdäid der Moo vuur mir, die Huusn herundn. Sein Schraumschhssl hobbi aa gseeng, Herr Richder! Ganz deudlich!"

Aber der Helmut blieb dabei, dass er an jenem harten Arbeitstag sein Handwerkszeug liegen habe lassen, dass er es am andern Tag auf einer anderen Baustelle dringend benötigt hätte und nur deswegen sich der Mühe des mitternächtlichen Aufstiegs unterzogen hätte. „ Odder maaner Sie", fragte er den Vorsitzenden, „dass des a Freid is, wenn middn in der Nachd a alde Frau naggerd vuur Ihner schdäid. Iich wär ja vo den Schock ummer Hoor vom Grüsd noogfluung! Iich kennd ja aa in Schbieß rumdreher und soong, dass des, wos däi Frau gmachd hodd, Exisdenziafismus is! Naggerd im Fensder! Erreechung von einen öffendlichen Ärgernis!" Er meine wohl Exbibitionismus, wandte der Richter ein, und das sei jetzt aber schon sehr weit her geholt. „Erreechd", räumte die Jessica ein, „isser scho gween. Beziehungsweise sei Schraumschlissl."

Ein anderes Werkzeug, das er auf dem Gerüst liegen lassen haben könnte, hatte die Polizei bei der vorläufigen Festnahme vom Helmut damals nicht entdeckt. Außerdem war der Brunftspecht zwei Jahre zuvor schon einmal beim Augenfensterln erwischt worden, damals mit einer Haushaltleiter im ersten Stock. Der Amtsrichter verurteilte Herrn Helmut D. wegen unsittlicher Handlungen auf einem Baugerüst zu drei Monaten ohne Bewährung. „In ann", sagte die jessica noch, „mouß i den Moo scho rechd ge= ein - zu sein Schraumschlissl in der Huusn kommer ohne weideres Handwerkszeich soong wall, in der Hand hoddern aa g'habt."

# Tour de Trance

Seit die Luft für Autofahrer sehr mineralwasserhaltig geworden ist, steigen eingefleischte Biertrinker zur Gestaltung ihres Wochenendes gern aufs Fahrrad um. Trunkenheit im Sattel wird zwar auch polizeilich verfolgt, aber meist nur theoretisch. In der Praxis fliegt man nach acht Bier vielleicht einmal über den Lenker, aber nicht ins Gefängnis. Den passionierten Einhandtrinker und Radrennfahrer Gerhard B. hat der Arm des Gesetzes jetzt aber voll erwischt. Voll in jeder Beziehung.

In seinem Radlerrucksack hat die Polizei fünf leere Bierdosen sichergestellt, die im Rahmenhalter eingeklemmte Plastiktrinkflasche, in der sich eigentlich aufputschende Mineralgetränke mit vielen Spurenelementen befinden sollten, hat eindeutig nach einem eher abputschenden Zwetschgengeist geduftet. „lich hob", sagte die Gastwirtin Christa F. jetzt als Zeugin vor dem Amtsgericht, „scho vill erlebd in mein Leem, obber an halbnaggerdn Rennfoohror, der wou an sei Fahrrad hiigfessld is, nu nie!"

Der Gerhard muss also auf seiner Tour de Trance mindestens schon mit fünf Bier und überschlägig einem Schoppen Zwetschgenwasser gedopt gewesen sein, als ihn sein kurvenreicher Weg am Wirtshaus der Christa vorbeiführte. „Iich woor schduugnichdern", behauptete er vor Gericht, wall des schwidzd mer ja bam Foohrn alles widder raus. Und wos der Körber brauchd, Herr Richder, des verlangder. Unweigerlich! Wos maansdn, wos dou los is, wennsd du bam Roodfoohrn aff aamol einen Verdurschdungsanfall gräigsd! Dou druggnsd du innerlich aus wäi ein Badeschwamm in Afrigga."

An diesem Sonntagnachmittag hatte also der Körper vom Gerhard bereits verschiedene Biere und Schnäpse verlangt und auch erhalten. Aber vollkommen befriedigt war der Badeschwamm bei weitern noch nicht. Kaum hatte der Gerhard in sich die erneute schwere Dürrekatastrophe gespürt, ist gottseidank das Gasthaus an der Straße aufgetaucht. „Und dou binni nou nei", sagte der Gerhard mit der Unschuldsmiene eines frisch geborenen Kindleins, „und hob wos zum Drinkn beschdelld. Des woor alles."

„Des woor nu lang nunni alles", meldete sich die Wirtin zu Wort, „wall erschdns amol isser nedd-wäi jeder normooole Mensch zu Fouß ins Werzhaus nei. Der is middn Fahrrad durch die offne Diir reibreddderd, unserer Bedienung hodder es vulle Dabledd mid Schaifala und Gniedla und Sooß aus der Händ gschdoußn mid sein Rennhelm, nou isser langsam an der Theke vobbeigfoohrn hodd gschriea Drei Bier rausloun, iich kumm glei widder vobbei!', nou hodder numol a Rundn durchs Werzhaus durch dreed, und nou isser umgfluung."

Wie ein Maikäfer auf Rädern hat der Gerhard am Boden mit den Händen gezappelt. Mit den Füßen konnte er nicht zappeln, die waren fest in die Rennpedale gezurrt. Im Liegen bat der Hallen-Radrennfahrer die Frau Wirtin, dass sie ihm aus den Pedalen helfen soll. Die Christa befreite ihn zunächst von seinen schraubstockartigen Pedalen, brüllte ihn dann aber an, dass er das Gasthaus sofort verlassen soll - vor allem wegen seiner eng anliegenden, erotisch sehr aufreizenden Radlerhose. „Mid suu anner Huusn", wetterte die Christa, „hosd ba uns nix verluum. Mir sin doch ka Sex-Glubb!" „Also gut", beruhigte der Gerhard die aufgebrachte Chefin, „nou dou i mei Huusn hald roo."„Und nou zäichd der", erinnerte sich die Christa vor Gericht mit Entsetzen, „fei wergli sei Huusn aus!' Und drunder hodder nix oo g'habd. Iich hob nern gschwind mein Scherzn rumbundn, obber hindn hodd der Oorsch nu rausgschaud. Nou hodder, halmi naggerd, vonnern Gasd es Bier ausdrunkn, und schwingd si widder aff sei Räädla drauff."

Eindeutig habe er die Flucht ergreifen wollen, aber glücklicherweise sei er schon so betrunken gewesen, dass er auf der anderen Seite wieder vom Fahrrad heruntergefallen ist. Eine halbe Stunde später stellte die Polizei dann 2,1 Promille fest. Wegen Trunkenheit im Sattel, Bierdiebstahl und Nacktradfahren wurde Herr Gerhard B. zu 300 Euro und neun Monaten Führerscheinentzug verurteilt.

„Es nexd mool, wenni widder ba dir vobbeikumm , sagte
der Gerhard zur Christa, „nou zäich i an Smoking oo.
Obber hoffendli kumm i nou nedd mid der Huusn in die
Keddn nei. Sunsd hauds mi ja widder hii.“

# Die Senfmaske

Senf ist als Rouladenfüllung sehr bekömmlich, bei Pressack, Stadt- und Bratwurst oder Kesselfleisch bekämpft er den Fettgehalt, nicht selten wird Senf auch als Bindemittel bei politischen Grundsatzreden verwendet. Als Gesichtsmaske kommt der Senf seltener vor. Der Hausfrau und leidenschaftlichen Bratwurstweggla-Esserin Gerda F. ist jetzt so eine Senf-Gesichtsmaske verpasst worden. Diese vollkommene Neuheit im Hautpflegewesen hat aber nicht zur Schönheitsverbesserung beigetragen, und Frau Gerda F. hat deswegen den Bratwurstbrater Erwin K. wegen Körperverletzung angezeigt.

Die Gerda war am Tag der Tat auf Shopping-Tour, ist mit zahlreichen Einkaufstüten, Päckchen, mit zwei Handtaschen, Hängetäschchen und einem Rucksack gut ausgelastet gewesen und hat plötzlich einen Heißhunger nach Drei im Weckla verspürt. „A normooler Mensch", sagte der angeklagte Bratwurstbrater Erwin K. vor Gericht, „der zoohld, nimmd sei Broudworschdweggla und gäid."

„Obber däi Frau", fuhr der Erwin mit einem Ausdruck tiefsten Abscheus vor gewissen Zeitdieben fort, „däi Frau hodd erschd ihre ganzn Düüdn aff mei Theke hiigschdelld, nou hodds in ihre fimbferzwanzg Daschn nachn Geldbaidl gsouchd. Der woor nou im Ruggsagg. Mid den Ruggsagg hodds mer meine Cola-Doosn vo der Theke roogfeechd. Aff die Broudworschd draff."

Dann hat die Gerda mit dem Geldbeutel im Mund den Erwin in ein ausführliches Informationsgespräch verwickelt: Ob sie Drei im Weckla nehmen soll, oder zwei längere im Weckla, oder einen Bauernseufzer, oder lieber doch eine Thüringer. „Des is mir worschd, wos Sie nehmer", sagte der Worschdmann, „Am besdn wäärs, Sie nehmer edzer amol ihrn ganzn Grembl und machn für die andern Laid aweng an Bladz."

Die Gerda ist dann ein bisschen laut geworden und hat gebrüllt, dass sie Drei im Weggla nimmt. Beim Brüllen ist ihr der im Mund befindliche Geldbeutel rausgeflogen. Nach vielleicht höchstens zwanzig Minuten war aber bereits alles erledigt: Die Gerda hatte bezahlt, ihre Tüten, Taschen, Rucksäcke wieder aufgenommen und das Bratwurstweckla.

Nach weiteren fünf Minuten sagte sie: „An Sembf mecherdi obber aa draff aff meine Broudwerschd."

Jetzt wurde der Erwin auch etwas lauter. „Nou denner'S Ihner hald an Sembf draff", hat er geschrien, „Iich hob doch aa blouß zwaa Händ. Dou schdäid der Sembf-Aamer! Dou kenner'S Ihner suvill rausdriggn, wäis wolln."

Das hätte der Erwin nicht sagen sollen. Die Gerda hat eine ihrer zahlreichen Plastiktüten leergeräumt, hat sie unter den großen Senfspender gehalten und soviel Senf rausgelassen wie man in einem halben Jahr" nicht verbrauchen kann.

Wie der Erwin endlich gemerkt hat, dass er das Opfer eines verbrecherischen Senfraubs ist, hat er einen Satz über die Bratwurst-Theke gemacht, der Gerda die Plastiktüte entrissen und sie ihr mit den Worten, „Du Sembf-Sulln, du bläide, dir werri edzer scho helfn!" über den Kopf gestülpt.

Wie die Gerda die Tüte ausgezogen hat, hätte sie nicht einmal ihr eigener Ehemann erkannt von den Haarspitzen bis zum Hals war sie in Senf gehüllt. Nur die Nasenspitze hat aus der Senfmaske noch herausgeschaut.

Wegen vollständigen Einsenfens wurde der Erwin zu einer Geldbuße von 300 Euro verurteilt. „Iich hädd den Sembf aff der Haud glassn", sagte der Erwin nach dem Urteil, „Ba suu an feddn Gsichd..."

# Der Hundehasser von Lichtenhof

Die gravierendsten Problemfälle in einer Vorstadt können mit einer Küchenwaage ermittelt werden. Sie wiegen je nach Ernährungslage zwischen 200 und 400 Gramm, sind nicht ganz geruchsfrei, verhalten sich tief gerillten Schuhsohlen gegenüber sehr anhänglich und türmen sich meist am Gehsteig, in der Regel etwa fünf Zentimeter hoch, zu einem stadtwurstartigen Gebilde auf. Es handelt sich um Hundehäufchen.

In sie ist Herr Hartmut K., in Tierhalterkreisen auch „Der Hundehasser von Lichtenhof" genannt, täglich zweimal hineingestiegen. Jetzt ist er wegen Misshandlung des Zwergpudels Willi vor Gericht gestanden.

Als Zeugin war Frau Brigitte S. geladen, die Erziehungsberechtigte vom Willi. „Iich wass goornedd", ging die Brigitte gleich zu Prozessbeginn auf den Hartmut los, „wos si der Moo eibild! Soll mei Willi gwiss aff die Vorderbfoodn an Handschdand machn und senkrechd in Himml naafscheißn, odder soller si's aus die Ribbn schwidzn!" „Des is mir worschd", entgegnete der Hartmut, „Habbdsach, er scheißd nemmer an mein Baum vuur der Hausdiir hii." Der Herr Vorsitzende bat beide Parteien um eine etwas gemäßigtere Ausdrucksweise und ließ sich dann den etwa dreißigtägigen Häufchenkrieg schildern.

Jeden Früh und jeden Abend zur gleichen Zeit hat die Brigitte ihren kleinen Halbpfundländer mit den Worten"Mach schäi dei Gschäfdla, Willi!" ins Freie an den Lindenbaum vorm Hartmut seiner Haustür geschickt. Jeden Früh und jeden Abend ist der Hartmut hineingestiegen.

Als erste Maßnahme hat dann der Hartmut ein Plakat an den Lindenbaum geheftet mit der Aufschrift „Hier ist kein Hunde-Abort!!!". Der noch nicht ganz schulpflichtige Zwergpudel Willi hat aber diese Warnung nicht lesen können und infolgedessen den Lindenbaum weiter unverdrossen als Hunde-Abort benützt. Auch das danach angebrachte Zusatzplakat „Obacht, Gift!" hat der Willi missachtet. Mit Recht, denn es war nur eine Papierdrohung.

Nach dem pädagogischen Leersatz „Wer nicht lesen will, muss fühlen" ist Herr Hartmut K. dann eines Tages früh auf der Lauer gelegen. Mit einer Plastiktüte im Anschlag. „Iich hob doch", verteidigte er sich jetzt vor Gericht, „den Hund blouß einen Anschdand beibringer wolln. Und wäi er an mein Baum sei Buggerla grumm gmachd hodd und grood oogsedzd zum ... Scheißn derffi ja nemmer soong - also in den Momend hobbin gschwind däi Blasdiggdiidn ummern ... Oorsch derffi woorscheins aa nedd soong - also rumbindn wolln. Dasser in däi Düüdn nei ... scheißd derffi nemmer soong. Und in den Aungbligg dreed si der bläide Hund rum, und hubfd mer vull in däi Blasdig-Düüüdn nei. Und nou isser dervoo grennd. Des woor scho alles, Herr Richder."

„Dou lach i ja grood naus", meldete sich die Brigitte zu Wort, „mei Willi is in die Blasdig-Düüdn neigrennd! Ner fraali! Und nou hodder vo Inner aus der Düüdn rausglangd, gell, und hodd a Schnur rumbundn und an dobbldn Gnoodn neigmachd! Dass Sie sich nedd schämer, Sie Hunde-Mörder!" Von einer damals eilig alarmierten Nachbarin beglaubigt war, dass die Brigitte an der Haustür mehrfach gerufen hatte „Willi, Willilein! Wo is denn mei Scheißerla? Hosd dei Gschäfdla scho gmachd, Willi?" Von einem Willilein war aber weit und breit keine Spur. Nur eine Plastiktüte war, wie von einem starken Wind bewegt am Gehsteig auf und ab gesegelt. Auch kleine Sprünge hatte die Tüte vollführt. „Und aff aamol", sagte die Brigitte, „hodd däi Düüdn belld!"

„Schdelln'S Ihner vuur, Herr Richder", fuhr die Brigitte fort, nachdem sie sich die Tränen abgetupft hatte, „hodd der Verbrecher, der Hunde-Killer, der Hunde-Quäler mein Willi in däi Blasdig-Düüdn eibaggd und mid anner Schnur zoubundn! Und edzer sachder, der Willi is ausverseeng neigrennd. Der Moo g'herrd doch ins Zuchdhaus!"

Ein Zuchthaus gibt es schon seit längerer Zeit nicht mehr, auch nicht für Zwergpudel-Einwickler, und Herr Hartmut K. wurde zu einer Geldbuße von 8oo Euro bestraft. „Ihner", giftete die Brigitte nach der Verhandlung den Hartmut an," ihner zäich i aa amol a Blasdig-Düüdn iiber Ihrn bläidn Kubfl. Obber suu, dass nimmer rauskummer!" „Gern", antwortete der Hartmut, „wenn i zum Ausgleich vuur Ihr Hausdiir scheißn derf . . ."

# Wer ist Kurt Ucko?

Dreistöckig aufeinandergschlichtete Menschen, von einigen tausend Watt voll aufgeschwollene Ohren, Magen- und Leberdröhnen, weil das Bier nur tröpfchenweise serviert wird - was kann es im Leben eines städtischen Nachtwandlers Schöneres geben. Nur durch diese Annehmlichkeiten wird die schwere, allnächtliche Verstopfung von Diskotheken wenigstens einigermaßen verständlich. Diese Verstopfung wiederum führt dazu, dass vor Disko-Pforten ein Security-Man wacht und die unerlässliche Gesichtskontrolle durchführt. Nicht selten gilt da der alte Controler-Schüttelreim: Der Gesichtskontrollör hat's schwör.

Sehr schwör hatte es der Security-Man Fredy K. mit dem legendären Abhopper der ausgehenden Sechziger Jahre, Kurt F., seinerzeit berühmt und berüchtigt als Rumkugel-Kurtla. Im biblischen Alter von 63 Jahren wollte es das Kurtla wieder einmal wissen und ist weit nach Mitternacht in seiner Eigenschaft als Rum-, respektive Wodkakugel vor den Toren der vom Fredy scharf kontrollierten Disko aufgetaucht.

„Is in dein Bresslufd-Schubbn nu wos los?", hat der Kurt den Türsteher beim Hineintorkeln vertraulich gefragt. Sekunden später ist er einen halben Meter über der Erde geschwebt. Der Fredy hatte das Rumkugel-Kurtla am Kragen gepackt, in die Luft gehoben und ihm noch während des Rückflugs aus der Disko zugerufen: „Schau blouß, dassd abzischd und hammkummsd, Groußvadder! Im Seniorenschdifd wern scho die Beddflaschn verdeild!" Alles, so dachte der Kurt damals, müsse man sich als Alt-Abhopper auch nicht gefallen lassen. Erneut robbte er sich an die Tür heran, deutete plötzlich mit beiden Händen aufgeregt nach oben und schrie „Allmächd, dou droomer! A Komeed am Himml!" Und wie der Fredy den Himmel nach dem Komet abgesucht hat, ist der Kurt unten auf der Erde in die Disco geschritten. „Fimbf Minuddn schbeeder", sagte der Kurt jetzt am Amtsgericht, „hodder mi widder am Groong baggd und nausg-schmissn."

Beim dritten Versuch hat sich die fliegende Nachteule vor dem Türsteher aufgebaut und ihn gefragt, ob er einen gewissen Kurt Ucko kenne. „Wos willdsdn edzer scho widder dou?!", hat der Fredy das Stehaufmännchen angebrüllt, „Iich kenn kann Kurt Ucko! Und es is aa ka Kurt Ucko in der Disco drinner, wennsd maansd, dassd aff däi Dour neikummst." Was den Kurt F. aber in keiner Weise beeindruckt hat. „Mechersd wissn", hat er den Security-Man gefragt, „wäis der Kurt Ucko gmachd hodd, wennern anner nedd vobbei gloun hodd?"

Er habe es eigentlich nicht wissen wollen, bekundete Herr Fredy K. vor Gericht, aber um des lieben Friedens und aus Mitleid mit dem nicht mehr so ganz gehfähigen Rentner habe er gefragt, was denn dieser Kurt Ucko in so einem Fall gemacht hätte. „Und aff aamol", sagte der Zeuge der Anklage, „zäichd der aaf und haud mir mid sein Drimmer Wanderschdiefl vull affs Schienbein. Iich bin vuur Schmerzn zammbrochn. „Und der Kambf-Rendner, der rabiade, hodd nou gsachd Genau asuu hädd's der Ucko grnachd'. Und nou isser in die Dsiko nei."

Zehn Minuten später hat ihn die Polizei rausgefischt. Gerade noch rechtzeitig. Denn da hatte er gerade einen Jung-Kellner wegen Bier-Verweigerung gefragt"wassd du, wos in den Fall der Kurt Ucko gmachd hädd" In dem Fall war das Schienbein aber straffrei ausgegangen.

Wegen des angebrochenen Schienbeins vom Security-Man Fredy K. verurteilte ihn der Amtsrichter zu einer Geldstrafe von 1200 Euro. Und der Herr Vorsitzende wollte noch wissen, wer denn eigentlich der Kurt Ucko ist. „Sin's frouh, dass nern nedd kenner", sagte der Rumkugel-Kurt, „des woor der härddesde Clubb-Schbiller aller Zeidn. Der hodd ofd Hulzerla ausdeild, dass die Gnochn vo seine Geengschbiller aff die Baim hindern aldn Zabo absoung hom mäin." Aber damals, wandte der Vorsitzende ein, habe es doch noch gar keine Diskotheken gegeben. „Obber Schienbaaner", sagte der Kurt, „jede Menge."

# Nachts im Getränkemarkt

Davon träumen alle Schluckspechte - eine ganze Nacht lang unbehelligt im Getränkemarkt. Der Vorruhe-Stuntman Kurt R. und sein Bruder im Weingeiste Willi H. haben es geschafft. Breit, prall und voll wie eine japanische U-Bahn sind sie eines Morgens zwischen den Regalen des kleinen Notstofflagers der Getränkehändlerin Astrid S. gelegen. „Wäi zwaa Maierkeefer, däi wou am Buggl lieng", erinnerte sich jetzt Frau Astrid S. vor dem Amtsgericht mit Abscheu. Hingegen behauptete einer der beiden Angeklagten: „Mir hom blouß aweng a Limo gsuffn, geechern allergräißdn Dorschd. Vielleichd daß vo dera ihrn Gsief es Verfalldaddum scho abgloffn woor und bereiz in Gärung iiberganger is."

Oberhaupt waren der Kurt und der Willi immer noch der festen Überzeugung, sie seien Opfer und nicht Täter. „Mir hom si", erinnerte sich der Kurt, „an den Dooch an Kasdn Bier kaafn wolln. Der Willi hodd an Kasdn Spalter kaafn wolln, iich bin obber fiir Sonnen-Bräu in Aufseß gween. Nocherdla hommer si nach langen Hin und Her aff Pyraser geeinichd. Bis der Willi aff aamol widder oogfangd hodd. Er mooch edzer doch ka Pyraser, läiber a Schlenkerla Rauchbier. Nou hob iich gsachd, sauf mer hald a Leinburger. Nou er widder, naa, läiber a Zirndorfer odder Kanonen-Bräu Schnaittach odder Hohenschwärzer Hofmannstropfn odder Lindenbräu aus Gräfnberch…"

„Hörn's edz auf mid Ihrn Biergschmarri", unterbrach der Vorsitzende den Kurt, „Sie solln erzähln, wie Sie in den Getränkemarkt eibrochn hom, und nedd alle dreihundert fränkischen Biersortn aufzähln." „Brochn hommer fräih scho", sagte der Kurt, „Walls uns gscheid schlechd gween is. Obber nedd eibrochn, gell! Aweng obachd, fei!"

Dann schilderte er das Ende der angeblich fast einstündigen Bier-Diskussion, wie die Sonne untergegangen ist draußen, wie sie sich dann doch auf kein Bier, sondern auf drei Flaschen Streitberger Magenbitter geeinigt hatten, wie sie zur Kasse geschritten waren. „Und nou", sagte der Kurt, „is niemand an der Kasse gween. Und wäi mer nausgwolld hom, woor die Diir zougschberrd. Mäin's Ihner vuurschdelln, Herr Richder mir zwaa unschuldich eigschberrd. Dou hommer die Banigg gräichd fei, alle zwaa!"

Gemäß der polizeilich registrierten Verwüstung im Getränkemarkt müssen der Willi und der Kurt ihre Panik doch mehr mit Bier als mit Limo bekämpft haben. Vermutlich haben sie sich die Nacht im Getränkemarkt auch noch mit Bierflaschenkegeln und Bierflaschenweitwurf verkürzt. im Getränkemarkt hatte es am anderen Morgen gerochen wie in einem Sudkessel, Hunderte von zerbrochenen Flaschen waren in den Gängen verstreut, sogar leere Honiggläser hatten die Ermittler gefunden. „Des konn schdimmer", äußerte sich dazu der Willi, „wall mir hom nachds an gscheidn Hunger gräichd. Und außer Honich hodds in den Gedränkemargd nix zon Essn geem. Brausebulver hommer, glaab i, nu gluudschd. Obber dou wersd aa nedd sadd dervoo."

Die Getränkemarkt-Chefin war entgegen der Version vom Kurt und vom Willi entschieden der Ansicht, dass sich die zwei Flaschendiebe damals kurz vor Feierabend hinter den Getränkeregalen versteckt und absichtlich hatten einsperren lassen. Dieser Auffassung schloss sich auch das Gericht an, trotz der dringenden Vermutung vom Willi „ Iich glaab, dass mir von einen Derror-Kommando bedäubd worn sin."

Wegen Vernichtung ungeheuerer Mengen Bier, Spirituosen, Honig und Brausepulver, wegen Sachbeschädigung und Flaschenfriedensbruch wurden beide zu einer Geldstrafe von jeweils 1200 Euro verurteilt." Kennd mer", fragte der Kurt nach dem Urteil, „wenigsdns an Deil mid Flaschnbfand zoohln?"

# Ein Golfkonflikt

Die fränkische Menschheit wird seit einiger Zeit schon in Golfer und Nicht-Golfer eingeteilt. Wer früh um zehn Uhr auf einer Driving-Range steht und mit einem eisernen Spazierstecken die Landluft fotzt und. dabei manchmal einen kleinen weißen Schusser trifft, gehört zur High Society. Alle anderen sind Durchschnittsware oder Deppen. So ungefähr hat es Herr Georg B., Inhaber einer florierenden Windbeutel- und Elektronikschrott-Produktion eines Spätherbstabends im Wirtshaus erklärt.

Jetzt ist der Filigran-Golfer wegen Verwüstung eines Gasthauses vor Gericht gestanden. Überschlägig sollen es an die fünf Flaschen Prosecco gewesen sein, mit deren Hilfe der Georg damals seinen alten Kriegskameraden von der Bundeswehr die Schönheiten des Golfsports näher bringen wollte. Vor allem der bis in seine Grundfesten hinein zutiefst überzeugte Depp und Anti-Colfer Willi K. hat den fast schon philosophischen Vortrag vom Georg alle fünf Minuten mit den Worten unterbrochen: „Leck mi doch am Oorsch mid dein Golf!"

Eskaliert ist der Golfkonflikt wie der Willi abschätzig bemerkt hat: „Golf is ein Oorschluuch-Schbord. Dou läffd mer zwaa Schdund aff anner Wiesn rum, und gwinner doud der middn masdn Geld." Da sprang der Golf-Wichtigmacher Georg B. erregt auf, ließ sich einen Regenschirm reichen, nahm aus der vorweihnachtlichen Tischdekoration einen kleinen Hartholzapfel und setzte zu einem 400-MeterAbschlag in dem nur etwa 20 Meter langen Gastraum an. Der Gastwirt Sigi H. nahm dem aufgeregten Hallen-Golfer Georg B. den Regenschirm ab und beschied ihn: „Du Oorschkupf, hoggdi widder hie! Dou herinner werd nedd gschossn."

Kaum war der Wirt hinter der Theke verschwunden, hat der Georg schon wieder zum Regenschirm und zum

Weihnachtsapfel gegriffen. „Dou schau edzer amol her", hat er seinem Freund und Golf-Feind Willi erneut erklärt, „Die Fäiß aweng auseranander obber barallel. Es Schdandbein aweng vuur, in die Gnäi abfedern . . ."

„Und widder hiihoggn, die Oorschbaggn aweng ausseranander, obber barallel!", ist ihm der Wirt schon wieder dazwischengefahren und hat ihm zum zweiten Mal den als Regenschirm verkleideten Golfschläger abgenommen.

Erst der dritte Versuch war dann ein Volltreffer. Herr Georg B. hat wieder seinen Vortrag von den parallelen Füßen, Standbein, Spielbein begonnen, mit dem Regenschirm ausgeholt und voll abgeschlagen. Im gleichen Augenblick hat hinter ihm die Bedienung mit zwei Schweinebraten am Tablett und einigen Bieren vorbeigewollt.

„Der Volldoldi", äußerte sich der Wirt vor Gericht, „der hodd doch für miich in Hirnfraß driddn Grades! Meiner Bedienung hodder mid den Reengschirm a blaus Auch g'haud, und an Noosnbeinbruch hodds g'habd. Und es Dabledd hoddera aus der Händ gfedzd! Mid der Sooß sin zwaa goude Schdammgäsd vo mir verbrühd worn, a Frau hodd a Gniedla ins Gsichd gräichd, middn Abfl hodder die Lambn ausgschossn. Und nou sachd der Zibflziecher, der dummgsuffne, zu mir 'Des woor ein Abschlooch!! Schood, dass mern nedd gfilmd hom'. Allerwall maani, den sei Kubf is aa a Golfball. Mid zimmli vill Dreffer!"

Mit der letzten Bemerkung hat auch der Wirt Sigi H. voll ins Schwarze getroffen. Gemäß einem ärztlichen Attest ist Herr Georg B. wirklich nicht ganz dicht in der Birne. Zusammen mit den fünf Flaschen Prosecco führte es zu einem glänzenden Freispruch für den Georg. Hingegen musste der Gastwirt Sigi H., der auch zur niederen Kaste der Golf-Gegner gerechnet werden darf, wegen seiner ungebührlichen Äußerungen vor Gericht eine Ordnungsstrafe von 4oo Euro zahlen. Vor allem wegen seiner abschließenden Bemerkung. „Ihre barallelen Oorschbackn nach", hatte er hinter dem Richter her gebfobfert, „sin Sie glaab i aa innern Golf-Verein."

# Die Liebe in Laff

Schriftliche Liebesbeweise hat es schon immer gegeben. Hat man sie in prähistorischen Zeiten vielleicht in Granit gemeißelt oder auf Papyrusrollen gepinselt, sprayt man sein „Gisela, 1 love you" inzwischen in zwei Meter hohen Buchstaben an die Pfeiler der Großreuther Eisenbahnbrücke hin. In der Hoffnung, dass die Gisela dort einmal vorbeifährt. Sehr beliebt sind auch wieder Tätowierungen. Da muss man aber mit dem Einlochen von Namen in die Haut vorsichtig sein, denn das Wegradieren nach dem Partnerwechsel ist mit Schmerzen verbunden.

So hat sich die menschliche Schreibunterlage Oliver R. erst gar nicht auf einen Vornamen festlegen wollen. „Schdechn'S mer eimbfach a naggerde Frau in die Haud" hatte er dem Künstler im Tättoo-Studio erklärt, „und nou schreim mer drunder 'In Love'. Des langd nou scho." Wegen der Hautmalerei sind der Oliver und sein Tätowierer Günter R. jetzt vor Gericht gestanden.

„Für miich", sagte Herr Oliver R. vor Gericht, „is der Moo unzurechnungsfähig, Herr Richder." Vor der langwierigen Hautgravur hatten sich damals nämlich einige Missverständnisse ereignet. „Wiesuu", hatte der Tätowier-Meister Günter R. seinen Kunden gefragt, „wiesuu soll iich Ihner ganz undn an Ihrn Bauch 'In Laff' hiischreim? Sin Sie gwiss aus Laff" Darauf war der Oliver fast in Tränen ausgebrochen. „Laff werd LOVE gschriem", hatte er gestöhnt, „und hassd Liebe, verschdenger'S! In Love hassd In Liebe, alles gloor!?"

Es war noch nicht alles klar. „Laff hassd für miich Laff, also Lauf. Erlaschdeeng, Behringersdorf, Rückersdorf, Laff, beziehungsweise Lauf. Wos sollin edzer hiischreim? Behringersdorf is Ihner woohrscheins zer lang." Herr Oliver R. wurde lautstärkenmäßig etwas deutlicher: „Edzer dädowiern'S mer hii 'In Love', Love wie Liebe!" Also zückte der Günter seinen Tattoo-Tintenspritzer und begann mit den kalligraphischen Ätzungen. „Und raten'S amol, Herr Richder", fragte der Oliver jetzt vor Gericht,

„wos mer der Analphabet in mein Bauch neidädowierd hodd!?" Der Richter wusste es infolge seines genauen Aktenstudiums bereits. Auf dem unteren Bauch vom Oliver, fast schon in erotischen Breitengraden, prangte eine vollbrüstige unbekleidete Dame und drunter konnte der Betrachter die merkwürdige Botschaft lesen „in Laff. Laff wie Liebe". „Und für des saubläide Gschmier aff mein Bauch", wütete der Oliver, „hodd der Heuchdl hunderdfuchzg Euro vo mir verlanger wolln. Am libbsdn häddin hunderdfuchzg am Baggn naafg'haud, den Depp!"

Diese Art von bracchialer Barzahlung hatte der Oliver aber unterlassen. Wie der Günter ihm damals vorgeschlagen hatte, dass man das „ Laff" halt einfach wieder weg ätzt, gegen einen kleinen Aufpreis, sei er ohne einen Cent zu zahlen aus dem Studio gerannt. „Oomds", schilderte der Oliver sein Liebesleben mit der neuen Tätowierung, „Is mei Freindin kummer. Däi hodd si iiber des ‚Laff' halmi kabudd glachd. is nerdirli nix mehr gloffn mid Laff in dera Nachd." Das Schlimmste an der Tätowierung wäre aber die Hautfaltenwirkung gewesen. „Wäi iich flach dorddn gleeng bin", sagte der Oliver, „dou is ja nu ganger, obber suu ball iich mich aweng aufgrichd hob, hodds mer iiber des „ Laff' die Haud driiber gschuum, und nou kommer blouß nu ‚aff' leesn. Dou hodd mei Freindin erschd lachn mäin, Herr Richder!"

Das Gericht verfügte jetzt, dass der des Englischen nicht so ganz mächtige Günter R. alles wieder kostenlos vom Oliver seinem Bauch wegätzen, die 150 Euro als Schmerzensgeld zurückzahlen und statt „in Laff' endlich „In Love" eintätowieren muss. Der Günter erklärte sich mit der Entscheidung einverstanden, hatte jedoch zum Schluss noch eine Frage. „Nedd dass widder a Deooder mid den Laff gibd", warnte er, „frooch i läiber glei: Also Laff werd neuerdings nichd Lauf gschriem, sondern LOVE" „Ganz genau", freute sich der Oliver. „Und", hakte der Günter nach, „soll i nou neidädowiern ‚Love links der Pegnitz' odder ‚Love rechds der Pegnitz'? Odder nehmer mer doch Behringersdorf. . ."

# Fönheitskönigin

Ungefähr alle vier Wochen einmal ist die Kopfoberfläche der Frau heiliges Gelände. Nach dem Waschen, Legen, Fönen, Festigen bei der Hair-Designerin ist das Betreten und Betasten der oft höchstkünstlerisch geformten Frisur strengstens verboten. Auch ein heftiger Kittel- oder Kopfwascher bringt so ein Haargebilde unweigerlich zum Einsturz und erzeugt bei frisch gestylten Damen oft schwere Panik. Wegen der Bekämpfung eines Regenschauers mit ungewöhnlichen Mitteln ist die Fönheitsprinzessin Monika W. jetzt vor Gericht gestanden.

Sie hätte damals bei ihrem Friseurbesuch drei Dinge beachten sollen: Die Wahl ihres Verkehrsmittels, die Menge der im Haarstudio eingenommenen Getränke und den Wetterbericht.

So aber hat Frau Monika W. während der Behandlung zum friseurüblichen Tässchen Gratis-Kaffee noch einige Damenliköre zu sich genommen und hat sich, wie sich über ihr schon finstere Regenwolken gebildet haben, zur Heimfahrt auf ihr Fahrrad geschwungen - die kostbaren obenliegenden Nackenwellen voll dem drohenden Unwetter ausgesetzt. Auf halber Rennstrecke prasselte es plötzlich vom Himmel, Alarmstufe 1 für das Kunstwerk

191

am Kopf. „Godzeidank", sagte sie vor Gericht, „woor i vuurher nu ban Aldi. Hobbi mei ganz Zeich, wossi eikaffd hob, in mei Fahrrad-Körbla nei und die Blasdigg-Düüdn aafgsedzd." Aber schon nach ein paar Metern ist der Monika die Aldi-Regenhaube vollkommen über den Kopf gerutscht, auch über die beim Radfahren nicht ganz unwichtigen Augen.

„Also normool", schilderte die Monika ihre Ortskenntnis, „find iich mein Weech vom Frisör bis zu mir hamm blind. Vielleichd hodd mi der Wind in die falsche Richdung gwehd. Und nou mouß iich irchndwäi rechds neidriggd worn sei, des glanne Berchla noo, schdadds groodaus. Nou heer i nu jemand schreier ‚obachd, obachd!', nou hodds an Schlooch dou, und nou wass i nix mehr." Bei dem Rufer in der Regenwüste hat es sich um Herrn Michel S. gehandelt, der gerade seinen Hund zur Notdurft in die städtische Quarkanlage führen hat wollen. „Iich hob gmaand", erinnerte sich der Michael mit Entsetzen, „iich sich nedd richdich. Kummd dou a Geisderradfahrer ohne Kubf middn am Gehschdeich aff miich zou. Binni erschd links niiber g'hubfd, fäärd däi Blasdigg-Düüdn aa links niiber. Nou an Hubferer nach rechds gmachd, scho lenkd däi aa nach rechds. Und nou is mer vull zwischn meine Baaner neigfoohrn. Direggd in mein bersönlichn Haubdbahnhuuf, wenn'S wissn, woss i maan, Herr Richder. Des woorn vielleichd Schmerzn!"

Im Hauptbahnhof vom Michael kann man wieder rangieren, bleibende Potenzschäden sind durch die Kollision mit der rasenden Aldi-Tüte nicht zurückgeblieben. Aber weil der Michael damals einen starken Eierlikörgeruch aus der Plastiktüte bemerkt hat, hat er vorsichtshalber übers Handy die Polizei alarmiert.

Es sind 0,9 Promille ermittelt worden. Frau Monika W., die auch einen Führerschein besitzt, darf jetzt drei Monate nicht Autofahren und muss wegen leichter Heiterkeit unter der Haube 8oo Mark Strafe zahlen. „Und beim Aldi froong'S amol", riet ihr der Richter noch, „obs geecher einen kleinen Aufpreis nedd aa Blasdigg-Düüdn mit Windschutzscheim gibd."

# Kommissar Kaltblut

In ungewöhnlichen, überraschenden Situationen soll der Mensch einen kühlen Kopf bewahren und keinerlei Panik in sich aufkommen lassen. Er muss immer Herr der Lage sein. Nur so kann er sich aus einer Verfänglichkeit der Peinlichkeit reibungslos herauswinden. Der Gewohnheitseinbrecher Georg B. ist für diese innere Souveränität ein leuchtendes Beispiel. Er ist jetzt wegen Amtsanmaßung, Einbruch, Autodiebstahl und Freiheitsberaubung vor Gericht gestanden. Er hat in einer prekären Situation eiskalt die Ruhe bewahrt.

Wie so oft hat er auch an diesem Tatabend im Frühherbst den Wunsch der Menschheit nach unterhaltsamer Zerstreuung genutzt und ist über den Schlafzimmerbalkon in ein Reihenhaus in der südlichen Vorstadt eingestiegen. Er hat vorher sorgfältig beobachtet, wie die dort wohnenden Gerhard und Doris S. gegen halbacht das Haus verlassen haben. Was er nicht beobachten hat können, war, dass Herr Gerhard S. im Eifer um die passende Ausgehkleidung versehentlich mit seinen Hausschlappen ins Kino gehen hat wollen. So ist das Ehepaar S. bereits nach einer halben Stunde wieder heimgekehrt.

Nur kurze Zeit nach seinem Balkoneinstieg ist also der Einbrecher Georg B. mit der ungewöhnlichen Situation konfrontiert gewesen, dass er gerade fieberhaft in der Wohnzimmerschrankwand nach einigermaßen wertvollen Gegenständen gewühlt hat, wie hinter ihm die Hausbesitzer aufgetaucht sind und ihn Herr Gerhard S. angeherrscht hat: „Wos mach nern Sie dou!?"

Der Georg hat innerhalb von Zehntelsekunden die Lage erkannt und vollkommen kühl geantwortet:" „Schburnsicherung! Griminalbollizei! Sin Sie die Hausbesidzer,

195

odder wos!?" Und dann hat er in aller Ruhe die Personalausweise des Ehepaares verlangt. „Des mäin'S Ihner amol vuurschdelln", war der Gerhard vor Gericht immer noch außer sich, „verlangd der Verbrecher vo uns die Ausweise! Und mir Doldi hom's nern nou aa nu zeichd!" „Der Einbrecher", flüsterte der Georg dem Ehepaar S. zu, „mouß iibern Balkon reikummer sei. Dou schauer'S, dou sichd mer nu Fußschbuurn." Mit erhobener Hand fuhr er fort: „Ganz ruhich bleim edzer! Der Einbrecher mäißerd nu im Haus sei. Iich hob vuuring Geräusche irn Keller g'heerd." Plötzlich schlug sich der Georg mit der flachen Hand auf die Stirn und stöhnte: „Allmächd, Ihr Audo! Dassi dou nedd glei droodengd hob! Wou sin nern Ihre Audoschlissl!?" Der Gerhard langte in die Hosentasche: „Dou sin die Schlissl, warum?" Er händigte sie dem Geheimfahnder, der gerade seine eigenen Spuren gesichert hatte, befehlsgemäß aus.

„Und nocherdla", sagte der Gerhard vor Gericht, „nocherdla hodd er zu uns gsachd, mir solln uns nichd vo der Schdell rührn. Der Einbrecher kennd bewaffned sei. Obber er schnabbd nern edzer glei. A halbe Schdund ungefähr simmer muggsmaislaschdill dorddn g'hoggd. Und nou hobbi mer dengd, dou schdimmd doch wos nedd, hobbi mer dengd. Und rechd hobbi g'habd Herr Richter! Wäi iich vuursichdich nouchschauer hob wolln, hobbi nemmer ausn Wohnzimmer nauskennd. Der hodd unds eigschberrd g'habd. Und is mid mein Audo dervoo gfoohrn." „Iich glaab", soll da Frau Doris S. zu ihrem Mann gesagt haben, „iich glaab, der Moo woor goornedd vo der Griminalbollizei."

Ihr furchtbarer Verdacht war ein Volltreffer. Der Georg ist mit dem Auto vom Gerhard noch in der gleichen Nacht festgenommen worden. Er ist zu einer Freiheitsstrafe von achtzehn Monaten verurteilt worden. „Des hommer", sagte die Doris stolz zu ihrem Gerhard, „dein goudn Gedächdnis zu verdankn. Wenns der du nedd den Verbrecher sei Audonummer gmergd häsd…" „Glück", vollendete der Gerhard, „hommer obber aa g'habt. Wall des woor ja mei eichene Audonummer…"

# Das Geschäft
# im Geschäft

Laut Betriebsverfassungsgesetz ist für mehr oder weniger fest angestellte Firmenmitarbeiter das Schnaufen während der Dienststunden in unbegrenztem Umfang gestattet, Husten, Niesen, Nasenbohren im Rahmen der allgemeinen Verträglichkeitsrichtlinien ebenfalls, die Nahrungsaufnahme hat während der Mittagspause zu erfolgen, die Nahrungsabgabe jedoch scheint im Flächentarifvertrag nicht verankert zu sein. Der leidende Angestellte Hartmut K. ist wegen ihr jetzt vor dem Arbeitsgericht gestanden.

Es ist um eine schriftliche Abmahnung und um die drükkende Frage gegangen, ob Toilettensitzungen zu den Dienstpflichten gehören oder eine Art von Freizeitgestaltung bilden. „Der kummd", äußerte sich Herr Karl-Heinz S., der Vorgesetzte des unheimlichen Stuhlgängers, „ummer achder in die ärwerd, nou leffder a Schdund lang mid irchnd an Aggdnordner durchs Haus, und nou hoggder mid der Zeidung numol ball a Schdund am Abordd. Dou is dann nemmer lang bis zon Feieroomd." Die Erkenntnisse des Abteilungsleiters sind wissenschaftlich untermauert. „Eine Wochn lang", fuhr er fort, „hobbis vo der Segredärin schdobbn loun mid der Uhr - durchschniddlich hoggd der 54 Minuddn und 32 Sekundn am Haisla." Die 54 Minuten und 32 Sekunden hat der Hartmut also schriftlich, zusätzlich die dringliche Aufforderung, dass er sein Geschäft nicht mehr im Geschäft verrichten soll. Andernfalls muss er sich einen anderen Arbeitsplatz suchen.

„Des wass doch", äußerte sich daraufhin der Hartmut in seiner umfangreichen Ausführung zum menschlichen Verdauungsvorgang, „des wass doch a jeder Depp dass unser Darm ein Gewohnheitstier is. Die Darm-Muskuladur underlichd nichd dem menschlichn Willen, sondern höheren Mächden. Anner gäid vielleichd seid zwanzg joohr nachds ummer zwaa an Abordd, anner oomds um siemer und iich hald fräih bungd neuner. lich hobs ja scho dahamm vuur der Ärwerd brobierd. Obber dou kummd blouß heiße Lufd. lich brauch äußersde Ruhe und Konzendrazion bam Sch. . .".

An der Stelle unterbrach der Richter die interessanten Ausführungen von Hartmut über die Magen-Darm-Peristaltik. Aber sogleich meldete sich der Verdauungstrakt-Forscher erneut zu Wort. „Des is ja ka vergeudede Zeid für die Firma", wandte er ein, „wall am Abordd - wenn, iich die Zeidung gleesn hob - lou iich mir dann in aller Ruhe den Dooch und seine Arbeidsbro bleme durchn Kubf gäih." Worauf sein Vorgesetzter kurz die Fassung verlor und aufbrüllte: „Sie hom gwiss Ihrn Kubf am Oorsch, odder wos!?"

Dann kehrte in die Magen und Darmauseinandersetzung aber wieder Ruhe ein. Der Vorsitzende schlug vor, dass sich der Hartmut noch einmal innerlich genau überprüfen soll, ob für die betriebliche Frühsitzung entweder ein anderer Zeitpunkt oder eine kürzere Verweildauer möglich sei. Die Abort-Abmahnung jedenfalls wurde für hinfällig erklärt.

„Ich konns brobiern", sagte der Hartmut, „obber iich wass edzer scho, dou gräich i die Oorsch-Krise, dass alles zerschbeed is. Dou laaf i nou värzza Dooch wäi a Bressagg rum und konn ibberhabbs nemmer am Abord. Wenns zur Exblosion kummd - iich iibernimm die Verandwordung nedd." Der Abteilungsleiter wollte sich noch zu Wort melden, da schaute der Hartmut auf die Uhr und sprach gepresst: „Ganz schnell a Frooch, Herr Richder - wou issn ba Ihner dou der Abordd?"

# Die Kampfgans

Der Weg fast aller fränkischen Gänse ist vom Ausschlüpfen aus dem Ei an vorgezeichnet. Er führt binnen weniger Monate von einer lieblichen Wiese über die landwirtschaftliche Mastanstalt direkt in die Kühlräume vom Geflügel-Bernet und von dort erst in die Brat- und dann in die Speiseröhre. Die Bestimmung einer Bauerngans ist es, dass sie dem Menschen den ersten und zweiten Weihnachtsfeiertag mit einer Gallenkolik verschönt.

Nicht alle Gänse ergeben sich aber ihrem vom Geflügelzüchter vorgezeichneten Schicksal. Aufs Amtsgericht war jetzt der Frührentner Rudi D. bestellt worden. In seinem kleinen Garten lebt seit zwei Jahren eine ursprüngliche Weihnachtsgans, die seinerzeit ihrem natürlichen Tod durch energische Bratröhrenverweigerung entgangen ist. jetzt forderte der Nachbar Michael S. vor Gericht wegen verschiedener Überfälle den sofortigen Abmarsch der seiner Meinung nach raubtierartigen Wachgans in den nächstbesten Abschlachthof

„Iich nimm oo", vermutete der Gänshüter Rudi, „daß der Moo unser Gisela aamol gscheid dredzd hodd. Und suwos mergd si däi nerdirli. Dou verschdäids kann Schbass." Wer jetzt auf einmal die Gisela ist, wollte der Richter wissen. „Ner die Gisela is doch unser Gänsla", klärte ihn der Rudi auf, „Wäi mers vuur zwaa foohr als glanns Ziibala aff der Vereins-Dombolla gwunner hom, hommers aff den Noomer Gisela daufd. Wos glaam'Sn, wäi däi grennd kummd, wenn, iich Oomds ruf 'Gisela, Fressen is da!'. Dou feechd däi ums Haus rum, dass die Federn fläing. Unser Gänsla, unser Schneggerla." „Ja fraali", meldete sich der Michael zu Wort," Gänsla, Schneggerla, Gisela - daß mer fei nedd glei die Drääner kummer. Des is eine ausgschbrochne Kambf-Gans. Wou däi hiilangd, dou wächsd ka Gras mehr!" Und zum Rudi gewandt fuhr er fort: „Für dei Gisela, dou braugsd normool an Waffnschein! Geecher däi is a Biddbull direggd eine Friedenstaube ausn Schdreichlzoo." Dann riss der Michael seine Hose runter, weit unter die Schamgrenze, und bebte vor Zorn und Nachwehen: „Dou, däi zwaa Narben, däi sin vo deiner Gisela. Wennera iich damals nedd in Hals zoudriggd hädd, hädds mer woohrscheins es Baa abbissn!" Gemäß dem Michael seinen Schilderungen ist die Gans Gisela an einem frühen Morgen draußen am Gehsteig herumspaziert. „lich woor affn Weech zur Bus-Haldeschdell", erinnerte er sich, „und nou hobbi mer dengd, dreibsders gschwind widder in Garddn nei, däi Goons. Daß nedd iiberfoohrn werd aff der Schdrass." Mit dem altfränkischen Hüterlockruf „Goonser, Goonser, Goonser!" und beide Arme weit ausgebreitet wollte der Michael die Gisela wieder durchs Gartentürchen dirigieren. Sekunden später sahen Passanten ein für die moderne Vorstadt sehr seltenes Schauspiel: Ein Herr wetzte mit lauten Hilfeschreien durch die Straße, verfolgt von einer schnatternden, zischenden und flügelschlagenden Gans.

„Godzeidank", sagte der Michael vor Gericht, „is grood der Bus kummer. lich neig'hubfd, zum Fahrer gschriea, dasser die Diir schließn soll, und nou woor i geredded. Obber am andern Fräih hodds mi widder abbassd g'habd. Dou hodds nou nach mir gschnabbd, des Groggodil vo anner Goons."

Am dritten Tag wählte der Michael vorsichtshalber einen kleinen Umweg. „Obber korzz vuur der Haldeschdell", berichtete er, „heeris scho widder zischn. Dou hodds mi nou zwaamool ins Baa neibissn. Und der Omnibus is nedd kummer. lich glaab des woorn an die zwaa Kilomeeder, wous mi an den Dooch gjoochd hodd. Vorna an der Dankschdell hobbi rni in Abordd neigschberrd. Nou is abg'haud, däi Schnäigoons, däi bläide."

Laut richterlichem Beschluss muß der Gänszüchter Rudi D. 400 Euro Schmerzensgeld zahlen und zuverlässig dafür sorgen, dass seine- Gisela nicht mehr durch die Gartentür abhaut. Andernfalls muss er sich von seiner Gisela für immer trennen. Damit gab sich aber das Opfer der freilaufenden Vorstadtgans nicht zufrieden. „Der soll si", brummte der Michael, „a bolnische Masdgans haldn, wäi alle andern Laid aa, diefgfruurn. Däi wissn wenigsdns, wäi mer si Menschn geengiiber benehmer mouß."

# Der Duz-Feind

Eine Zeit lang haben sich obrigkeitsfeindliche Kräfte, hierarchiezersetzende Höflichkeitsterroristen einen Spaß draus gemacht, erhabene Würdenträger ohne ihre Titel anzureden. Inzwischen ist ein säuselndes „Grüß Gott, Herr Dr. Dr. Dr. Professor Sowieso" aus tiefer Bodenhaltung wieder schwer im Schwang. Dieser Strukturwandel im Anredewesen hat sich aber in den untersten Kreisen offenbar noch nicht ganz herumgesprochen.

Vor dem Amtsgericht hat jetzt der Bürobote, Kaffeekocher und Stadtwurstträger Heinz F. erscheinen müssen. Bei diesem vollkommen titellosen Subjekt hat die Weigerung, einen höheren Herrn mit dem verbalen Hofknicks zu begrüßen, am Ende sogar in eine Beleidigung gemündet Am Tag seines Dienstantritts ist der Herr Abteilungsleiter Dr Karl H. vom Heinz in normaler mittel fränkischer Höflichkeit, gepaart mit großer Anteilnahme willkommen geheißen worden. Nämlich mit den Worten: „Wer bisd nern du?" Worauf Herr Abteilungsleiter Dr. phil. Karl H. gebrüllt hat, dass er sich solche vertraulichen Schweinereien verbittet, dass bei ihm Zucht und Sitte herrscht, und dass er die Anrede „Herr Doktor" für dringlich erforderlich hält. „So, so", hat der Heinz freundlich erwidert, „a Doggder bisd du. Hosd du nerblouß an Doggderdiddl odder zwaa. Mei Brouder hodd drei Doggderdiddl. Zu den sooch iich immer Doldi. Weecher an aanzichn Doggderdiddl mach i mer die Goschn obber fei nedd nass." Der Heinz flog in hohem Bogen aus dem Chef-Zimmer und erhielt am Nachmittag bereits eine schriftliche Anweisung, dass Vorgesetzte kein Freiwild sind, nicht geduzt werden dürfen und mit ihrem vollständigen Titel anzureden sind.

Am andern Tag ergab sich zwischen den zwei gesellschaftlichen Antipoden schon wieder eine angeregte Diskussion. „Um numol aff dein Doggder zrigg zu kimmer", meldete sich der Heinz bei Ihro Abteilungsmajestät Dr. phil. Karl. H., „in wos hom nern Sie eingli onaniert, odder wäi des hassd? Dr. Füll, des kummd mer wäi a Zahnarzd vuur. Odder sin Sie a richdicher Doggder. Wall iich hädd dou am Oorsch an Furunkl. Wenn'S den amol ooschauer . . ." Weiter kam der Heinz mit seinen Fachfragen nicht, wieder flog er in hohem Bogen hinaus. Und erneut erhielt er eine schriftliche Mitteilung, sich umgehend mitteleuropäische Umgangsformen anzueignen. Im übrigen, wurde er belehrt, onaniere man nicht zu einem akademischen Titel, sondern es heiße: Promovieren.

Als der Herr Abteilungsleiter Herr Dr. phil Karl H. drei Tage später den dringenden Wunsch nach einem Gläschen Pfefferminztee verpürte, ließ sich ein persönliches Gespräch zwischen ihm und dem Getränkeholer Heinz nicht vermeiden. In ihm erläuterte der an diesem Tag erstaunlich leutselige Dr. H. seinem Untertan: „Schaun'S amal Heinz . . ." „Herr Büroboode Heinz F., bidde! Suvill Zeid mou sei, gell!" unterbrach ihn der Pfefferminzteeeholer. „Also gut, Herr Bürobote. Schaun'S amal. Sie sagen doch auch net zum Beispiel zum Papst in Rom, sagen Sie doch auch nicht 'Woytila', wenn Sie ihn anreden." „Iich kenn kann Babsd und kann Woidila. Ärwern däi ba uns?" fragte der Heinz dazwischen. Wieder flog der Herr Bürobote aus dem Zimmer.

Am andern Tag war das Namensschild des neuen Abteilungsleiters auf der Tür ausgetauscht. Statt „Herr Dr. phil Karl H., bitte Anklopfen" prangte dort die Aufschrift „Seine Scheinheiligkeit Dr. Dr. Viel. Dep. Karl Arschmann, nach Anklopfen Einkriechen".

„Meine durchlauchte Eminenz", sagte der Heinz jetzt zum Richter, „iich woors nedd. Und wennser si aff Ihrn erleuchdeden Kubf schdelln." Stichhaltige Beweise für die Täterschaft vom Heinz hatte auch die Kripo nicht ermitteln können, der Bürobote wurde freigesprochen. Lediglich für die Eminenz und den erleuchteten Kopf vom Richter rnusste er eine Ordnungsstrafe von 300 Mark entrichten. „Scheinds", merkte der Heinz noch an, „ärwerd unser Onkl Doggder edzer dou am Grichd. Ba uns homs nern nach der Brobezeid nausgschmissn. Mir braung kanne onanierdn Gscheidscheißer."

# Im Reich des Shakra

Dem vorherrschenden Zeitgeist gemäß macht der örtliche Mensch tagsüber siebeneinhalb Stunden lang den Buckel krumm, danach widmet er sich dem Fun in Form von Fernsehen, Wellness oder Inline-Skaten. Oder noch besser - man taucht für 40 Mark in der Stunde in eine fernöstliche religiöse Strömung ein. Früh um acht geht dann am Bildschirm wieder die Sonne auf. Durch diese schraubenartigen Bewegungen kommt man im Leben ganz schön vorwärts.

Auch Christa S., die Sozialpädagogin für schwer erziehbare Senioren, hat in den Schriften des Tantra ihre Seins-Erfüllung gefunden. Statt Inline-Skaten oder Gleitschirmsegeln liegt sie zwei Mal in der Woche jeweils drei Stunden auf einer Wolldecke, nimmt die magischen vier M, also Madaya, Matsya, Mamsa, Mudra zu sich - und übt danach in aller indischen Ruhe den Maithuna aus. Von Mamsa, Mudra und so weiter hat sie ihrem Ehemann Dieter S. schon einmal beiläufig erzählt, es dreht sich dabei um den andächtigen Verzehr von Fisch, Wein, Fleisch und Körnerfutter. Nur den Maithuna hat sie bisher vorsichtshalber nicht erwähnt.

„Mid der Zeid", hat Herr Dieter S. jetzt vor Gericht erwähnt, „is mer des Tantra-Zeich nou scho aweng komisch vuurkummer. Wall immer dernouch, wenn i im Bedd zu ihr niiberlanger hob wolln, nou hodd mei Frau zu mir gsachd, dass mir alle Suchende sin nach dera Harmonisierung von Körber, Geisd und Seele. Und nou hodd's gsachd, dassi meine Griffl wechdou soll". Geist und Seele sind dem Dieter verhältnismäßig wurscht gewesen, nur die Harmonisierung im körperlichen Bereich hat in ihm Argwohn erregt. „Ner ja", sagte der Angeklagte Dieter S.,

„nou binni hald an den Oomd hinder meiner Frau her, wäis zu ihrn Tantra-Gschmarri ganger is. Des woor glei zwaa Schdrassn wech vo uns".

Auf dem Klingelschild am Hauseinang, in dem die Christa verschwunden ist, ist „Institut für Vishnuismus" gestanden. „Dou hobbi nou", schilderte der Dieter sein Eindringen ins Reich des Ying und Yang, „a Schdund ungefähr gwardd, gschelld und naafganger in driddn Schdogg. Nou machd mir a Frau innern ganz durchsichdichn Nachdhemmerd aaf, hodd an Värzzger Eindridd verlangd, und sachd zu mir, iich soll mi auszäing und riduell reinichn. Und wäis mein Schaggra gäid, hodds nu wissn wolln. Und nou hodds mer fei an mein Schaggra diregdd hiiglangd, Herr Richder! „

Und kurze Zeit später führte die Empfangsdame den verwirrten Dieter in einen völlig verdunkelten Ruheraum. „Der heilige Ort des Maithuna", erläuterte sie dem neuen Gast, der beim Eintreten in der Nebelkerzendämmerung auch schon seine Christa in den Armen von zwei schwer meditierenden Tantra-Jüngern entdeckte.

„Dou schau her", schrie der Dieter, „Maiduna sachd mer edzer dou derzou. Goud, dassi des wass. Wall sunsd hädd iich Depp gmaand, mei Frau werd grood vull hinderindisch gnuudld vo denni zwaa Sex-Monsder".

Danach watschte Herrr Dieter S. die Chefin des Instituts für Vishnuismus ab, trat den zwei Tantra-Mönchen voll in ihr Shakra - und schleifte seine Frau aus dem Unterrichtsraum für körperliche Harmonisierung. „Wenn'S miich froong, Herr Richder", äußerte sich der Dieter, „nou woor des a Buff."

Das Gericht war im Gegensatz zum Dieter allerdings der Ansicht, dass man religiöse Strömungen, ob fernöstlich oder nahwestlich, irgendwie schon tolerieren muss, und verurteilte Herrn Dieter S. wegen Hausfriedensbruch und Körperverletzung zu drei Monaten Haft und 2400 Mark Geldbuße. „Dou gäih iich in die Berufung", wetterte der Dieter nach der Urteilsverkündung in Richtung Richtertisch, „wall Ihnen, glaab i, brennd aa aweng der Schaggra".

# Die Bremer Stadtmusikanten

Ein Fernreiseurlaub mit der ganzen Familie wirft heutzutage schwerwiegende Fragen auf: Wer spricht daheim während der dreiwöchigen Abwesenheit mit den Balkon-, Garten-und Zimmerpflanzen, wer schaltet dem Hund und der Katze abends den Fernseher ein, wer bewegt bei Einbruch der Dunkelheit als Täuschungsmanöver für Einbrecher die Rolläden, wer gießt die Oma, wer ergreift bei einer eventuellen Kühlschrank-Explosion geeignete Kampfmaßnahmen oder die Flucht? Herr Josef M. verfügt über keinerlei Urlaubssklaven in der Verwandtschaft und hat deswegen sofort zugegriffen, wie ihm der Wohnungs- und Restfamilienbetreuer Peter G. seine Dienste für DM 20 pro Stunde angeboten hat.

Während der Josef mit seiner Frau und den zwei Kindern auf Lanzarote weilte, sollte sich der All-Inclusive-Kümmerer Peter G. lediglich der Balkonblumenpracht widmen, dem Rasen, dem Gartenteich, einer Hundertschaft Goldfischen, zwei Wellensittichen, einem Hund, der Katze und der 81-jährigen Oma.

„Värzza Dooch lang", äußerte sich der Urlaubs-Polanti Peter G. sehr zufrieden vor Gericht, „is alles eimwambfrei gloffn. Nerblouß mid die Viecher is mer a glanns Missgeschigg bassiert. Wall iich hob ihner aweng wos beibringer wolln, dassi es Herrla und es Fraula freier, wenns vom Urlaub kummer. Mir hom die Bremer Schdaddmusikandn dränierd."

Bei dieser märchenhaften Zirkusnummer sollte sich die Katze auf den Rücken vom Hund setzen, die Wellensittiche wiederum auf die Katze, und als Höhepunkt hätte dann der oberste Wellensittich auf dem Schnabel einen jungen Goldfisch balancieren sollen. „Aff Anhieb", sagte der Haustier-Dompteur Peter G., „konn suwos nerdirli nedd glabbn. Dou moußd du am Dooch goud und gern zwölf Schdund mid däi Viecher ärwern. Und dann hob iich ja numol zwaa Wellnsiddich derzou kaafn mäin aus meiner eichner daschn. Wall die erschdn zwaa hodd die Kadz gfressn." „Ach ja, fiel dem Peter noch ein," „dass is nedd vergess - der Hund, der Depp, hodd nou die Kadz, genau in den Momend, wou is aff sein Buggl draffgschdelld hob, hodders in Schwanz neibissn. Nou hodd nern die Kadz es Auch rausgradzd rnid der Dadzn. Obber blouß anns. Hobbi nerdirli der Kadz a gscheide Schelln geem mäin. Seidem hobbis nimmer gseeng." Irn Fall des Hundes konnte der Peter das Gericht aber beruhigen. „Den hobbi ins Dierheim brachd", erinnerte er sich, „wall der hodd si, nerblouß mid sein ann Auch, nimmer zreechdgfundn dahamm." „Leider", beendete er seine Ausführungen, „hommer die Bremer Schdaddmusikandn nou nichd zammbrachd. Obber sunsd woor alles in Ordnung."

„Froong'S amol", brüllte da der Urlauber Josef M. dazwischen, „wos er mid unserer Oma gmachd hodd, der Verbrecher!" „Ja die Oma", beantwortete der Peter die Frage, „däi hodds nerdirli aweng middi Nervn gräichd. Am Samsdooch fräih häddn die Herrschafdn widder hammkummer solln aus ihrn Urlaub, und nou hobbi mid der Oma oomds a Fläschla Likör drunkn zur Beruhichung. Odder drei. Genau wassis nimmer."

Die Herrschaften kamen aber schon am Freitag in der Nacht aus Lanzarote zurück. „Die Oma mid ihre aanerachzg Joohr", wimmerte der Josef, „woor dodaal bsuffn und hodd dauernd gsunger 'So ein Tag, so wunderschön wie heute'. Die Kadz und der Hund woorn ford. Am Sofa sin a boor doude Goldfisch gleeng. Der Rasn is verbrennd gween und die Blummer woom verdordd. Und nou häld mir der Maulaff an Zeddl hii und sachd, dasser edzer für die Urlaubsbedreuung 4800 Marg gräichd. Drinkgeld nunni rniid eigrechnd. Und nou hobbin links und rechds anne aff die Waffl naafg'haud."

Diese Affekthandlung stieg beim Richter auf großes Verständnis, Herr Josef M. wurde freigesprochen. Auch die

Kosten der Urlaubsbetreuung muss er nicht zahlen. „Eine Frechheid sondersgleichn", knurrte der Peter, „wou iich doch um ein Haar die Bremer Schdaddmusikandn doch nu zammbrachd hädd. Mid die Goldfiisch, mid die Wellnsiddich und mid der Oma."

# „Des is mei Ami!"

Im Urteil auswärtiger Pauschalreiseschriftsteller ist der Nürnberger Mensch bekanntlich saudumm, introvertiert, maulfaul. Was sich dem außenstehenden Beobachter aber oft nicht erschließt, ist die überschäumende Herzlichkeit und Hilfsbereitschaft des eingeborenen Pegnitztalers, wenn man ihn in seiner Eigenschaft als ortskundigen Wegweiser um eine Auskunft bittet. Im Fall der zwei wandelnden beziehungsweise leicht schwankenden Stadtatlanten Walter K. und Reinhard K. ist die Herzensgüte und Ortskenntnis wieder einmal ausgelotet worden.

Herr Reinhard K. ist an einem Freitagabend während der Internationalen Spielwarenmesse vom Wirtshaus heimgekrochen, hat in Bahnhofsnähe durch den dort oft aufkommenden Fallwind schon wieder eine gewisse Kopffreiheit erlangt und es hat ihn beim Königstorturm ein aus den USA stammender Gast gebeten, ihm zu erklären, wie man zur Wodanstraße kommt. „No problem", hat ihm Herr Reinhard K. fliegend englisch geantwortet, „dou gäisd edzer dou vuur, through the Allerschbercher Dunnell durch, always groodaus, wou fräihers der Fisch-Babsd gween is. Obber den wersd du goornemmer kenner..."

In dem Moment hat sich der auch schon mit einigen Bieren behaftete Walter K. an die Beiden herangepirscht, begierig zu helfen, hat den Ausführungen vom Reinhard noch kurze Zeit gelauscht und ist dann eingeschritten. Es soll sich dann in etwa das folgende stadtgeografische Gespräch entwickelt haben: „Iich glaab", ging der Walter empört aus sich heraus, „dass Ihner aweng ins Hirn gschissn hom. Trough the Allerschbercher Dunnell! Dassi fei nedd grood naus lough! Des is doch a Einbahnstreet!"

„Mid mir konnsd deidsch reedn", belferte der Reinhard zurück, „und ob es Allerschbercher Dunnell a Einbahnstreet is, is scheißegal. Der Moo will ja zu Fouß in die Wodanstreet. Und ibberhabbs is des mei Ami. Wennsd aa jemand wos ergläärn willsd, nou sougsd der selber an."

„Der Moo is middn Audo dou", brüllte der Walter zurück, „Ami genger nedd zu Fouß. Der mouß edzer dou ummern Bahnhuufs-Place around driven, nocherdla left hand nei und through the Celtis Dunnell through, nocherdla widder left. .." „Hald edzer dei Goschn", unterbrach ihn der Reinhard, „du bringsd mer mein Ami nu ganz durchernander!"

Dann wandte er sich dem dringend die Wodanstraße suchenden Herrn zu: „Hear net aff den Doldi dou. Wäi I scho gsachd have - edzer always groodaus, through the Allerschbercher Dunnell durch, nou kummd der Fisch-Babsd, den wous nemmer gibd, and then..."

Da erst merkte der Reinhard, dass sich der Herr aus den USA vorsichtshalber aus dem Staub gemacht hatte. Und auch der Walter wandte sich dem Heimweg zu. „Suu gäid mer nedd mid Fremde um", schrie da der Reinhard auf, „edzer hosd mer mein Ami verjoochd mid dein Celtis-Dunnell-Gschmarri, du Aff! Der Moo irrd edzer hilflos durch die Ziddy!" Dabei rannte der Reinhard hinter dem Walter her, ließ ihn stolpern und versetzte ihm im Fallen noch ein gewaltiges Holzerlein, hierorts manchmal auch noch Arschballong genannt. Danach brachte eine Polizeistreife beide Kontrahenten ins Präsidium. Während der Fahrt entspann sich noch ein Streitgespräch, ob man. dorthin schneller über den Plärrer oder durch die Färberstreet gelangt.

Am Amtsgericht wurde Reinhard K. wegen Körperverletzung zu einer Geldstrafe von 3000 Mark verurteilt. „Dou kenner'S mid anner Berufung rechner", teilte der Reinhard dem Richter mit, „wall vom Bahnhuuf aus gäid mer in die Wodanstreet durchs Allerschbercher Dunnell. Bam Fisch-Babsd vobbei, den wous nemmer gibd. Und nie im Leem durchs Celdis-Dunnell. Wos Rechd is, mouß Rechd bleim!"

# Die Beton-Schwemme

Dadurch dass der Mensch den Sinn seines verhältnismäßig kurzen irdischen Daseins meistens im Schaffen bleibender Werte sieht, ist unter anderem der Beton erfunden worden. Aus diesem Überlebensstoff, einem der schönsten und hartnäckigsten überhaupt, hat sich jetzt auch der Hobbymörtler Peter S. eine ganze Reihe von Denkmälern errichtet.

Ursprünglich hätte es nur ein für die Ewigkeit ausbetonierter Gartenteich werden sollen. „Obber der Moo vo dera Baufirma", entschuldigte der Peter seine aufsehenerregende Betonierwut vor Gericht, „der hodd gsachd - an halm Kubiggmeeder Beddong konn i aa innern Ruggsagg hammdroong. Drei Kubigg mäißerdn des mindesdens sei, dasser mid sein Beddong-Dransborder vobbeikummd. Und wäi er dann an den Freidooch kummer is, hodder gsachd, dass fimbf Kubiggmeeder sin. Obber däi zwaa zusädzlichen Kubiggmeeder gräich i ummersunsd, däi sinnern ausverseeng iibrich bliem. Und nou hodders mer vuur die Garaasch hiigschidd."

Aus Versehen war es aber dem Nachbar seine Garage. „Iich hob zu meine Freind, wou mer ban Garddndeichla ausbeddoniern g'holfn hom, ausdriggli nu gsachd", erinnerte sich der Peter dunkel, „dass mer zimmli draffhauer mäin. Wall der Nachbar am Sunndooch ausn Urlaub hammkummd. Und nou hom däi zu mir gsachd, dass edzer erschd amol a boor Käsdn Bier braung." Nach den ersten drei Kästen Bier brauchten die Gartenteichbetonierer noch einmal drei Kästen Bier, gegen Mitternacht

verwischte sich die Anzahl der Bierkästen ins Schemen-
hafte, Ungenaue. Im gleichen Maß, wie der Peter und
seine Helfer feucht wurden, ging das gewaltige Betonge-
birge vor dem Herrn Nachbar seiner Garage in den trock-
enen, harten Aggregatzustand über.

„Iich hob", sagte der Bauherr, „in der Nood mei Garddndeichla nu zimmli vergräißerd, dass der Beddong aafgär-
werd werd. Des is edzer ball suu grouß wäi der Habbur-
cher Schdausee. Obber der Beddongberch vuur der Garaasch is ums Verreggn nedd glenner worn. Nou hobbi in
meiner Verzweiflung in der Dankschdell numol fimbf
Käsdn Bier g'hulld. Und nou wass i nix mehr." Kriminal-
polizeilich ermittelte Tatsache ist, dass kurz vor Mitternacht drei Mann mit je einem schwer mit Beton beladen-
en Schubkarrn durchs Viertel geschwankt und manchmal dabei umgefallen sind, unter dem Ruf „Der Beddong-
Moo is dou! Brauchd wer an Beddong?!" überall in der
Nachbarschaft geläutet und höflich gelallt haben, ob es
ein, zwei oder drei Kubikmeter Beton sein dürfen. Niemand hatte um Mitternacht eine Sehnsucht nach Beton.

Am Samstag leuchteten die ersten Strahlen der Morgen-
sonne auf eine völlig veränderte Landschaft im Viertel.
Da und dort erhoben sich auf Gehsteigen oder in Vorgär-
ten kleine bis mittelgroße Betonhäufchen, Briefkästen
und Mülltonnen waren randvoll zubetoniert, auf Garten-
zaunpfosten grüßten modern gestaltete Betonskulpturen.
Und wie dem Peter sein Nachbar am Sonntag vom Urlaub
heimgekehrt ist, hat er nicht in die Garage fahren können.
Ein fest angewachsener Betonberg mit einigen einbeto-
nierten Bierflaschen und einer Schaufel als Gipfelkreuz
haben ihm die Einfahrt verwehrt.

Für die Kosten der in den nächsten Tagen schwer
beschäftigten Presslufthammer-Brigaden muss jetzt der
Peter als verantwortlicher Bauherr ganz allein aufkommen, außerdem wurde er wegen Trunkenheit am Schubkarrn zu einer Geldstrafe von 3500 Mark verurteilt. „Normool", mumpfelte Herr Peter S. nach, „hädd i für meine
Beddong-Männla im ganzn Värddl in Kuldurbreis gräing
mäin."

216

# Otmar,
# der Wagenheber

Der Kümmerer, der Held des Alltags, der Einschreiter in allen Lebenslagen wird heutzutage oft schmerzlich vermisst. Wer verfolgt schon eine fünfköpfige, mit einigen Maschinenpistolen bewaffnete Einbrecherbande, überwältigt sie mit bloßen Händen, auch auf die Gefahr hin, dass er erschossen wird und sein Leben aushaucht mit den Worten „Sie sind vorläufig festgenommen?"

Einer der selten gewordenen selbstlosen Heroen ist Herr Otmar S., vor allem wenn es ihm infolge mehrerer Biere über den Durst ein bisschen den Selbsterhaltungstrieb vernebelt.

Sein jüngstes Einschreiten bei einem Menschen in Not, genauer gesagt in Parknot, hat ihm jetzt statt zum bayrischen Verdienstorden zu einer Anklage verholfen. Dieser Herr Otmar ist gegen Mitternacht mit drei ebenfalls tatkräftigen Freunden nach dem Stammtisch noch ein bisschen durch die Stadt gestreift und hat sehnsüchtig gefahndet, ob nicht zufällig jemand Hilfe braucht.

Schon nach kurzer Zeit hat er erspäht, dass ein Fahrer eines ziemlich kleinen Kleinwagens dauernd versucht, rückwärts in eine winzige Parklücke hineinzustoßen. Es hat sich um den Fiat-500-Piloten Hermann F. gehandelt. Der Hermann hat am Lenkrad gekurbelt, dass ihm der Schweiß schon auf der Stirn gestanden ist, hat Gas gegeben, wie wenn er wie ein Flugzeug abheben möchte, aber bei jedem Versuch haben ihm einige Millimeter gefehlt.

„Den Moo mäi mer helfn", hat der Otmar seine drei Freunde sofort alarmiert. „Nou hob iich zu den Herrn in sein Kisdla", sagte der Otmar vor Gericht, „hobbi gsachd, er soll sein Modor ausmachn, des wer mer glei hoom. Und nou hommern, zwaa vorner, zwaa hindn, in däi Bargliggn nei g'huum. Frei wech, woor ibberhabbs ka Problem, Herr Richder."

Hochzufrieden hat der Otmar in jener Nacht sein Werk betrachtet und den Hermann hinterm Lenker gefragt: „Bassd's, Scheff?" „Wos hassd dou bassd's Scheff", hat der Hermann aus dem Seitenfenster herausgebrüllt, „edzer binni widder suu weid wäi vuurer Värddlschdund! Iich hob nedd nei gwolld in däi Bargliggn, iich hob rausfoohrn wolln, du Hornochs! Edzer droochder mi widder raus, ihr Debbn!"

Der Otmar war der Meinung, dass man sich seine christliche Nächstenliebe auf diese unflätige Weise nicht entlohnen lassen muss. „Mir droong den Moo zammds sein Brunskiibl aff der Schdrass ummernander wäi in Babsd in der Sänfdn und nou fiird si der suu aaf! Obber mir sin drodzdem friedlich bliem, Herr Richder. Mir hom alle vier däi Wanzn vonnern Audo widder houch g'huum, aus der Bargliggn rausdroong, ordnungsgemäs hiigschdelld und sin hamm ganger."

Ordnungsgemäß war es aber nicht ganz. Nämlich hatten die vier Autoträger den Hermann samt seinem Fiat auf eine nur wenige Meter entfernt stehende Parkbank draufgestellt. So sehr dort der Hermann auch Gas gegeben hat - die Antriebsräder haben sich in der Luft gedreht. „Und wäi iich ausgschdieng bin", erinnert sich der Hermann, „in den Momend is mei Audo vo dera Bank runderkibbd. Die ganze linke Seidn woor neidriggd."

Die drei Freunde vom Hermann müssen jetzt je 500 Euro zahlen wegen unbefugten Wegtragens eines Kleinwagens, der Engel des Not leidenden Parklückenbüßers persönlich wurde als Anstifter der Luftnummer zu einer Geldstrafe von 1500 Euro verurteilt.

„Fuchzehahunderd Euro", murmelt der Otmar ehrfurchtig und belehrte sich aber gleich selber eines Besseren, Einsichtigeren, Hilfreicheren: „Wenn's unserer Regierung wos nidzd, des Geld - immer widder gern, Herr Richder."

# Tischkanten gefähr-
# den Ihre Gesundheit

Während Autounfälle, Rinderwahnsinn, Ozonlöcher, Kriege, Vollrauschmittel aller Art, Religionen, politische Ansprachen anscheinend zum menschlichen Wohlbefinden beitragen, gefährdet das Rauchen die Gesundheit. Erst jetzt ist es wieder zu einer erbitterten Auseinandersetzung zwischen einem Kampf-Blescher und einem Angehörigen der Luftreinheitsbehörde gekommen, denn auch in Wirtshäusern zählen inzwischen die mit dem hochexplosiven Schwabach-Landtabak gefüllten Kurzstreckenraketen der Marlboro-Streitkräfte zum Weltfeind Number one. Herr Andreas K., verschärfter Feierabend-Trinker, und der Gewohnheitsraucher Michael H. sind nach ihrer Gesundheitsschlacht im Gasthaus vor dem Amtsgericht erneut aufeinander getroffen.

Herr Michael H. hatte an jenem Sonntag eine Leberknödelsuppe zu sich genomen, einen Sauerbraten und anschließend zum Verdauungskaffee genüsslich eine Zigarette in Brand gesetzt. Beim ersten tiefen Zug erschütterte vom Nachbartisch her ein schwerer Bronchialhusten das Gasthaus, beim zweiten stand der Demonstrationshuster Andreas K. auf und öffnete zwei Fenster bis zum Anschlag, und bevor sich beim qualmenden Michael wenigstens ein Anflug von schlechtem Gewissen hätte bilden können, knurrte der wieder an seinen Platz zurückkehrende Rauchverzehrer: „Normool frouchd mer, wemmer scho unbedingd die Lufd dou herinner verbesdn mouß!"

Daraufhin hat sich der Michael ihm zugewandt, ganz tief Luft beziehungsweise Rauch geholt, dem Nachbar eine dicke Wolke hinübergeblasen und dazu bemerkt: „Also iich wass nedd - ba mir dou is die Lufd in Ordnung." Die Kampfhandlungen nahmen ihren Lauf.

„Ja wou simmer denn?", äußerte sich der Michael jetzt vor Gericht, „mir Raucher finanziern mid unserer Dabagg-Schdeier die Bundesrebubbligg ball ganz allaans! Und nou derf mer si aa nu bläid ooreedn loun! lich hob, an den Middooch grood widder anne oozindn wolln, reißd der mir die Zigareddn aus der Goschn und driggds im Aschnbecher aus. Nou hobbi den sei Bierglas gnummer und in Resd Bier iiber sein Schweinebraadn driiber gschidd." Im Gegenzug hat der Andreas die nächste Zigarette vom Michael im Kaffee versenkt und die daneben liegende Packung unter den Tisch geschmissen.

„Ja wos häddin nou machn solln, Herr Richder", schilderte der Michael seine Zwangslage, „binni hald under den sein Diisch noograbbld und hob meine Zigareddn widder eigsammld. Und wäi iich miich widder in die Häich hob rabbln wolln dou hobbi scheinds vergessn, dass iiber mir die Dischbladdn is."

„Iich glaab", brüllte da der Andreas dazwischen, „dass Ihner der Nigodiin scho es Hirn zerfressn hodd! Kein Word wahr, Herr Vuursidzender! Der hodd mid sein Gnagg in Diisch houch g'huum und hodd nern umgschmissn. Iich hob mein ganzn Schweinebraadn aff der Huusn g'habd, und die Dischkandn is mer vull affs Gnechla draff gfluung. Wos maaner'S, wos des für Schmerzn gween sin."

Die Schmerzensschreie vom Andreas hatte der Michael damals mit den Worten quittiert: „Auch Nichdrauchen gefährded die Gesundheid." Dann hat er den schon von der Schweinebratensog benetzten Nachbar mit seinem nikotinhaltigen Kaffee nachgegossen.

Wegen Körperverletzung ist der Michael zu einer Geldstrafe von 1200 Euro verurteilt worden. „Ja dou hilfd blouß anns", sagte der Michael nach dem Urteilsspruch, „wenn däi Dischkandn suu gfährlich sin. Dou mouß mer a Bläbberla draff machn wou ganz grouß draff schdäid Die EG-Gesundheitsminister: Tischkanten gefährden Ihre Gesundheit'."

# Schlachtschüsse

Die oft verheerenden Saalschlachten in der Frühzeit der höheren fränkischen Wirtshauskultur, mit Vorliebe während der Kirchweih ausgetragen, sind so gut wie ausgestorben. In vielen Fällen sind die örtlichen Hartkolzköpfe nicht mehr das, was sie einmal waren - weitgehend unempfindlich gegen Stühlbeine, Maßkrüge oder Suppentellerminen. Man benützt neuerdings seinen Kopf lieber zum friedlichen Essen und Trinken und zwischendurch sogar zum Denken.

Entgegen dieser Entwicklung ist es in der dörflichen Monopolwirtschaft des altgedienten Kampf-Zapfhahns Georg W. im vergangenen Herbst zu einer kopfflächendeckenden Auseinandersetzung gekommen, an der alle zwölf damals anwesenden Gäste sowie der wirtshäusliche Wachhund Willi beteiligt waren.

Im Mikrokosmos dieses Wirtshauses gilt das Gesetz vom Georg, das im Ernährungsbereich aus der Doktrin besteht: Gegessen wird, was auf den Tisch kommt. Und zwar bis zum letzten Gramm. An einem Mittwoch Abend, wo es beim Georg traditionell Schlachtschüssel bestehend aus einem Mittelgebirge von Leberwurst, Blutwurst, Bratwurst, Kesselfleisch, Kartoffeln und Sauerkraut gibt, ist Herr Josef A. zum ersten Mal in den Dunstkreis des Gasthauses getreten.

Der Außendienstmann hat auf seiner Heimreise nur einen sehr bescheidenen Hunger gehabt und infolgedessen zwei Bratwürste und ein kleines Bier bestellt. „Ner fraali", raunzte ihn der Georg an, „für Diich füll iich es Bier innern Fingerhuud ab wäi für an Wellnsiddich!" Und in Richtung Theke gewandt, verfügte der Georg: „Der Gaaferer am Einser-Diisch gräichd a Halbe und a Schlachdschissl!"

Seine Proteste, dass er doch kein Müllschlucker ist, nützten dem Josef wenig, nach zehn Minuten dampfte vor ihm ein gewaltiger Berg aus Blut-, Leber- und Bratwurst, Kesselfleisch, Kartoffeln und Sauerkraut.

„Nou hobbi", schilderte der Josef vor dem Amtsgericht den weiteren Verlauf der Mastkur, „zwaa Broudwerschd gessn und nou is der Wird kummer und hodd gsachd, dass iich dou nedd eher nauskumm, bis i aafgessn hob. Er will aff mein Deller nichd amol mehr a Fidzerla Sauergraud seeng. Und a Moo neeber mir am Diisch hodd gsachd, iich soll blouß mei Maul haldn und fressn. Sunsd gibds Drimmer Fodzn." Maul halten und Fressen gleichzeitig geht nicht, und so fütterte der Josef zunächst den unterm Tisch lauernden Spitz namens Willi heimlich mit dem Kesselfleisch. Der biss ihn zum Dank in die Hand.

Dann soll der undankbare Josef zwei seiner Tischnachbarn mit dem Inhalt der Leberwurst beschossen haben. „Dou konn i nix derfiir", sagte er, „iich hobs ausdriggn wolln, und nou hobb i däi Zwaa ausverseeng vullgschbridzd."

Darauf brach im Gasthaus Panik aus. Einer schüttete dem Josef ein Bier samt dem Glas über den Kopf, einer bewarf ihn mit Sauerkrautresten, der Wirt brüllte, dass erst aufgegessen und dann gerauft wird, zwei etwas besonnenere, noch nicht gänzlich abgefüllte Gäste verteidigten den Josef, der Spitz Willi verbiss sich in der Wade seines ursprünglichen Gönners, jemand machte das Licht im Wirtshaus aus, so dass im Blindgefecht jeder gegen jeden kämpfte. Als nach einer halben Stunde die Polizei kam, war man sich einig: Der Josef hat angefangen.

Er wurde jetzt wegen vorsätzlicher Herbeiführung einer Leberwurstexplosion und Massenschlägerei zu einer Geldstrafe von 4500 Mark verurteilt. Nach der Verhandlung zeigte sich der Wirt Georg W. hochzufrieden: „Schäi, dass mer widder amol a gscheide Rafferei g'habd hom."

# Die Wundersalbe

Am liebsten erwirbt der Mensch möglichst nutz- und sinnlose Waren. Man muss sie ihm nur schmackhaft machen. So verkauft zum Beispiel der Wanderpropagandist Kurt R. seit vielen Jahren schon abwechselnd Trinkspiritus gegen Altersschwäche, Ameisen-Urin zur Rheuma-Bekämpfung, Autopolituren, nach deren Gebrauch ein fünfzehn Jahre alter Opel Kadett wie ein frisch vom Band gerollter Ferrari ausschaut, oder einfach heiße Luft, den Kubikmillimeter zu zehn Mark.

Seit zwei Jahren hat sich der Solo-Künstler Kurt R. auf eine Wundersalbe spezialisiert, die neben Flecken vor allem das Geld aus den Portmonnaies seiner Kunden entfernt. Dem Kurt sein Wanderzirkus besteht aus ein paar Dachlatten, einer Plastikfolie als Zirkuskuppel, einem Campingtisch und ehemaligen Yoghurtbechern, aufgefüllt mit der alle Flecken dieser Welt entfernenden Salbe. Er erzählt köstliche, vermutlich um das Jahr 1050 urkundlich erstmals erwähnte Witze, bespritzt sein Hemd sodann mit Heidelbeersaft, Blaukrautextrakt oder mit zerkochten Roten Rüben, entfernt mit Hilfe der Salbe die Flecken, und schon entsteht in seinem staunenden Publikum der dringende Wunsch nach der Wundersalbe.

Jetzt aber ist dem Kurt an einem umsatzträchtigen Freitag nachmittag in Gestalt des ehemaligen Fleckenentfern-

Opfers Karlheinz S. eine gewaltige Konkurrenz entstanden. „Iich hob mer den sei Salm kaffd", erklärte der Karlheinz vor Gericht, „und hob iiber a Joohr lang nercherds an Fleckn g'habd. Nichd affern Hemmerd, nichd aff meine Grawaddn, nichd aff die Huusn - nix". Vor lauter Frust, dass er seine Wundersalbe nicht anwenden kann, hat der Karlheinz sich schließlich einen Liter hundertprozentigen Heidelbeersaft im Reformhaus gekauft, daheim vor der staunenden Ehefrau mit ihm sein bestes weißes Hemd eingeweicht und hat dann das Wunder mit der Wundersalbe demonstrieren wollen. „Erschd", schilderte der Karlheinz das Wunder, „is mei Hemmerd dunklblau worn, nou hellblau, nocherdla grün, und wäi iich dann mid dera Salm zwaa grouße Löcher neigschrubbd hob, hobbi mer a neis Hemd kaffd".

Jetzt also erschien der Karlheinz nach über einem Jahr wieder vor dem Wundersalbenstand und dem Wander-Wunderverkäufer Kurt R. Wie der Kurt über sein kleines Halsmikrofon ins Publikum schrie „Schauen Sie, staunen Sie, kaufen Sie", brüllte der Karlheinz zurück „und rennen Sie schnell dervoo, wall dou wern'S bschissn, dass Ihner die Aung drobfn!" Bei der Vorführung mit dem Heidelbeersaft ertönte wieder ein Zwischenruf vom Karlheinz. „Hosd du Laid-Veroorscher", rief er vor auf die Wanderbühne, „an Fleckenendferner, wou mer diich vo den Fleck dou endferner konn?" Und am Ende der Vorführung, als der Kurt stolz sein wieder blütenweiß gereinigtes Hemd vorführen wollte, öffnete der Karlheinz geschwind einen aus dem Baumarkt mitgebrachten Blecheimer mit tiefschwarzer Lackfarbe, überschüttete den Kurt damit von oben bis unten und bat ihn sodann: „Edzer zeich amol, wos dei Scheiß Salm alles konn!"

Wegen Lackierens des Wunder- und Wanderzirkusdirektors Kurt R. wurde der Karlheinz zu 1500 Mark und vier Wochenenden Zwangshilfsdienst im Tiergarten verurteilt. „Und der Verbrecher dou", knurrte der Karlheinz den Kurt an, „der g'herrd obber aa in Diergarddn. Und zwoor ins Raubdierhaus. Edzer verkaffder sein Flecknendferner als Brodaufschdrich!"

# Der Raubsauger

Die Welt ist voller Staub. Vor allem im und am Auto. Diese ständige Eintrübung und Verschmutzung seines innigst geliebten Lebensgefährten, eines Opel Kadett, ist für den Frührentner Norbert M. das große Kreuz im Leben, und eine extreme Herausforderung gleichermaßen. Für ihn gilt der alte walisische Seifenblasenspruch „My Car is my Castle", in seinem Car herrscht schärfstes Staubkörnchenverbot. Im Auto vom Norbert dürfen sich lediglich ein Wackeldackel aus Plüsch aufhalten, vier kleine Perserteppiche als Schutzmatten über den Schutzmatten, ein Ozonspender mit Tannenduft, dass man meint, man sitzt im Wald, ein in den Aschenbecher gezwickter Strauß Plastikveilchen, ein kleines Hinweisschild „No Smoking" und auf der Autoablage eine Rolle Klopapier, eingehüllt in ein maßgehäkeltes Mützchen in den Farben Schwarz, Rot, Gold, damit es nicht friert.

Das Auto vom Norbert darf nur mit Hausschuhen betreten werden.

Das hat der dem Dreck eher etwas liberal gegenüberstehende Gerd W. nicht bedacht, wie er mit dem Staubmilbeninspektor anlässlich der samstäglichen Vollreinigung an der Tankstelle in eine kleine Diskussion geraten ist. Jetzt hat sich Herr Gerd W. vor dem Amtsgericht verantworten müssen.

„An unserer Dankschdell", erläuterte der Gerd die Auseinandersetzung, „dou gibds nerblous zwaa Schdaubsaucher-Audomaadn. Und der anne is an den Dooch nedd ganger. Und iich hob mid mein Audo hinder den Moo dou gwardd, dasser endli ferddich werd. Der hodd fei scho fiir fimbf Märgla gsauchd g'habd!" Nach ungefähr einer dreiviertel Stunde erregten Saugens beugte sich der Gerd durchs Seitenfenster in die Tiefe des vollkommen staubfreien Innenraumes und fragte den Hochglanz-Polierer: „Soll i Ihner a Miggroskoob hulln? Iich glaab, aff Ihrn Lenkrad grabbln nu drei Bazilln ummernander. Däi kenner'S doch nedd frei rumlaafn loun! Wos maaner'S, wäi däi Ihr Lenkrad vullscheißn!"

Der Norbert war für den Hinweis äußerst dankbar. „Ach ja, es Lenkrad", murmelte er, „des hädd i ball vergessn. Und in Handschufach hobbi aa nunni gsauchd". Dann kramte er in seinem Geldbeutel nach einem weiteren Markstück für den Staubsauger und bat sodann den kurz vor der Explosion befindlichen Gerd: „Sie kenndn mir nedd gschwind an Hunderder wechsln? Fiirn Schdaubsaucher." Da drehte Herr Gerd W. durch. Er warf ein Markstück in den Automat, ergriff den mit großer Anziehungskraft saugenden Riesenrüssel und saugte im Auto vom Norbert alles auf, was nicht niet- und nagelfest war. „Iich bin ja", wimmerte der Norbert vor Gericht, „undern Vordersidz drundn gleeng und hob mi nedd wehrn kenner. Mei offns Boddmonee hobbi in der Händ g'habd, dou hodder dreihunderd Mark rausgsauchd. Mei Lesebrilln hobbi aafg'habd - hodder aa wechgsauchd. Nou hodder mer die Ohrn ausgsauchd, dassi haid nu einen Drimmer Dinnidus hob. Nou hodder mein glann Waggldaggl neizuung mid den Schlauch. Und am Schluss hodder mer mei Aborddbabier ummern Kubf rumgwiggld und des Midzla, wou mei Frau g'häkld hodd, driiberzuung, dassi nix mehr gseeng hob".

Den voll eingewickelten und Schwarzrotgold bemützten Norbert hat der Gerd dann unter Zeugen angebrüllt: „Und edzer konnsd mi aweng am Oorsch leggn, dou is glaab i aa nu aweng a Dreeg!"

Wegen schweren Raubsaugens, Körperverletzung und Beleidigung ist Herr Gerd W. zu einer Geldstrafe von 2400 Mark verurteilt worden. „Wos, Zwaadausndvierhunderd Märgla!", sagte der Gerd mehr zu sich selber, „des werd ganz schäi dauern bis i mer däi zammgsauchd hob".

# Der Table-Dancer von Knossos

Von der Flucht aus dem Toilettenfenster über den 125-fachen Ohnmachtsanfall bis hin zum zwanzigminütigen Scheintod - die Trickkiste des mittelfränkischen Zechprellers ist unerschöpflich. Der im Sternkreiszeichen des ständigen Stiers geborene Wirtshausschlurcher Konrad W. hat den Vertuschungsversuchungen der Zahlungsunfähigkeit eine neue Variante hinzugefügt.

Er ist an einem Freitag in seiner Stammtankstelle von dem hier geborenen, aber weitläufig aus Zazikiland stammenden Wirt Wassili K. mit den Worten begrüßt worden: „Schau blous dassd abhausd! Aff dein Filzla schdenger nu zwaahunderfuchzg Mark. Iich bin ka Grediddinschdiduuud!"

Worauf der Konrad seinen Gläubiger beschwichtigte, dass er ja nur zum Schuldenbegleichen erschienen sei, neuerdings über ein vollkommen bereinigtes Bankkonto verfüge und wie durch ein Wunder auch über eine Kreditkarte. Dann sprach der Konrad, wie immer fließend griechisch: „Edzer bringsd mer bittos an Kloßos mit Soßos, ein Bieros und zwaa Usos!"

Die Aussicht auf die Rückerstattung des Bierfilzkredits stimmte den Wassili milde und er servierte dem Konrad einen Kloßos mit Soßos, der von seiner Größe her an den

Koloss von Knossos erinnerte und fügte der Spezialmahlzeit sogar noch einen schönen Haufen Zaziki hinzu. Nach etwa acht Usos, sechs Bieros und drei Retsina hatte der Konrad einen ziemlichen Zakynthos in der Chronos und wünschte infolgedessen die Zusammenadditionos seiner verschiedenen Rechnungen. Dazu händigte er dem Wassili seine Kreditkarte aus und befahl: „Alles abbuchos!"

Der Wassili nahm die Karte, besichtigte sie, drehte sie um, wurde rot im Gesicht wie die fünffingrige Eos, die Morgenröte, und brüllte:" Du Oorschluuch, du dreggerds! Iich wer der edzer gleich an Kreditos aff die Waffl geem! Des is dei Kranknkarddn, du Verbrecher!" Dann befahl er dem Konrad, dass er sich keinen Millimeter von der Stelle rührt, und alarmierte die Polizei. Kurz bevor die Streife erschien, saß der Konrad noch an seinem Tisch und erwartete in stoischer Ruhe die Sachbehandlung wegen Zechprellerei. „Nou kummer die zwaa Bolli rei", sagte der Wassili vor dem Amtsgericht, „Ilich sooch zu Ihner, dou hindn an den Diisch hoggder, der Windbaidl, der schdinkerde. Nou simmer alle drei ninder - isser nimmer dou. Und der Diisch woor aa nimmer dou!"

Sie suchten alle Ecken und Winkel ab, überprüften die Toilette der Konrad blieb verschwunden.

„Däi zwaa Bolli", sagte der Wassili zum Richter, „hom mi scho ganz komisch oogschaud. Und aff aamol sich iich, wäi ein Disch durch mei Kneibe schwebt. Ganz gnabb iibern Buudn - wäi wenner unsichdbare Räädla droo g'habd hädd. Nou is der Diisch amol korzz schdäih bliem, hodd si zur Diir hiidreed und is an der Gadrob hänger bliem. Iich renn hii, zäich die Dischdeggn wech, hoggd der Konrad drunder! Hodd der middn Buggl under der Dischbladdn heimli nausgrabbln wolln!"

Wegen versuchter Tischflucht und verschärfter Zechprellerei wurde der Tabledancer Konrad W. zu einer Geldstrafe von 1200 Mark verurteilt. Was er mit den beifälligen Worten quittierte: „Dou schdeigsd mer am Frackos!" Und der Wassili erweiterte das Urteil noch: „Blouß dassd Bescheid wassd", schrie er ihm nach, „Leemslänglich Lokalverbotos!"

# Der Tierstimmen-Imitator

Ohne fundierte Fremdsprachenkenntnisse ist der Mensch bekanntlich ein Depp und kann nicht einmal Prospekte lesen. Der Steuerberatergehilfe Hermann S. beherrscht neben seiner Muttersprache noch vier weitere Idiome: Finanzamtsdeutsch, Bellen, Krähen und einen seltenen südamerikanischen Papageiendialekt. Er hat es durch einen hohen Perfektionierungsgrad in der Tierlinguistik sehr weit gebracht im Leben, nämlich zum Angeklagten vor dem Amtsgericht.

Er ist heuer im Frühjahr in ein Haus mit lauter höchstherrschaftlichen Eigentumswohnungen als Untermieter ins letzte Stockwerk eingezogen und ist bereits beim ersten Betreten des vierstöckigen Abschreibungspalastes vom ebenfalls dort lebenden Hausverwalter Hans P. eindringlich belehrt worden, dass jegliche Tierhaltung auf das Schärfste verboten ist.

„Am erschdn Dooch, wou der Verbrecher ba uns eizuung ist", äußerte sich der Hausmeister Hans P. mit hörbarer Verachtung in der Stimme, „hodd aff aamol oomds ummer - warddn'S amol, iich hobs dou in mein Noddizbichla schdäih ummer 18 Uhr 36 im värddn Schduug a Hund belld. Binni nerdirli glei naafgrennd zu unsern neier Mieder, hob Schdurm glaid an der Diir, hodder nedd aafgmachd. Und in den Momend grähd aff aamol undn in Baderr a Gieker. Schdelln'S Ihner vuur, Herr Richder, middn in der Schdadd, oomds um 18 Uhr - momend, dou schdäids - um 18 Uhr 39 a Gieker. Binni widder noo grennd." Kurz bevor der Hausmeister schnaufend im Parterr angekommen ist, hat es von oben schon wieder laut durchs Treppenhaus gekläfft. „Der Aufzuuch", sagte Herr Hans P. gemäß seinen Aufzeichnungen, „woor grood

231

nedd dou, binni die Drebbn widder naafgrennd. Widder nix, ka Hund, ka Gieker, ka neier Undermieder. Iich hob gmaand, iich hob Hazulallinationen, odder wäi däi hassn."

Zehn oder zwölfmal ist der Haustierjäger Hans P. an diesem Abend noch vom Erdgeschoss in den vierten Stock und zurück gehastet, auf der verzweifelten Suche nach einem kläffenden Hund und einem krähenden Hahn. Bis der Frühpensionist Werner K., Besitzer der tierfreien Prunkwohnung im ersten Stock, heimkehrte und dem gerade wieder nach unten taumelnden Hausverwalter vertraulich mitteilte: „Iich glaab, unser neier Mieder im värddn Schdugg hodd aweng an Schbrung in der Schissl. Der is grood undn ausn Aufzuuch rauskummer, hodd sei Goschn gschbizd und hodd 'Kikerikii' gschriea. Und nou isser widder middn Aufzuuch naaf gfoohrn."

„Dou hobbi", sagte der Hausmeister vor Gericht, „nerdirli bescheid gwissd." Wieder wetzte Herr Hans P. nach oben und brüllte: „Schdellen Sie sich Ihnen! lich wass scho, dass Sie miich blouß veroorschn. Sie sin ein Dierschdimmen-Indikator, odder wäi des hassd! Abber edzer gib iich Ihnen glei an Kikerikii!" Sekunden später ertönte von oben das Krächzen eines Papageis, der schon zwei menschliche Worte sprechen konnte: „Hansi, Oorschluuch! Hansi, Oorschluuch!"

Die Worte „Hansi, Oorschluuch" bezog der Hausverwalter Hans P. zu Recht auf sich. „Iich hob grood nu in mei Bichla 19 Uhr 58 neischreim kenner", sagte Herr Hans P. vor Gericht aus, „und nou binni zammbrochn. Herzkaschber zweidn Grades. Däi Haafn Viecher ba uns im Haus und däi Aufreechung - dou bin iich dann aff der Drebbn vull kopuliert, odder wäi des hassd."

Der Hermann räumte ein, dass er an jenem Abend aus Zorn über das Haustierverbot mehrfach im vierten Stock gebellt habe, mit dem Aufzug nach unten gefahren sei und dann einen erwachenden Hahn imitiert habe. „Obber des mid den 'Hansi, Oorschluuch'!", sagte er, „des binni nedd gween. Iich glaab, mir hom wergli an Babbagei im Haus."

Der Tierstimmenimitator Hermann S. wurde freigesprochen. Beim Verlassen des Gerichtsgebäudes krächzte es auf einmal hinter dem Hausmeister:"Hansi, Oorschluuch!" Wie er sich blitzschnell umdrehte, schritt hinter ihm der Hermann, zeigte aufgeregt auf die hohe Pappel vor dem Gebäude und rief: „Dou droomer hoggder. Wenn'S naafgrabbln, derwischn'S nern nu, des Oorschluuch vonnern Babbagei! Uhrenvergleich - 13 Uhr 47. Schreim Sie'S nei in ihr Staatssicherheitsbichla!"

# Ganz in Blau

Ganz selten werden Kunstsprayer auf frischer Tat ertappt.
Sie tauchen wie aus dem Nichts auf, verschwinden dort
auch wieder, und früh, kurz nach dem ersten Wasserhah-
nenschrei müssen entsetzte Autofahrer erblicken, wie
herrliche Betonbrückenpfeiler oder liebliche Lärmschutz-
wände durch so vierfarbige Aufschriften wie „Bärbel, I
love you", „Keine Macht für alle" oder"lhr Rinderlein
kommet!" für immer entehrt sind. Der Tierliebhaber und
Hundeführer Jürgen W. hat jetzt im Spätherbst den
Gewohnheits-Sprayer Josef F. auf frischer Tat ertappt,
wie er an einer Unterführung in der Südstadt das Wort
„Peace" hinpeaceln hat wollen. Dieser Jürgen W. wird es
sich aber gut überlegen, ob er jemals wieder einen Sprayer auf frischer Tat ertappt.
Er ist in dieser Nacht, wie er jetzt vor dem Amtsgericht
schilderte, einem dringenden Bedürfnis seines bis dahin
schneeweißen Pudels Franzi nachgekommen und hat ihn
gegen drei Uhr Gassi geführt. Und wie der Franzi an der
Tunnelwand sein Beinchen heben hat wollen, damit es

nicht nass wird, ist aus dem Bodennebel der Sprayer Josef F. aufgetaucht. „Momend amol", herrschte ihn der Hundeführer Jürgen W. an, „wos machn Sie dou?!" „Wer, iich?", fragte der Josef zurück und hatte als Untergrund für seine Botschaft die Wand schon großflächig in ein zartes Grün getaucht.

Wie klar war, dass eigentlich nur der Josef gemeint sein konnte, hat er sich zu einer sehr interessanten Erklärung seiner Tätigkeit herabgelassen.

„Iich bin", erläuterte er dem Jürgen, „der schdäddische Dunnellwandreinicher. Iich schbräi edzer die ganze Wänd dou mid einem Reinichungsmiddl ei, nou werd ungefähr a Schdund gwardd und nou blas iich des Middl mid einem Dambfreinicher wech. Und die Wänd is nocherdla suu sauber, des glaam Sie goornedd." „Sie veroorschn mi doch aweng", argwöhnte der Jürgen, „des mid Ihrm Dambfreinicher, des kenner'S Ihrer Großmudder derzilln! lich gäih edzer naaf zu mir und ruf die Bollizei oo!" Mit der Polizei hätte der Jürgen nicht drohen sollen. „Hobb, an die Wänd hiischdelln", schrie ihn der Josef an, „zammds dein Hund! Middn Rückn zu mir! Und die Händ houch, odder iich schbräi!"

„Des woor nerdirli ka Reinichungsrniddl", sagte der Jürgen jetzt vor Gericht, „wos der in seine Doosn drinner g'habd hodd. lich hobs ja glei gwissd, dass mi der oogluung hodd." Sekunden später hatte der Josef damals den Herrn und seinen Hund von oben bis unten hellblau eingesprayt. Blaue Haare, blauer Mantel, blaue Hose, blaue Schuhe - so wankte das wandelnde Gesamtkunstwerk Jürgen W. mit einem vollkommen blauen Pudel heim. An der Tunnelwand kündeten nur noch die blauen Konturen des Hundeführers auf grünem Untergrund von der bizarren Spray-Performance. Bereits zwanzig Minuten später wurde der Menschen- und Hundesprayer Josef F. festgenommen. Wegen Sachbeschädigung und Körperverletzung ist er jetzt zu einer Geldstrafe von 8500 Mark verurteilt worden. „Blau", sagte das Sprayer-Opfer nach der Verhandlung noch, „binni nachds scho öfders hammkummer. Obber suu blau nu nie."

236

# Stadtwurst
# con musico

Das geduldige Verweilen in der Endlos-Reihe einer Menschenschlange und beinknirschend warten, bis man drankommt, ist die Sache des Mittelfranken nicht. Gern schiebt er sich im Supermarkt, beim Bäcker, Metzger oder beim Brot-Schwarz mit den Worten"Edzer glaab i bin iich droo" unschuldigen Blickes vom Schwanz der Schlange sofort in die Führungsposition. Auch beim sonntäglichen Hotel-Brunch, seit Jahren ein beliebter Ersatz für's frühere Schäufele-Mampfen, spielen sich oft erschütternde Szenen um die Führungsrolle beim Vorbeimarsch an den Fleischtöpfen ab.

Herr Eberhard M. zum Beispiel hat an einem Sonntag im Mai für einen Sieg bei einem italienischen Buffet-Rennen bitter büßen müssen. Er ist am Schluss als wandelnde Speisekammer über die Ziellinie geflogen. Jetzt haben seine Leiden vor dem Amtsgericht ergründet werden müssen.

Sein schärfster Kontrahent war damals der Fein-, beziehungsweise Feindschmecker Dieter H. „Iich schdäih dorddn und ward, wäi sis g'herrd", schilderte der Dieter den Magenmachtkampf, „Wall däi Zuppa di Cozze nu aweng brauchd hodd. Und nou kummd der Herr Wichdich dou, hodd es Maul nu vull, und gwedschd si vuur miich in die Schlanger nei".

Das allein hätte den Dieter noch gar nicht auf die Palme gebracht. Wesentlich schlimmer wirkte sich aus, dass Herr Eberhard M. offenbar noch nie in einem italienischen Brunch gewütet hatte. Der Eberhard ließ sehr lange seine verzweifelten Blicke über die ihm gänzlich unbekannten Speisen schweifen, und es entwickelte sich sodann zwischen ihm und dem Küchen-Maitre ein interessanter, aber zäher Dialog. Der Dieter deutete auf eine Pfanne und fragte den Küchen-Chef. „Wos issn des dou?"„Ossobuco, der Herr". „Naa, des mooch i nedd. Un der Budding dou?" „Panna cotta, der Herr." „Naa, läiber nedd. Wos issn des dou, a Käs?" „Polenta, der Herr." „Naa, läiber nedd. Und des Gräine, Schwabblerde dou?" „Fiori di Zuccini Ripioni, der Herr." „Allmächd, is des schwer zon Ausschbrechn", bewunderte der Eberhard den Maitre und wandte sich sodann an den hinter ihm bereits auf Blutdruck 200 vibrierenden Dieter H. mit der Feststellung: „Wos ba suu einen Brunch alles gibd, gell!?"

Da konnte der Dieter nicht mehr an sich halten und schrie den Eberhard an: „Wenn's edzer nedd gleich schauer, dass weiderkummer, nou brunch iich Ihner in ihrn Deller nei!" „No, no, no, no", wehrte sich der Eberhard, „aweng langsam, gell, Herr Nachber!"

Und dann ließ er sich in aller Ruhe vom Küchenmeister erläutern, um was es sich bei dem Bollito misto con salsa verde im einzelnen handelt, um dann festzustellen, dass er es lieber nicht nimmt, und ob nicht eventuell eine Stadtwurst con Musico vorrätig wäre.

Die Toleranzgrenze beim hinter ihm wartenden Dieter war in diesem Moment bereits überschritten. Der Hintermann schüttete dem Eberhard einen Schöpfer voll Risi bisi über das Haupt, hinten im Kragen ließ er ihm eine stattliche Portion Insalata di funghi mista einschießen, schob ihm in den vor Erstaunen und Schmerz weit geöffneten Mund ein Sträußchen Basilikum und brüllte ihn an: „Edzer schausd, dassdi schleigsd! Du Pizza Vierjahreszeidn! Dou hindn konns der nu Schbeigeddi con cozze iiber die Ohrn hänger loun!"

Trotz allergrößten Verständnisses für die Nöte des Angeklagten musste der Amtsgerichtsrat Herrn Dieter H. zu einer Geldstrafe von 1500 Euro verurteilen. „Derf i nu wos soong", fragte der Dieter nach dem Urteilsspruch und fuhr, ohne auf die Genehmigung zu warten, gleich zum Zeugen Eberhard gewandt fort: „Wassd wos iich glaab? Dass dir irchndwann amol ins Hirn brunchd hom."

# Wildes Fleisch

Der Mediziner ist ein geheimnisvolles Wesen, ähnlich
seiner bisher noch nie entschlüsselten Schrift, umflossen
von einer Aura des Entrückten, Überirdischen, kranken-
scheinheiliger Gebieter über zwei Wochen Sonderurlaub
seines Patienten oder Maloche. An seinen papstartigen,
unfehlbaren Diagnosen und Therapien Kritik zu üben,
erfüllt den Tatbestand der Gotteslästerung. Doch die
Oberhohheit der Ärzte über die Menschheit beginnt da
und dort zu bröckeln, die Ehrfurcht schwindet, wie der
Fall von Majestätsbeleidigung der Patientin Karin A. auf-
zeigt.
Sie hat sich wegen Aufwiegelung eines bis auf den letzten Platz gefüllten Wartezimmers und wegen schwerer
Beleidigung und Rufschädigung des Hautarztes Jochen
M. verantworten müssen. Die nicht gerade unansehnlich
proportionierte Mittvierzigerin hat in der Sprechstunde
am Montagfrüh dem Doktor ihr Leid kurz und bündig
geklagt: „Iich hob wos am Daumer." Ebenfalls kurz und
bündig befahl der Doktor: „Freimachn!" In der Annahme,
dass der Hautexperte die Verhüllung des dick eingebun-
denen Daumens meinte, wickelte die Karin den zwei
Meter langen Verband ab, erläuterte dabei, dass sie sich
vor zwei Wochen beim Zwiebelschneiden in den Finger
gesäbelt hat, dass die Schnittwunde nicht zusammen-
wächst und es sich höchstwahrscheinlich um ein wildes
Fleisch handelt.
Wie der Daumen von der Karin in all seiner Wildheit
offengelegt war, hat aber Herr Jochen M. erneut angeordnet: „Freimachn, hobbi gsachd!" Und auf den schwer ver-
störten, fragenden Blick der Karin vertiefte Herr Jochen

M. seinen Befehl: „Auszieng!" „Wos auszäing?" fragte die Karin zurück, „mei Gleid und alles?" „Alles auszieng", wiederholte der Doktor, „ich mouß alles seeng, ektodermalmäßich. Ich brauch einen kombledden epidermischen Überbligg. Scho allaans weecher der Prophylaxe. Also runder mid der Woor, draußn warddn nu mehr Laid."

Da erhob die Karin ihre Stimme, dass man es bis ins Wartezimmer hörte: „Iich glaab, Herr Doggder, Ihner brennd der Kiddl! Dass Sie vielleicht aa awweng a wilds Fleisch hom! Weecher an glann Schniddla an mein Daumer wer mi iich vuur Ihnen naggerd auszäing. Wenn'S naggerde Weiber ooschauer wolln, nou gänger's in die Bieb-Schau." Dann wickelte die Karin ihren Daumen wieder mit dem Verband ein und schrie: „Edzer hom Sie's, Sie Schbechdler! Nedd amol mein Daumer zeichi Ihner mehr unbegleided." Immer noch laut schimpfend rannte die Karin mit hoch erhobenem, wieder verhülltem Daumen zurück ins Wartezimmer und teilte dort der aufmerksam lauschenden Patientenschaft mit, dass es sich hier anscheinend nicht um eine Hautarztpraxis, sondern um einen Strip-Tease-Schuppen handelt, dass hinter der Tür ein Sex-Ungeheuer lauert und dass diese Sauereien auch noch von der Krankenkasse unterstützt werden. „Weecher der Brofilachse, hodder gsachd, soll i mi naggerd auszäing!", schrie die Karin noch, „Iich wass scho, wou der sei Brofilachse hodd. In der Huusn!" Dann fiel hinter ihr krachend die Tür zu. Vor Gericht erläuterte Herr Jochen M. aber noch einmal, dass ein Hautarzt nicht nur das Recht, sondern die Pflicht hat, auch bei winzigsten Symptomen die ganze Haut zu inspizieren.Und solche Vorwürfe seien ihm in seiner langjährigen Praxis noch nie vorgekommen. Frau Karin A. wurde wegen Beleidigung zu einer Geldstrafe von 8oo Mark verurteilt." „Bravo", kommentierte die Karin das Urteil und fuhr zum Vorsitzenden gewandt fort, „woohrscheins derfi mi edzer vuur Ihner aa nu naggerd auszäing. Ob iich irchndwou däi achdhundert Marg drinnerschdeggn hob!" Die hautfaltenmäßige Bemerkung kostete noch einmal 200 Mark Ordnungsstrafe.

# Der Bratwurst-Wahnsinn

Ob es die fünfte, sechste oder siebte Wahnsinnswelle ist, die sich wieder auf unsere Suppenschüsseln und Bratpfannen herniedersenkt, weiß man schon nicht mehr genau. Sicher ist nur, dass mit dem ersten Auftreten einiger wahnsinniger Menschen das Bundesgesundheitsministerium stets den besten, wirkungsvollsten, einfachsten Rat zur BSE-Bekämpfung erteilt hat. Nämlich solle man sich beim Fleischeinkauf stets nach Herkunft, nach Füttermethode oder eventuell auch nach einem Gütesiegel der verwurschteten Tiere erkundigen. Und schon ist Menschen- und Rinderwahnsinn, Schweinepest, Rouladen-Raserei und Pressack-Ebola bei uns voll eingedämmt.

Auch bei Herrn Dieter S., dessen Verdacht auf Rinderwahnsinn schon etwas zurückliegt, hat der Ratschlag der Ministerin voll gegriffen. Seine Erkundigungen nach Herkunft, Füttermethoden und Gütesiegeln von Rindviechern haben vor dem Amtsgericht geendet. Dieser von den ministeriellen Anweisungen zutiefst ergriffene Herr Dieter S. ist damals am Bratwurststand des Heinz O. erschienen, hat Drei im Weckla geordert und gerade noch rechtzeitig die Frage nachgeschoben: „Wou kummern nern däi Broudwerschd eingli her!?" „Aus den Karddong dou undn", hat ihm der Heinz wahrheitsgemäg geantwortet. „Machd drei Mark fuchzich, wenn Sie's bassend häddn?" Doch schon hakte der Dieter, im festen Vertrauen auf die Politik, nach: „Hom Sie ein Gwalidäädssiegl?!".„Horch Masder", hat ihm der Wurstbrater Heinz 0. geantwortet, „Du konnsd edzer glei ein Gwalidäädssiegl vull aff die Waffl hoom. Iich gräich drei Mark fuchzich, dou sin deine Broudwerschd. Und wennsd a Broblem hosd, nou schmeißders wech und frissd nerblouß es Weggla. Obber gib obachd, dass in den Weggla nedd der Weizn-Wahnsinn drinner is." „Amend", hat der Dieter immer noch nicht nachgelassen, „sin Ihre Broudwerschd doch aus England?".„Wass i nedd. Iich hob mid Ihner nunni blauderd", sagte der Heinz. Der Dieter wollte seine Bemühungen fast schon aufgeben, da sah er vor seinem geistigen Auge schon wieder die Gesundheitsministerin und ihre Befehle und schrie: "Edzer langds mer obber! Iich will edzer wissn, ob ihre Broudwerschd mid Diermehl gfidderd worn sin, wou dass herkummer, obs ein Gwalidäädssiegl hom odder in Rinderwahnsinn. Iich will wos Handfestes hoom!" Um die zwei hatte sich schon ein ansehnlicher Kreis politisch interessierter Zuhörer gebildet.

Angesichts der Menschenmenge beendete der Heinz das Fachgespräch ziemlich schnell. Er ließ dem mit dem Ellbogen auf der Theke aufgestützten Dieter aus dem Hydraulik-Eimer etwa zwei Liter frischen, garantiert wahnsinnsfreien Senf in den Mantelärmel laufen und brüllte zurück: „Iich glaab, dich homs außer mid Diermehl aa nu mid Schafscheiße aafzuung! Und edzer gräigsd dei Gwalidädssiegl, du hinderenglischer Hornochs!" Und dann drückte der Heinz dem Dieter die heiße Bratwurstzange auf die Wange. Das Brandzeichen sieht man heute noch, wie ein mittelfränkisches Qualitätssiegel. Wegen Körperverletzung wurde Herr Heinz 0. zu einer Geldstrafe von 3800 Mark verurteilt. „Wer wass", sinnierte der Dieter danach, „Ob i edzer nedd wahnsinnich wär, wenn ich däi Broudwerschd gessn hädd. Mer mouß sich hald blouß richdich erkundichn."

# Der Kacktus-Krieg

Auch in einer klinisch reinen, fast staubmilbenfreien Stadt, in der eine vom Oberbürgermeister kommandierte Bürgerkehr jeden Samstag die Straßen kärchert, gibt es neben viel Freud immer noch ein bisschen Leid.

Einerseits begrüßt man das Schweigen der Lämmer, andererseits grämt man sich oft zutiefst über das Häufeln der Hunde. In der Südstadt sind vor einiger Zeit schon die Vertreter zweier völlig gegensätzlicher Ordnungssinnfinder und Sauberkeitsphilosophen heftig aufeinander geprallt.

Auf der einen Seite kämpfte Frau Hilde F., Inhaberin einer Glatthaardackelhündin mit dem melodischen Namen Lydia, für etwas gelockertere Vorschriften im Sauberkeitswesen.

Unter anderem vertritt sie die liberale These im Randsteinbereich „Freier Darm für freie Hunde!". Ihr drei Hauseingänge weiter lebender Nachbar Erwin D. hat schon mehrfach wörtlich geäußert, dass er die von der Hilde eingeforderte freie Toilettenwahl für Vierbeiner für einen rechten Scheißdreck hält. Vor allem deswegen, weil die Dackeldame Lydia bei ihrem ersten morgendlichen Austritt früh um sechs immer genau vor seiner Haustür häufelt. Und nicht zu knapp.

Um halb sieben pflegt der Erwin das Haus zu verlassen und in die Hinterlassenschaft des Fräulein Lydia voll hineinzusteigen. So hat es zwischen Herrn Erwin D. und Frau Hilde F. schon häufig sehr interessante Zwiegespräche gegeben.

„Wenn Ihr wandelnder Misdhaufn", hat der Erwin einmal gedroht, „edzer nu aamol vuur mei Hausdiir hiischeißd,

nou beddonier i sein Oorsch zou!" „Suwos Unanschdändigs wäi Sie", entrüstete sich die Hilde, „is mer aa nunni
iibern Weech gloffn. Hom Sie ka Herz für Diere?!" „Für
Diere scho", schrie der Erwin zurück, „obber ka Herz für
Hundescheiße!" „Ja soll iich nou", entgegnete die Hilde,
„meiner Lydia a Dubberschüssl am Oorsch hiibindn!?"
Die toilettentechnische Unterredung endete seitens der
Frau Hilde mit den Worten „Oorschkubf, bläider! Nou
wisch hald des bissla Scheißdreeg wech. Nou schdeigsd
aa nedd nei."Diesen Ratschlag hätte die Hundebesitzerin
dem Erwin nicht geben sollen.
Etwa vier Wochen lang herrschte Ruhe an der Dackelabortfront, die Lydia durfte unbehelligt vor dem Erwin seiner Haustür ihre Morgeneier legen, der Kacktus-Krieg
schien beendet. Bis es eines Abends bei der Hilde überraschend an der Tür läutete.
Höflich schrie sie durch die geschlossene Tür: „Um däi
Zeid lou i kann mehr rei! Wer issn dou?!" „Iich bins nerblouß, der Nachbar", flötete der Erwin betont schleimig,
„Ihr Waggerla, die Lydia, hodd wos verluurn ba uns."
Überwältigt von so viel Freundlichkeit öffnete die Hilde
die Tür. „Nou is däi Dreegsau", äußerte sich die Hilde
jetzt vor Gericht, „reigschdirmd kummer, hodd meiner
Lydia einen Drimmer Oorschdridd geem, blouß walls
nern a bissala ins Baa zwiggd hodd. An groußn Wasseraamer hodder in der Händ g'habd, Herr Richder, dassi
scho gmaand hob, ba mir brennds odder wos! Obber dou
woor ka Wasser drinner. Lauder Hundehaifla! Und däi
hodder mer nou middern Schaifala im ganzn Wohnzimmer verdeild!" Mit der freundlichen Empfehlung „in vier
Wochn suwos hobbi widder an Aamer banander, dou
kumm i widder vorbei, gell!" hatte sich der Erwin gleich
darauf verabschiedet.
Wegen Hausfriedensbruchs und starker Überdüngung
eines Wohnzimmers wurde Herr Erwin D. zu einer Geldstrafe von 450 Europa-Dollar verurteilt. „Also guud",
zeigte sich der Erwin nach dem Urteilsspruch einsichtig,
„nou gibbi bald es nexde mool däi zeha Bfund Scheiße
am Bfundamd ab."

# Happy Hour

Bei Hebbi Auer handelt es sich nicht, wie vielleicht mancher szeneunkundige Urgroßvater annehmen möchte, um einen Herrn namens Herbert Auer, sondern um einen zeitlich streng limitierten, besonders preisgünstigen Dämmerschoppen. Unter den Anhängern eines spätnachmittäglichen Neigezugs auch als Happy Hour bekannt. Während dieser glücklichen Stunde zahlt der Barkipper zum Beispiel für den König der Cocktails, den mit einem dreifachen Jamaika-Rum angereicherten Caipirinha, statt 6,5o nur 4,5o. Auch das beliebte peruanische Kaktusbier oder ein Spargelschnaps sind während der Happy Hour derart preisgünstig, dass man sie statt mühselig zu trinken ohne weiteres auch in den Aschenbecher schütten kann.

Der in Szene-Bars bisher weniger verkehrende Dämmerschöppner Martin R. hat jetzt auch von den finanziellen Erleichterungen einer Happy Hour gehört und ist an einem Feierabend, den er sich vorher schon ein bisschen schön getrunken hat, kurz vor Happy Hour-Ende noch in eine Cocktail-Bar eingekehrt. „Der hodd scho", erinnerte sich der Barmann Karl Heinz G. vor dem Amtsgericht, „an ganz schäiner Wellngang g'habd, wäi er reikummer is. Der hodd dauernd sein Mandl an Kleiderhakn hiihänger wolln, nou hobbi zu ihn gsachd, dasser si vielleichd leichder doud, wenn er vuurher sein Mandl auszäichd. Und nou hodder die Gedränkekarddn verkehrd rum g'haldn und gsachd, dasser Russisch nedd leesn konn."

Danach fiel dem Martin die Karte aus der Hand und er

nickte ein. Bei den Worten des Bar-Keepers „Last Order"
wurde er wieder wach und fragte „Wos hosd gsachd?!"
Worauf ihm der Karl Heinz erklärte: „Ledzde Beschdellung, Alder! Nou is die Hebbi Auer vobbei. Ab Siemer
kosds widder normool." Wieder studierte der Martin die
Getränkekarte, sortierte die vielen Buchstaben dort und
bestellte dann „drei Bier und zwelf suu Caipidingsdou!"
„Also ein Bier", wiederholte der Karl Heinz die Bestellung, „und einen Caipirinha?" Da wurde der Martin plötzlich hellwach und schrie: „Iich glaab du hosd Seggdkorkn
in die Ohrn drinner! Wenn i sooch drei Bier und zwelf
Caipiranha, nou will i aa drei Bier und zwelf Caipiranha!
Hebbi Auer is Hebbi Auer. Und edzer bringsd mer fuchzeha Caibaloma. Dassders wassd!"
Ob er noch einen Bus mit einigen Freunden erwarte,
erkundigte sich der Bar-Keeper mit leichter Ironie, oder
die 15 Caipirinha in einer Blumenvase mit heimnehmen
wolle. Dann schaute der Karl Heinz mahnend auf die Uhr
und verkündete: „Korzz nach Siemer, Scheff. Die Hebbi
Auer is vobbei, gell." Worauf gemäß der Aussage des
Bar-Keepers der Martin auf die Verlängerung der Happy
Hour bestand, sich hinter die Theke schleppte und aus
einer Flasche reichlich Jamaika-Rum in einen Aschenbecher abfüllte „Fimbf Aschnbecher vull" sagte der Chef
der Cocktail Bar jetzt, „hodder ausguffn Nou hodder si
am Buudn hiigleechd und is eigschloufn. Nou hobbi die
Bollizei oogruufn."
Im Streifenwagen fragte der Martin, ob noch Happy Hour
ist und um wieviel sich die Fahrt mit dem Taxi da durch
verbilligt. Dann hat er sich vesuvartig wieder von dem
etwas zu hastig getrunkenen Caipirinha trennen müssen.
Wegen verschiedener Delikte vom Gurgelraub über Sachbeschädigung bis zur Verunreinigung eines Streifenwagens ist er zu einer Geldstrafe von 1200 Euro verurteilt
worden. Selber konnte sich der Martin an nichts mehr
erinnern. Außer an den Preisnachlass zu bestimmten
Tageszeiten. Er schaute nach dem Urteil auf die Uhr und
sagte zum Richter: „Es is glaab i nu Hebbi Auer. Soong
mer neunhunderd Euro, odder?"

# Der Tortensteiger

Der nach einem kühlen Bier lechzende Kellertreppensteiger ist seit der Vergrößerung der Bosch-Kühlschränke so gut wie ausgestorben. Auch der mittelfränkische Bergsteiger kommt angesichts der Höhe der hiesigen Erhebungen eher seltener vor. Jetzt aber ist im örtlichen Steigerwesen eine vollkommen neue Erscheinung aufgetaucht - nämlich der Nürnberger Erdbeersahnetortensteiger. Er ist in Gestalt des in der Nordstadt lebenden Harald B. erstmals heuer im Frühjahr zum Einsatz gekommen, dann noch einmal im Frühsommer. Eine dritte Wanderung durch die Erdbeersahnetorten der Vorstadt hat ihm das Amtsgericht jetzt ausdrücklich untersagt.

Bis Ende April war der Erdbeersahnetortensteiger Harald B. ein ganz normaler Gehsteiger. Dann jedoch hat der Besitzer des kleine Cafes gleich um die Ecke rum das gleiche gemacht wie die Besitzer aller Cafés, Bistros, Diskos, Kneipos und Eisdielos in der Stadt - er hat infolge des für Wirtshausgärten sehr günstigen Treibhauseffektes mit vielen Tischen und Stühlen auf den Gehsteig hinaus expandiert. Am ersten Tag der neuen Gehsteig-Möblierung ist Herr Harald B. erschienen, hat kurz die neue Lage auf seinem angestammten Fußweg ins Büro sondiert und sodann alle Klapptische und Klappstühle gemäß ihrer Bestimmung zusammengeklappt, an die Hauswand gelehnt und ist erst dann zufrieden weiter geschritten.

Am Nachmittag hat der Cafe-Chef Willi P. die Klapptische und Klappstühle wieder auseinandergeklappt und an ihren Bestimmungsort, dem Gehsteig, aufgestellt. Am Abend hat sie der Harald wieder zusammengeklappt. Klappen hat bei den beiden Herren zum Handwerk gehört, ein paar Wochen lang. „Und nou hobbi den Moo", sagte der Willi, der Besitzer des zusammenklappbaren Kleinkaffeehauses, vor Gericht, „Oomds amol derwischd, wäi er meine Diisch zammglabbd hodd. lich hob nern gsachd, dasser serford seine Griffl vo meine Diisch wech dou soll. Sunsd glabberds!" Daraufhin erläuterte der Harald dem Willi, dass es sich hier um einen Gehsteig handelt und nicht um einen Sitzsteig. Und er der Harald habe als Steuerzahler ein Anrecht auf das uneingeschränkte Begehen eines Gehsteigs.

Am andern Früh war das Gehsteig-Cafe erneut komplett zusammengeklappt, und damit es auch so bleibt, waren um alle Tisch- und Stuhlbeine Fahrradschlossketten geschlungen und abgesperrt „Däi hobbi nou", sagte der Willi, „alle mid der Eisnsääch absääng mäin. Und nammidooch is der Moo widder kummer. Iich bin glei in mei Gschäfd neiganger. Nedd dasser miich aa nu mid anner Fahrradkeddn abschberrd."

Zu dem Zeitpunkt saßen an einem der Tische zwei Frauen vor je einem Kännchen Kaffee und einer Erdbeersahnetorte. „Däi Diisch bleim desmool schdäih, gell!", rief der Kaffeehaus-Chef von der Ladentür aus dem Harald zu, „däi sin vo der Schdadd genehmichd, blouß dass Sie's wissn!" „Und iich", schrie der Harald zurück, „hob vo der Schdadd die Genehmichung, dassi am Gehschdeich gäih!" Dann stieg er erst auf einen Stuhl, vo da auf den ersten und danach auf alle anderen Tische. Sein etwas ungewöhnlicher Heimweg führte ihn am Schluss folgerichtig auch durch die zwei Kännchen Kaffee und zwei Erdbeersahnetorten der beiden Damen. Die wären angesichts des Tisch- und Tortensteigers beinahe in Ohnmacht gefallen.

„Läffd der mid seine Gwadraadlaadschen eimbfach durch mei Erdbeersahnedorddn durch!", schimpfte eine der beiden Kundinnen vor Gericht, „Und nou sachder zu mir, wäi ers vull zammgwaadschd hodd, mei Dorddn, sachder, Meine Schouh sin frisch budzd, däi kenners scho nu essn'. Und nou isser ba den Moo am nexdn Diisch affer Bambercher Hörnla draffgschdieng."

Wegen Erdbeersahnetorten- und Bamberger Hörnchensteigens wurde Herr Harald B. zu einer Geldstrafe von 400 Euro verurteilt. Und der betretene Kaffeehaus-Chef verriet dem Harald noch ein weiteres Betätigungsfeld für seine Leidenschaft: „Gäisd amol in die Schdadd nei, in die Könichschdrass! Dou konnsd aa Gniedla, Schaifala und Kalbshaxn beschdeing. Obber dou braugsd an ausgebildeden Dischführer. Allaans verläffd mer si dou leichd."

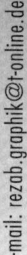

# Hotline-Terror

Einkaufen war noch bis vor kurzem eine niveaulose, menschenunwürdige Transaktion: Geld her, Warenausgabe, ab in die Plastiktüte, der Nächste bitte! Jetzt hingegen im Zeitalter der virtuellen Scheingeschäfte gleitet man geschmeidig ins Internet, ordert schöne Sachen, callt sodann ein Call-Center oder eine Hotline und lauscht stundenlang in fast schon ekstatischer Verzückung den Klängen der Kleinen Nachtmusik von Wolfgang Amadeus Mozart, bis das Geld weg ist und die Ware auch.

Aufgrund einer solchen virtuellen Bestellung ist der noch zur Mundkommunikation-Generation gehörende Kurt S. wegen Ohren-Terror vor Gericht gestanden. Er hat im Internet einen Laubsauger gekauft und nach etwa vier Monaten - wie die Laubsauger-Jahreszeit schon längst vorbei war - eine Espresso-Maschine mit integriertem Milchaufschäumer erhalten. „Vielleicht", sagte der Kurt am Amtsgericht, „kommer mid anner Exbressomaschiner auch Laub saugen. Abber iich hob nedd gwissd, wäi des gäid, wall die Gebrauchsanweisung woor jabbanisch, holländisch und schbanisch. Und nou hodd mei Frau gsachd, iich soll däi Hodlein ooruufn. Obber iich kenn keine Frau Hodlein. Nou hodd mei Frau gsachd, dass des däi Dellefonnummer vo den Kohl-Zender is, wou aff der Rechnung draff schdäid."

Am ersten Tag des lang anhaltenden Versuchs, mit der Hotline des zuständigen Call-Centers in ein Gespräch einzutreten, ist der Kurt mit den Worten begrüßt worden „Guten Tag, unsere Leitung ist zur Zeit überlastet, Sie werden sogleich verbunden". „Iich wolld obber doch blouß froong". hat der Kurt schnell dazwischen gegackert, „ob iich amol a Frooch hoom mecherd. Wall iich edzer dou eine Exbresso-Maschiner mid indegrierdn Laubsaucher hob, und ob mer mid einen Milchaufschäumer efendwell auch es Laub . . ." Ganz hat sich der Kurt nicht durch seine Frage durchwursteln können, denn wieder hat die Stimme geflötet: „Sie werden sogleich verbunden". Danach ist die Kleine Nachtmusik erschallt.

„A Värddlschdindla ungefähr", äußerte sich der Kurt, „hobbi mer die kleine Schmachdmusigg oo g`horchd. Insgesamd binni zehamool sogleich verbundn worn. Und nou binni ins Bedd ganger." Am zweiten Tag ist Herr Kurt S. überschlägig zwanzigmal sogleich verbunden worden, und dabei hat er ständig die bereits in Fleisch und Blut übergegangene Kleine Nachtmusik gepfiffen. Am dritten Tag, nach etwa zwanzig Minuten Kleine Nachtmusik und gut und gern dreißig Ankündigungen, dass er jetzt sogleich verbunden wird, hat Herr Kurt S. ohne ersichtlichen Grund völlig die Nerven verloren. Er hat, wie sich seine Frau noch gut erinnern konnte, mit dem schnurlosen Telefon im Flur Fußball gespielt, es nach einer 3:0-Führung für ihn wieder aufgehoben und, wie man ihm mitgeteilt hat, dass er sogleich verbunden wird, hineingebrüllt: „Du Computer-Zumbfl, du Elegdro-Schnalln! Du wersd edzer aa sogleich verbundn! Und zwoor mit einen Kubfverband, wenn i der anne aff die Goschn hau, dass der die Sicherunger rausgnalld! Du Hoddlein-Oorschluuch, dei Expresso-Maschiner konnsder in Hindern neischäim! Und in indegrierdn Milchaufschäumer aa, wenner nu neibassd!

Und in dem Moment, wie der Kurt noch die Kleine Nachtmusik ins Telefon hineingebläkt hat, hat ihn am anderen Ende der ziemlich hotten Hotline eine weibliche Stimme nach seinem Namen und seiner Adresse gefragt Es hat sich um die Call-Center-Mitarbeiterin Johanna M. gehandelt. Ein realer Mensch also, wider Erwarten. Sie hat den Kurt wegen Beleidigung und Telefon-Terror angezeigt.

Der Amtsrichter hat lang mit sich selber beraten und dann das Verfahren gegen Herrn Kurt S. eingestellt. Mit der dringenden Empfehlung, dass er sich mit Frau Johanna M. versöhnen soll. Der Kurt wandte sich also versöhnlich an die Johanna: „Delefonier mer si hald amol zamm. Dou zeichi, der mein indegrierdn Milchaufschäumer." Mit der Kleinen Nachtmusik auf den Lippen verließ er den Sitzungssaal.

# Der panamesische Torkel-Ara

Der Mensch ist vom Ursprung her eigentlich ein Herden-
tier, entwickelt sich in letzter Zeit aber mehr und mehr zur
Käfighaltung, zum Alleinunterhalter und introvertierten
Sofabewohner zurück. Der Single in den städtischen
Sozialsteppen kompensiert sein Solo-Dasein durch die
Symbiose mit pflegeleichten, widerspruchsfreien Lebens-
gefährten. So hat sich der System-Administrator eines
hiesigen Wasserbettenherstellers, Willi W., aus seinem
letzten Urlaub einen panamesischen Torkel-Ara mit nach
Hause geschmuggelt. Das papageienartige Tier heißt
gemäß der politischen Überzeugung seines Herrchens
Helmut, bevorzugt trockene Weißweine, Prosecco und
Magenbitter, spricht gern in einem noch nicht ganz
erforschten Dialekt, lallt nach dem Genuss von Wein
sogar und leidet sehr unter der Abwesenheit vom Willi.
So versteht es sich von selbst, dass ihn der System-Administrator häufig mit ins Gasthaus nimmt. „Is scho alles
rechd und schäi", sagte jetzt vor Gericht der wegen Tier-
misshandlung angeklagte Walter K. „Mir hom ja aa a
Kadz derhamrn. Obber wos zu weid gäid, gäid zu weid.
Ein balinesischer Orgelbfarrer, odder wäi den sei bläider
Vuugl hassd, der g'herrd nichd in ein Werzhaus!" Am
fraglichen Abend ist der Walter mit seiner Ehefrau in seinem Stamm-Gasthaus gesessen, kurze Zeit später hat
Herr Willi W. mit einer Plastiktüte in der Hand höflich
gefragt, ob er sich dazusetzen darf£ Er hat sodann einen
Schoppen Weißwein bestellt und in seine Plastiktüte hin-
ein geplaudert: „Soderla Helmut, gleich kummd dei
Schlummertrunk, gell mei Waggerla, mei dorschdigs.
Nou konnsd a Schnäbala vull neizäing odder zwaa."
„Iich hob dengd", schilderte der Walter seine Eindrücke,
„der Moo, der koo doch nedd ganz schdörungsfrei sei.

Blauderd dou mid seiner Blasdigg-Diidn. Und nou leechder die Diidn am Diisch hii - und aff aamol grabbld dou ein Babbagei raus. Suu wäi der rausdorgld is, mouß er scho a boor Schobbn g'habd hoom." Erst wollte der panamesische Torkel-Ara am Bier vom Walter nippen. „In dem Momend", sagte der Walter, „kummd mei fränkische Hochzeidssubbn. Nou hubfd der Babbagei affn Dellerrand, schaud mi suu komisch oo - und nou scheißd der mir vielleichd einen Drimmer Bflaadschn direggd in mei Hochzeidssubbn nei!"

„Ja, wou simmer denn", brüllte der Walter den Torkel-Ara Helmut an, „mei Subbndeller is doch nedd die Kläranlooch! Du Sau vonnern Babbagei!" „Also horng'S amol, Herr Nachber", schritt der Arabesitzer Willi ein, „des glanne Bädzla aff Ihrer Subbn" - wer werddn dou asuu a Gscheiß drum machn!" „Wer machdn es Gscheiß", schrie der Walter zurück, „iich odder dei bsuffner Babbagei! Ibberhabbs g'herrd suu a Viech nedd ins Werzhaus!" Als der Willi antwortete „Sie hom doch aa Ihr Frau derbei", war die Geduld vom Walter erschöpft. Er packte den buntgefiederten Helmut und drückte ihn minutenlang mit dem Kopf in die fränkische Hochzeitssuppe. Und wie der Willi einschreiten wollte, stülpte ihm der Walter die Plastiktüte über den Kopf und versetzte ihm einen Knieballong, dass er im Blindflug durch das halbe Gasthaus segelte.

Der panamesische Torkel-Ara Helmut hatte den Mordanschlag knapp überlebt. „Obber blouß durch mei Geisdesgeengward", sagte der Willi, „erschd hobbi mid mein Helmut Mund-zu-Schnabl-Beadmung gmachd, und middern dobbln Schdreidbercher Bidder hobbin nou widder aafbäbbld". Herr Walter K. wurde wegen vorübergehender Unzurechnungsfähigkeit freigesprochen. „Wenn iich unzurechnungsfähich bin", wandte sich der Walter nach dem Freispruch an den Willi, „nou bloos i es nexd mool dein Helmut auch mid anner Mund-zu-Mund-Beadmung aaf und hau draff, dasser wäi a Babierdiidn zerbladzd. Dei Subbnscheißer". Da raschelte es in der vom Willi mitgebrachten Plastiktüte und man hörte, sehr gedämpft, eine Papageienstimme: „Oorschluuch, bläids!"

254

# Die Wackel-Prothese

Menschliche Zähne und ihre Ziehung bilden im Allgemeinen eine äußerst sensible Problematik. Es unterliegt
einer strengen Tabuisierung, man spricht nicht darüber,
höchstens mit verschlossenem Mund. Eingedenk der
Lebensweisheit, dass geteiltes und mitgeteiltes Leid halbes Leid ist, ragt der in seiner Jugend schon vielfach
gekrönte Teilprothesenträger Heinz K. tapfer aus der
schweigenden Mehrheit heraus. Jetzt ist sein triebhafter
Zahnersatz-Exhibitionismus auch juristisch gewürdigt
worden.

An einem Sonntagmittag ist der Heinz mit seiner zahn-
kummergewohnten Ehefrau Lisbeth in einem Kleinod der
fränkischen Schweinebraten-Szene gesessen und hat
schon lang vor der Ankunft des bestellten Schäufele mit
seinem teilweise künstlichen Oberkiefer Jonglier-Kunst-
stücke vollführt, dass es seinem Gegenüber, dem Sonn-
tagswanderer Günther S. vor lauter Entsetzen die Augen
herausgewälzt hat.

„Irchndwäi mid der Zunger", schüttelte es den Günther
jetzt bei der Verhandlung immer noch, „hodd der dauernd
seine Zähn rausdriggd, und nou hodders widder nei-
schnalzn loun. Des hodd direggd glabberd, fei! Und nou
is den Moo sei Schaiferla kummer. Nou sachd er zu mir
'Sie geschdadden!', zäichd sei Brodeesn ausn Mund,
wigglds in mei Serweddn nei und schdeggds in die Huuserdaschn!"

„Dou braugsd nedd suu bläid schauer, du junger Bubbl",
äußerte sich der Heinz, „kumm amoll in mei Alder! Nou
braugsd aa ka Schildla mehr, wou draff schdäid 'Vorsicht,
bissicher Mensch'. Frau, häsd mer amol die Grusdn vo
mein Schaifala schäi glaa zammgschniidn!" Die Frau

255

Lisbeth wimmerte aber immer nur: „Dous hald widder nei Heinz! Bidde, dous widder nei!"

Der Heinz dachte aber gar nicht daran, seine Plastikhakker wieder einzusetzen. Vielmehr erläuterte er noch dem schon kreidebleich gewordenen Tischnachbarn die Gründe für seine Maßnahme. „Dou schau amol her", befahl er und öffnete ganz weit seinen teil-evakuierten Mund, „dou, däi zwaa Schdumbn links und rechds oben, däi haldn nemlich mei Deilbrodeese. Obber dou an den glann Hubbl links, dou douds mer bam Kauer immer aweng weh. Am schlimmsdn is ba der Grusdn vonnern Schaiferla. Drum dou is bam Schaiferla ganz gern amol raus, gell."

Wieder hörte man die Lisbeth winseln: „Dous hald widder nei, Heinz!" Während der Heinz seine Teilprothese gerade aus der Papierserviette wieder auswickelte und dem Günther die verschiedenen Haltespangen erläutern wollte.

Den Günther überwältigte jetzt aber vollends das Grauen. Er wehrte mit einem kräftigen reflexartigen Wischer die vertrauensvoll herübergereichte Teilprothese ab, die Kunstzähne flogen in hohem Bogen durch das Gasthaus. „Und in den Momend", erinnerte sich der Heinz voller Abscheu, „wous am Buudn hiigfluung sin, schdeichd die Bedienung vull aff meine Zähn draff, und nou woorn dreidausnd Mark im Oorsch."

Während die Lisbeth damals mit den Worten „Edzer braugsders aa nimmer neidou!" schnell aus dem Gasthaus verschwinden wollte, hatte der Heinz ebenfalls einen Reflex in seiner rechten Hand und watschte den Günther mehrfach ab.

Wegen Körperverletzung muss er jetzt 750 Euro zahlen. „Mir worschd", sagte der Heinz, „iich hob scho widder a neie Brodeesn. Däi driggd edzer auch ba der Grusdn vonnern Schaiferla ibberhabbs nemmer."

In dem Moment, wie er schon mit zwei Fingern in den Mund abtauchte, hörte man von den Zuhörerbänken im Sitzungssaal den gellenden Schrei: „Wennsders edzer widder raus dousd, Heinz, lou i mi scheidn!"

# Der Kopfstand-Kurti

Jeder Mensch hat künstlerische Fähigkeiten. Einer kann vielleicht auf Befehl zwölf mal hintereinander in a-moll niesen, einer kann ohne weiteres nach sieben Bier die Unendlichkeit erklären, einer kann einen ganzen Abend lang vollkommen pointenfreie Erlebnisse erzählen, während die Fähigkeit wieder eines anderen darin besteht, dass er die ersten Takte von „Wohlauf, die Luft geht frisch und rein", mit der Hosentrompete bläst. Um nur einmal kurz die künstlerischen Ausdrucksmöglichkeiten eines Wirtshausstammtisches zu beleuchten.

Herr Kurt S. gehört ebenfalls zu diesem Stammtisch. Die in ihm schlummernden künstlerischen Kräfte pflegen nach sieben Schoppen Scheurebe zu erwachen, was gottseidank nur selten vorkommt. „Manchmool", gab jetzt ein Zeuge vor Gericht preis, „langer aa scho fimbf Schobbn. Nou gäider an irchnd an andern Diisch, wous nern nunni kenner, unsern Kubfschdand-Kurddi. Und nocherdla frouchder erschd däi Laid an den Diisch, obs amol sei Alder schädzn kenndn. Die masdn schädzn in Kurddi nou suu ungefähr aff Fimfbersiebzg. Nou deild er denni Laid miid, dassser scho fimbferachzg is und ihner edzer amol zeichd, wäi dasser körberlich nu banander is. Und nou kummd sei einhändiche Kubfschdand-Nummer."

Aber gemäß seinen Unterlagen, wandte sich der Herr Gerichtsvorsitzende an den angeklagten Kopfstand-Kurti, habe er erst vor zwei Wochen seinen 54. Geburtstag gefeiert. „Des konn scho sei", erklärte ihm der Kurt die

Schwankungen seiner Alterskurve, „Obber a einhändicher Kubfschdand am Diisch mid viererfuchzg des is doch ka Kunsd!"

An jenem Abend, der jetzt verhandelt wurde, hat sich in der Karriere vom Kopfstand Kurti ein schwerer Knick ereignet. Den drei jungen Stammtischnachbarn hatte der Kurt gerade sein biblisches Alter verraten, seine Zirkusnummer angekündigt und den Tisch bis zur Hälfte räumen lassen.

Wie immer ist es mucksmäuschenstill im Wirtshaus geworden, weil die meisten mit den Worten „Obachd, die Kubfschdand-Nummer kummd, gemmer am Abordd" fluchtartig austreten gegangen sind, der Kurti hat vor seinen drei bewundernden Zuschauern „…und hebb!" geschrien, seinen atemberaubenden Kopfstand am Tisch angesetzt und nach einigen Sekunden in vollkommener Balancier-Kunst die linke Hand leicht angehoben. In dem Augenblick hat die Bedienung mit den Worten „Wer gräichdn des Lüngla?" einen Teller, randvoll mit saurer Lunge und zwei Mehlklößen serviert. „Und wäi iich miich", sagte der Kurt, „mid meiner linkn Händ widder abschdidzn hob wolln, hob iich in des kocherd haaße Lüngla neiglangd. Und nou binni umgflung. „

Der Kopfstand-Kurti hatte voll abgeräumt. Einem seiner drei Zuschauer ist die saure Lunge auf und in die Hose gelaufen, die zwei anderen hat er bei seinem Absturz erheblich am Kopf verletzt, die Lampe überm Tisch ist zerschellt, und beim Aufprall sind noch eine Brille, drei Bier- und drei Schnapsgläser und eine Fensterscheibe zu Bruch gegangen. „Wäi iich mich widder aafgrabbld hob", sagte der Kurt, „hobbi numol zon Kubfschdand oosedzn wolln. Obber nou woorn scho die Bolli dou und die Sanidääder. Kanner hodd mehr mein Kubfschdand seeng wolln."

Nach eingehender Beratung mit sich selbst hat der Richter den Kurti frei gesprochen. Unter einer Bedingung - er soll den Kopfstand für immer aus seinem Repertoire streichen. „Ja, nou is Ende", murmelte der Kurt, „wall außer an einhändichn Kubfschdand konn i nix".

# Sternschnuppen

Die ungezählten Existenzgründungen, die immer noch wie Fußpilze aus dem Boden schießen, haben oft ein angenehm weiches Fundament. Diese Firmen der New Economy, wie sie der Flachmann auch bezeichnet, sind auf Luft, Wind oder heißen Dampf gegründet. Ihre Strukturen ähneln denen der Sternschnuppen: Sie glühen auf und fallen runter.

Auch der Software-Handel des Existenzgründers Peter S. hat sich nach einer starken, glänzenden, gut und gern zwei Wochen dauernden Start-Phase bereits im Sinkflug befunden. Das Zwei-Mann-Weltunternehmen hat, neben dem Vorstands-Vorschwitzenden Peter S. noch aus dem Buchhalter, jetzt Bookholder, Harald B. bestanden, aus ein paar Pfund virtueller Software und aus zahllosen Krisenbesprechungen.

Jetzt sind die zwei Generalbevollmächtigten des globalen Softladens wegen des verschärften Verfassens und Versendens von Geisterrechnungen vor Gericht gestanden.

„Iich bin dodaal unschuldich", äußerte sich der Leiter des Rechnungsunwesens Harald B. „lich hob blouß des gmachd, wos mei Scheff gsachd hodd, wäi damals die Gschäfde aweng schlechd gloffn sin." Woraus denn diese Geschäfte konkret bestanden hätten, wollte das hohe Wirtschaftsgericht wissen. „Konkret", fragte sich der Harald eher rhetorisch, „Also konkret ungefähr aus Nix." Nach dieser umfassenden Eingrenzung des gesamten Geschäftsumfanges gab der Finanz-Chef der Luft, Wind & Dampf GmbH einige Details der vielen Besprechungen zum Besten. „Mei Scheff", sagte er, „hodd in jeder Beschbrechung immer zu mir gsachd, dass als erschdes

amol die Leasing-Raten vo sein Ferrari gesicherd sei
mäin. Und wenn iich nou gsachd hob, dass nix zon
Sichern dou is, wall keine alde Sau unser Sofdwär kaafn
will - ja wos maaner'Sn, wäi der sich nou aafgfiird hodd
in däi Beschbrechungen! Der hodd nou gschriea, mir
mäin die Laid Gschichdn derzilln, dass ihner in Vuugl
ausn Kubf rausbfeifd! Dass ihner die Aung drobfn und es
Ohrnschmalz dambfd! Däi mäin ganz verriggd wern vo
unsern Gwaaf. Faxen, Fonen, E-Mailen, hodder immer
brilld, Derror auf allen Ebenen! Dou kaafn's unser Glumb
scho! Obber sie homs nichd kaffd." Über den Inhalt der
so ziemlich letzten Krisen-Besprechung gingen die Mei-
nungen zwischen dem Weltfirmen-Geschäftsführer und
seinem Bookholder deutlich auseinander. Herr Peter S.
gab lediglich zu Protokoll, dass er von nichts wisse und
seine zartgliedrigen Managerhändchen in Unschuld
wasche. Während der ursprünglich als Imbissverkäufer
ausgebildete Finanz-Direktor Harald B. aussagte: „Des
wass i nu wäi haid, Herr Richder - wäi der gsachd hodd,
edzer wern Rechnunger gschriem, dass ner suu brassld aff
unsern Kondo! Und nou hobbi hald Rechnunger
gschriem." Welche Leistungen, hätte den Richter stark
interessiert diesen Rechnungen zugrunde gelegen hätten.
„Also im Grund gnummer", forschte der Harald lang in
sich selber, „im Grund gnummer, kennd mer ungefähr
soong, also, wemmers genau nimmd - goor kanne."
„Iich hob hald", erläuterte der Harald seine Tätigkeit
noch etwas detaillierter, „aus mein PC-Bichla suu Wörder
rausgsouchd, däi wo ka alde Sau verschdäid und hobs
dann berechned." In acht von rund 5o Versuchen wurde
anstandslos bezahlt.
Der Fantasierechnungsschreiber Harald B. muss als Mit-
täter fünf Wochenenden in einem Altersheim zwangsar-
beiten, für den Geschäftsführer der Softladen-Consulting
& Engineering GmbH Peter S. machte es 4000 Euro
Geldstrafe. „Des mecherdi", sagte der Harald zum
Abschied über seinen Ex-Chef und Weltmarktführer,
„schdarg bezweifln, ob der aa suu bläid is wäi unsere
Kundn, und zoohld. Weecher nix und widder nix."

# Inhaltsverzeichnis